JN153142

# より大きな希望

イルゼ・アイヒンガー

訳＝小林和貴子

はじめて出逢う
世界のおはなし

# 目次

大きな希望 7
河岸 39
神の国 66
見知らぬ権力に仕えて 106
怖れへの怖れ 135

大いなる劇　169
祖母の死　221
翼の夢　258
おまえたちよ、驚くなかれ　301
より大きな希望　342
言葉にとどまること、その難しさと素晴らしさ——訳者あとがきに代えて　382

装画　オオツカユキコ
装幀　塙　浩孝

# より大きな希望

*Die größere Hoffnung*

# 大きな希望

*Die große Hoffnung*

喜望峰（希望の岬）の周りでは海が暗くなった。船の航路がもう一度点灯し、消えた。航空路は向こう見ずにも下降した。おどおどと島々が集まった。緯度という緯度、経度という経度を海が水で浸した。海は世界の知識を嘲笑（あざわら）い、重い絹のように明るい土地にまといつき、アフリカの南の先端を、それがただ一つの予感であるかのように、薄暗がりにおいた。そして海岸線から根拠を奪い、その支離滅裂な様子をやわらげた。

暗がりが地に足を踏み、ゆっくりと北に向かって移動した。大きなキャラバンの一行よろしく、それは砂漠の上をあがっていった。幅を広げながら、止まることなく。エレンは水兵帽を顔から払いのけ、額を上に寄せた。突然手のひらを、熱い小さな手のひらを、地中海の上に置いた。が、もうどうにもならなかった。暗がりは、ヨーロッパの港にも辿（たど）り着いてしまった。

重苦しい影が、白い窓枠をすり抜けて沈んだ。庭では噴水が音を立てていた。どこかで笑い声が潮の引くように静まった。蠅（はえ）が一匹、ドーバー海峡をカレーへとゆっくり移動した。
エレンは身震いした。壁から地図を剝（は）ぎ取り、それを床に広げた。そして持っていた乗車券を折って、真ん中に大きな帆のついた白い紙の船をつくった。

船はハンブルクから海に出た。その船は子どもたちを乗せていた。どこか問題のある子どもたちを。船は満員だった。西海岸を走りながら、それでもまだ、長いコートを羽織りとても小さなリュックを背負った、逃げねばならない子どもたちを受け入れた。どの子どもも、居続けることも、かといって去ることも許されていなかった。

間違った祖父母を持った子どもたちだった。パスポートはなく、ビザもない。存在の正しさを保証してくれる人がいなかった。だから子どもたちは夜に発ったのだ。誰もそのことを知らなかった。子どもたちは灯台を避け、蒸気船を大きく迂回（うかい）した。漁師の乗ったボートに遭遇したときは、パンを乞うた。同情を求めることはなかった。

海洋の真ん中で、子どもたちは舷側（げんそく）から頭を突き出して歌い始めた。「ブンブンブン蜂が飛ぶ……」、「遥（はる）かなティペラリー……」、「穴の中の子ウサギは」といった数々の歌を。月はクリスマスツリー用の飾りチェーンを海の上に広げた。子どもたちの船に舵（かじ）取りがいないことを知っていたのだ。風が帆に都合のいいように吹いた。風も子どもたちに同情していた。それもまた、存在の正しさを保証してくれる人のいない身であったから。一匹の鮫（さめ）が子どもたちと並んで泳いだ。子どもたちを人間たちから守ってもよい権利が自分にはある、と出てきたのである。鮫が餌を欲しがると、子どもたちはパンを分け与えた。実のところ、鮫はしょっちゅう何かを食べたがった。鮫にもまた、保証人がいなかった。

鮫は追われていることを子どもたちに語り、子どもたちも、追われていること、そのためこっそり船に乗っていること、見つかったら大変なことになることを語った。子どもたちにはパスポートもビザもなかったが、どんな代価を払ってでも、向こう岸に着きたいという願いがあった。

鮫は鮫なりの精いっぱいの仕方で、子どもたちを慰めた。そして、子どもたちの横を泳ぎ続けた。

一隻のUボートが子どもたちの前に姿を現した。子どもたちは凍りついたが、乗組員たちは少なからずの子どもが水兵帽をかぶっているのに気づくと、オレンジを投げてよこしてくれ、何もしなかった。

悲しいことばかりを考える子どもたちの気を紛らわそうと、鮫が冗談を言おうとしたまさにそのとき、ものすごい嵐になった。かわいそうな鮫は、巨大な波に遠くへ投げ出されてしまった。恐れおののいて、月はクリスマスツリー用の飾りチェーンを引き戻した。漆黒の水が小さな船にほとばしった。子どもたちは助けを求めて大声で叫んだが、誰も彼らを保証してはいなかった。子どもたちは、一人も救命胴衣を持っていなかった。

大きく、輝きを放ち、しかし手の届かないところに、自由の女神像が驚愕（きょうがく）の中から姿を現した。最初で最後であった。

エレンは夢の中で叫び声を上げた。地図の上に十字に横たわり、ヨーロッパとアメリカの間でせわしなく寝返りを打った。伸ばした腕はシベリアとハワイに届いていた。拳はあの小さな船を握りしめ、離さなかった。

赤いビロードのクッションのある白いベンチはびっくり仰天して、弧を描くように回った。丈のある光沢がかった扉が、小さく震えた。カラフルなポスターが、この苦難のせいで黒ずんだ。

エレンは泣いた。涙が太平洋を濡らした。水兵帽が頭から落ちていて、南極海の一部を覆っていた。この世界にはつらいことが多すぎた。あの小さな紙の船さえなかったら！

領事は仕事から顔を上げた。

立ち上がり、机の周りを歩き、ふたたび座った。彼の時計は止まっていて、時間がわからなかった。真夜中に近づいているに違いなかった。もう今日ではなく、まだ明日ではない、そこまでは確かだった。

コートをさっと羽織り、明かりを消した。帽子をかぶろうとしたとき、物音がした。帽子は手に持ったままだった。猫の叫び声だった。頼りなげな、それでいてしぶとい叫び声。彼はいらいらした。

もしかしたらそれは、人々が日がな一日却下されるのを待っている部屋から来るのかもしれなかった。これらの人々は、白い、期待に満ちた顔をして、移住を望んでいた。不安があったのと、世界は丸いとまだ思っていたからだ。規則とは一つの特例（アウスナーメ）であり、しかし例外（アウスナーメ）が規則にはならないことを、彼らに説明するのは不可能だった。親愛なる神と一領事館員の違いを理解してもらうのも不可能だった。彼らは手に取って量れないものを量ろうと、予測できないものを測ろうと望み続けた。とにかく、やめるということをしなかった。

領事は窓の外へ身をかがめ、下を見た。誰もいなかった。部屋を出て施錠し、鍵を鞄に入れた。大きな歩幅で待合室を横切った。総じて、人を呼ぶ部屋よりも待つ部屋のほうが多い。叶えられるよりも多くの希望があるということだ。あまりにも多すぎる希望。本当に多すぎなのだろうか？

実のところ、静寂は苦痛を与えるほどだった。夜は黒に黒を重ねたようだった。喪服のように暖かく密に織られていた。望め、人々よ、望むがいい！　そこに明るい糸を織るがいい！　向こう側では新しい模様になっているに違いない。

領事は足早に進んだ。まっすぐ前を向き、あくびをした。だが手を口にあてるよりも先に、前につんのめった。障害物に躓（つまず）いたのだ。

領事は飛び起きた。電気のスイッチはすぐに見つけられなかった。明かりをつけたとき、エレンはまだ眠っていた。口は開いたままだった。仰向けで、両手は拳を握っていた。髪は仔馬のたてがみのように短く切ってあり、帽子の縁には小さな金文字で「練習船ネルソン号」とあった。エレンは喜望峰と自由の女神像の間に横たわり、どかすことはできなかった。左目の上にたんこぶをつくりながらどうにか分かったのは、これだけだった。領事は大声で不愛想なことを言いそうになったが、手を口に押し当てた。落ちた帽子を床から拾い、撫（な）でてヨレを伸ばした。それから悠然とエレンのもとに歩み寄った。エレンは、まるで一つひとつの呼吸ごとに何かもっとずっと大事なものを逃してしまうかのように、深く早く呼吸していた。

領事はつま先立ちで地図の周りを歩き、かがんで、固い世界から優しくエレンを持ち上げると、ビロードのクッションに寝かせた。エレンは目を閉じたまま溜息をつき、頭を領事の薄灰色のコートにうずめた。丸く、とても固い頭だった。両足がしびれてくると、領事はエレンを両腕に抱きかかえ、ふたたびすべての扉の鍵を開けると、そっと自分の部屋に運んだ。

時計が午前一時を打った。それは、それ以上のことを告げるために世界中のどの時計も動かすことのできない時間だった。零時を過ぎたその時間とは、もう遅すぎるか、まだ早すぎる時間なのだ。犬が一匹、吠えた。八月。屋上テラスでは、まだ踊っている人がいた。どこかでナイチンゲールが鳴いていた。

領事はじっと待った。エレンは肘掛け椅子に横になったままだった。領事は指と指の間に葉巻を挟み、足を前に投げ出して、エレンの向かいに座った。じっと待とうと固く心に決めた。これまでの人生で、こんなに無頓着な訪問を迎えたことはなかった。

エレンは頭を肘掛けに預けていた。果てしない信頼が、その表情に浮かんでいた。スタンドランプの明かりのおかげでそれがわかった。領事は続けざまにもう一本、葉巻に火をつけた。大きなチョコレートの塊を棚から取り出し、エレンの前にあるテーブルに置いた。それから赤ペンを一本、用意した。他にも、色とりどりのカタログの山を見つけた。しかしこれらのことをしても、エレンの目を覚まさせることはできなかった。たった一度だけ、彼女は頭を別方向に向けた——緊張して、領事は姿勢を正した——が、もうまたエレンは寝入っていた。

二時になった。まだ噴水は音を立てていた。領事は死ぬほど疲れていた。すでに亡くなっている大統領の肖像が、驚いたような微笑(ほほえ)みを浮かべながら彼を見下ろしていた。領事はこの視線に応えようとしたが、できなかった。

エレンは目を覚ますと、すぐさま地図がないことに気づいた。チョコレートの塊と眠っている領事を目にしたからといって、エレンがそのことを忘れるなんてありえなかった。額に皺を寄せ、膝を抱えた。それから肘掛けをまたいで椅子から降り、領事の肩を揺すった。

「地図をどこにやったの？」

「地図だって？」領事は動揺して言い、ネクタイをまっすぐに伸ばすと、手で目をこすった。

「君は誰だい？」

「地図はどこ？」脅すようにエレンは繰り返した。

「知らないよ」領事は怒ったように言った。「私が隠したとでも思うのかい？」

「ひょっとしたら」エレンは口ごもった。

「そんな風に私のこと考えないでくれよ」領事はそう言い、身体を伸ばした。「誰が全世界を隠そうっていうんだい？」

「大きい人たちのことをよく知らないのね！」エレンは許すように答えた。「あなたが領事さん？」

「その通り」

「それなら……」エレンは言った。「それなら……」唇は震えていた。

「それなら、何だい？」

「やっぱり地図を隠しちゃったんだわ」

「そんな馬鹿げた話！」領事は腹立たしげに言った。

「その代わり、できることがあるわ」エレンは鞄の中をかきまわした。「スケッチブックとペンを持ってきたの。領事さんの机に鍵がかかってしまっている場合に備えて」

「それでどうしろっていうんだい？」

「ビザを」エレンは不安げに微笑んだ。「ビザをちょうだい！　おばあちゃんが言ったの。領事次第なんだよって。領事さんは署名しさえすればいいわ。私のおばあちゃんは賢い人なのよ。本当に！」

「そうか」領事は言った。「信じるよ」

「よかった！」エレンは微笑んだ。「でも、それならなぜ私にビザをくれなかったの？　私のお母さんはひとりで海を渡っていくことはできないのに。誰の髪の毛をとかして、誰の靴下を洗ってあげればよいの？　ひとりだったら、お母さんは誰に物語を読み聞かせればいい？　私が一緒に行けないとしたら、誰にリンゴの皮をむいてやればいい？　突然もう何もかも嫌になったら、誰の横っ面をたたけばいい？　お母さんをひとりで行かせるわけにはいかないわ。領事さん！　お母さんは、国外追放になってしまったの」

「そんなに簡単な話ではないんだよ」領事は時間を稼ごうと、説明した。

「いま言ったことは全部」エレンは続けた。「誰も私のことを保証してくれないからなのよ。

お母さんを保証してくれる人は、私のことは保証できないの。お金の問題なんだって、おばあちゃんが言ってたわ。馬鹿馬鹿しい、とも。小さな子どもが一人増えたくらいでって。この子はここにとどまらない、この子は一目散に逃げるべきだ。領事さんが全部、悪いんだって！」

「君のおばあさんがそう言ったの？」

「そうよ。私を保証してくれる人は誰もいないのよ！　どの冷蔵庫にだって保証する人はいるけど、私にはいないの。おばあちゃんが言ってるわ。確かに誰も私を保証できない、でも生きている人に対して、誰が保証できるのかって。鮫や凪にも保証人はいないわ。でも鮫も凪も、ビザは要らないのよ！」

「ちゃんとわかるように話してくれないか？」領事は辛抱しきれずに言った。

「ええ」エレンは意気揚々と説明した。鮫のことを、ビザを持たない子どもたちのことを、そして大きな嵐のことを。語りの途中で歌も一つ歌い、それからまた続けた。必死に、そして不安げに、エレンの声が大きな肘掛け椅子から迫っていた。隅に深く腰を下ろし、繕（つくろ）われた靴底が、領事の顔面をじっととらえていた。

　エレンが話し終えると、領事はチョコレートを差し出した。

「全部、夢だったとも考えられない？」領事は慎重に聞いた。

「夢だった、ですって？」エレンは叫んだ。「そんなわけないわ。だったら中庭の子どもたちが私と遊びたくないのも、お母さんが向こうに行かされて私だけが残らなくちゃならないのも、誰も私のことを保証してくれないのも、領事さんが地図を隠したのも、私のビザが発行してもらえないのも、みんな夢だったことになっちゃう！」

「どの子も寝ているというのに」ゆっくりと領事は言った。「君だけが起きている」

「夜に領事館にいる人は少ないもの」エレンは説明した。「夜には番号を待つ必要がないし、お役所の受付時間自体がないから、すべての事柄が早く済むでしょ！」

「いい考えだね！」

「そうよ！」エレンは笑った。「同じ建物に住んでいる靴屋さんが、チェコ人の靴屋さんなんだけど、言ったの。領事のところに行けばいい、領事は善良な人で、風も鮫も保証してあげられる。私のことも保証してくれるって！」

「どうやって部屋の中に入ったの？」やや厳しい口調で領事は尋ねた。

「門番にリンゴを一つあげたのよ」

「でも、やっぱり夢だったんじゃない？　もうお家へ帰らなくてはならないよ」

「そうは言っても」エレンはしぶとく言い張った。「お母さんのいるところがお家なの。そのお母さんは明日、船に乗って、明後日にはすべてが青一色になるところに、風が眠り込んで、イルカが自由の女神像の周りを飛び跳ねているところにいるのよ」

「イルカはそんなところを飛び跳ねたりしないよ」領事が遮（さえぎ）った。

「それでもいいわ」エレンは顔を両腕にうずめた。「眠い。明日には海を渡っていくのだから、私も、もう眠っていなきゃならないのに」

エレンの期待は揺るぎないものだった。ひんやりとした部屋を、砂漠を通り抜けるような風が吹いた。

「ビザをちょうだい！」

「熱があるよ」領事は言った。

「お願いだから！」

エレンはスケッチブックを領事の顔の真下に差し出した。白い紙が一枚挟まっていて、大きく不器用な字で「ビザ」と書かれていた。その周りには色とりどりの花々が、花々や鳥たちが描かれており、その下には署名用の線が引かれていた。

「全部、持ってきたの。領事さんはサインするだけなのよ。どうかお願い、領事さん！」

「そんなに簡単じゃないんだよ」領事は腰を上げ、窓を閉めた。「罰として与えられる宿題のように簡単にはいかないんだ。おいで」領事は言った。「ほら。おもてで全部、説明するから」

「ダメよ！」エレンは叫び、身を丸めて肘掛け椅子にしがみついた。頬は火照っていた。「お願い、靴屋さんが言ったの。確かに言ったのよ。風と鮫を保証してやれる人が、私のことも保証してくれるって！」

「そうだろう」領事は言った。「風と鮫を保証してやれる人が君を保証してくれる。でも私はその人ではないんだよ」

「そんなことないわ」エレンは小声になった。「サインをしてくれないんだったら……」エレンは身体を震わせた。靴屋の言っていたことは嘘だったのだ。彼はこう言っていた。領事が――でも領事もまた、別の誰かなのだと言うのだった。そしてエレンの母はというと、家にいて、不安で荷造りができないでいた。最後の夜だったのだ。

「いまサインをしてくれないんだったら……」エレンは強い脅しの言葉を探した。歯と歯をカチカチいわせていた。「だったらイルカになってみせるわ。そうして船の隣を泳いで、自由の女神像の周りを飛び跳ねてやるから。領事さんが好むと好まないとに関わらず！」

エレンは黙った。チョコレートは丸テーブルに手つかずのまま置いてあった。カラフルなカタログもそのままだった。「寒い」エレンはつぶやいた。口は開いたままで、微動だにしなかった。領事が歩み寄ると、エレンは足で蹴飛ばそうとした。領事はエレンを捕まえようとしたが、エレンは素早く肘掛けをまたいだ。走って追いかける領事。エレンは二つ椅子を倒しながら机の下をすり抜けると、ストーブに抱きついた。逃げる間、イルカになってやる、と脅し続けた。涙がとめどなく流れた。

やっとのことで領事がエレンを捕まえると、燃えるように熱かった。エレンは領事の腕の中に、ずっしりともたれた。領事はエレンを毛布にくるみ、もう一度椅子に横たえた。

「地図をちょうだい、お願い、地図を！」

領事は待合室に行き、床から地図を拾ってしわをまっすぐに伸ばすと、戻ってきた。地図をテーブルに広げた。

「目が回る！」エレンが言った。

「そうさ」動揺して領事は微笑んだ。「世界は回っているのだから。まだ学校で習っていない？　世界は丸いのだよ」

「そうね」弱々しくエレンは答えた。「世界は丸いのね」そう言って、地図の方に手を差し向けた。

「私が何も隠していなかったって、信じてくれるかい？」

「お願い」エレンは最後とばかりに言った。「ビザに名前を書いてちょうだい！」エレンは頭を上げ、上半身を肘で支えた。「そこにペンがあるわ。それで十分なの。サインをしてくれたら、もうリンゴは盗まない。私が領事さんにできることは何でもするから！　国境でオレンジと大統領の絵がもらえるって本当なの？　ほんとに本当？　大きな蒸気船にはどのくらいの救命ボートが積まれているの？」

「どの人も自分で身を守るんだよ」領事は言った。「いい考えがある！」彼はスケッチブックを膝の上に置いた。

「君のビザは、君自身が発行するんだ。君が名前を書くんだよ！」

「そんなこと、私にできるの？」エレンは訝しそうに聞いた。

「できるさ。どの人間も、結局は一人ひとりが領事なのさ。広い世界が本当に広いか、それは一人ひとりにかかっているんだ」

エレンは意表を突かれて、領事をじっと見た。

「いいかい」領事は言った。「私がビザを発行したたくさんの人たちは、がっかりすることになるだろうね。風が寝るところなんてないのだから」

「どこにも？」エレンは信じられない、というように繰り返した。

「自分でビザを発行しない人は」領事は言った。「世界中を航海しようとも、向こう岸に辿り着くことは決してないのだよ。そういう人は、つねに囚われの身なんだ。自分でビザを発行する人だけが、自由になれる」

「私は自分で自分にビザを書くわ」エレンは立ち上がろうとした。「でも、どう書けばいいの？」

「署名するんだ」領事は言った。「そしてその署名は、君が君自身にする約束なんだ。お母さんと別れるとき、絶対に泣かないって。それどころか、君がおばあちゃんを慰めるんだ。慰めが必要だからね。それから、決してもうリンゴは盗まないってことも。それから何があろうとも、すべてが青一色になる場所があるってことを信じ続けるんだ。何があろうとも、だよ」

熱に浮かされながら、エレンは自らのビザにサインをした。

夜が明けようとしていた。慣れた侵入者のように、朝はそっと窓を登った。鳥が一羽、歌い始めた。

「ほらね」領事は言った。「鳥も無条件に歌っているよ」

エレンには、もはや領事が理解できなかった。

牛乳屋の車が通りを走っていた。すべてが、ふたたび輪郭を露(あら)わにし始めた。大きな公園では、最初の秋の花々が色とりどりにさりげなく霧から浮かび上がった。

領事は電話に向かった。両手をこめかみにあて、髪を撫であげた。頭(かぶり)を振り、足を三度上下に揺すると、目を閉じ、ふたたび開けた。受話器を取ったが番号を間違えてしまい、また置いた。

足音がバタバタと中庭を通り過ぎた。相変わらず噴水は音を立てていた。領事は何かを書き留めようとしたが、メモ帳が見つからなかった。エレンのもとに行き、鞄から学校の身分証明書を取り出した。それから車の手配をして、ひっくり返った椅子を戻し、絨毯(じゅうたん)をまっすぐに伸ばした。喜望峰の周りでは、海は明るくなっていた。領事は地図を折りたたみ、それでチョコレートを包むと、エレンの鞄を開けた。もう一度スケッチブックを目の前にやると、星々に鳥たち、色鮮やかな花々が描いてあり、その下にエレンの大きな、まっすぐな筆跡のサインがあった。彼が領事になって、初めて手にした本物のビザだった。

領事は溜息をついた。エレンのコートのボタンを閉めると、帽子をそっと頭にかぶせた。エレンの表情は荒々しく陰鬱（いんうつ）であったが、頭にはまた金文字ではっきりと「練習船ネルソン号」とあった。

領事は、そっとビザに息を吹きかけた。そうすればそれが仕上がり、効力を持つかのように。それを鞄に戻すと、くちを閉じ、肩紐をエレンにかけてやった。エレンを両腕に抱いて階段を下りると、車の後部座席に寝かせ、運転手に住所を告げた。車は角を曲がっていった。

ふと領事は手で目を覆い、大股で階段を駆け戻った。

月は薄らいだ。

エレンは母親の顔に手を伸ばした。黒い帽子の下で、熱く涙で燃え上がるその顔を、両腕を伸ばしてとらえようとした。その顔こそが、世界を真なるものに、温かいものにしていた。はじめからあったその顔、唯一無二のその顔。そのあらゆるものの最初にあるものに、秘密の安全地帯に、もう一度エレンは願うように手を伸ばしたが、母親の顔は届かないところに行ってしまった。後ろへ下がり、白みかけた朝の月のように薄らいだ。

エレンは叫び声を上げた。掛布団をはねのけて、身を起そうとしたが、空をつかむだけだった。最後の力を振り絞って柵を越え、ベッドから落ちた。それはそれは、深く。

誰もエレンを受け止めようとしなかった。しがみつける星はどこにもなかった。自分の持っているすべての人形の腕をすり抜けて、テディベアの腕もすり抜けて、エレンは落ちていった。ボールが輪の中をくぐるように、一緒に遊んでくれない中庭の子どもたちの輪の中も抜けていった。母親の腕も、すり抜けた。

半欠けの月が捕まえたものの、ゆりかごのように意地悪く傾き、また放り投げてしまった。雲が羽根布団で、空が青い天井だなんてことはなかった。空は命とりになるくらい広かった。落ちながら、上下がなくなってしまったことにエレンは気づいた。あの人たちはまだ知らないのだろうか？　下に落ちることを跳躍と言い、上に落ちることを飛行と言っている、あの哀れな大きい人たちは。いつになったら理解するのだろう。

落ちながら、エレンは大きな絵本に描いてあった曲芸師の網の中を通っていった。

祖母はエレンを抱きかかえ、ベッドに戻してやった。

熱が上下を行きつ戻りつするように、太陽と月、昼と夜が訪れた。とどまることなく、暑く、高く昇り、そしてまた沈むのだった。

エレンは目を覚ますと、肘で身体を起こしながら言った。

「お母さん！」

大きな声で、親しみを込めた言い方だった。それから、待った。

ストーブ管が音を立て、暗い緑色のタイルのうしろ深くに隠れた。あとは静まり返っていた。辺りは薄暗く、灰色が濃くなった。

エレンは頭を軽く振ると、くらくらして枕元に倒れた。窓の上の方では、渡り鳥の隊列が見えた。その整列ぶりは、まるで絵に描いたようだった。すると鳥たちは、もうまた消されていた。エレンは小さく笑った。本当に絵に描いたみたい！

それにしても消しすぎですよ！　老いた教師なら、親愛なる神にそう注意したであろう。最後には穴が残ってしまいますわ！

そうしたら神は言ったであろう。ですがね、いいですか、それが私の望みなのです。のぞいてみてください！

失礼しました。そういうことだったのですね！

エレンは目を閉じ、驚いてふたたび見開いた。窓は長い間洗っていなかった。よく見通すことができなかった。長い灰色の線が、乾いた涙の跡のように窓ガラスをつたっていた。エレンは足を布団の中に戻した。氷のように冷たく、どこか身体の一部ではないような気がした。エレンは伸びをした。背が伸びたに違いなかった。エレンはたいてい夜に大きくなったのだ。でも、この春の朝は何かがおかしかった。もしかしたら……もしかしたら、秋だったのかもしれない。それに、夜だったのかも。

それならその方が好都合だった。エレンはすっかり了解していた。ともかくお母さんは買い物に出ていた。角の八百屋さんのところへ。

急がなきゃならないんですよ！　エレンは家にひとりぼっちで、何が起きるかわかったものではないんです。リンゴを二つ、三つください！　焼きリンゴにするんです。エレンはそうするのがいちばん好きで、ちょっと火を起こすと約束したものですから。もう寒くなってきてますでしょ。いくらですか？　え？　おいくらですって？　そんな、それじゃ高いわ。高すぎますよ！

エレンはすっかり上半身を起こした。

まるで叫び声のようだった。この押し殺されたような、高すぎますよ、という言葉を、あたかも自分の耳で聞いたかのようだった。八百屋の女店主の顔が薄暗がりから、赤く、ゆがんで迫ってきた。

「おばさん！」エレンは言って、脅すようにベッドの柵から足をぶら下げた。「高くつけたらただではすまないわよ！」女店主は返事をしなかった。寒さが増した。

「お母さん」エレンは呼んだ。「お母さん、靴下をちょうだい！」

静まり返ったままだった。

きっとみんな隠れてしまったのだ。エレンに、また悪いいたずらをしていたのだ。

「お母さん、起きるわよ！」より切実な言い方だった。

「もう裸足で起き上がるわよ。靴下をくれないんだったら、裸足で立つから！」

けれども、この脅しも無駄だった。

エレンはベッドから降りた。どうも不安だった。ふらつきながら、ドアのところへ駆けた。隣の部屋にも誰もいなかった。ピアノの蓋は開いていた。ゾニア叔母さんが、さっきまで練習をしていたに違いなかった。もしかしたら映画館に行ったのかもしれなかった。それが禁止されてからというもの、ゾニア叔母さんは以前にも増して映画館に通うようになっていた。エレンは、頬を冷たく滑らかな窓ガラスに押し当てた。線路の先にある向かいの古い建物では、老いた女が子どもを窓辺に連れていた。エレンが手を振ると、子どもも手を振った。女が子どもの手を引いていた。そこまではすべてが順調だった。時間をかけて、落ち着いて考えなくてはならなかった。

エレンは家中を回って、また戻ってきた。パジャマ姿で裸足のままなのを母親が見つけたら、大変なことになるぞ！

壁が敵対心も露わに、睨(にら)みつけていた。エレンは指で鍵盤を一つたたいた。音が反響した。二つめの音を鳴らし、三つめをたたいた。どの音も消えていった。どの音も次の音につながらなかった。どの音もエレンを慰めてはくれなかった。それはまるで、響きたくないかのようだった。黙っていたいかのよう、エレンに何か隠し事をしているようだった。

そのことを知ったら、お母さんの心臓は張り裂けるに違いない！　そう昔のお話(メルヘン)にあった。

「待ってなさいよ、お母さんに言うから！」

エレンは静寂を脅すように言ったが、静寂は静かなままだった。

エレンは地団駄を踏んだ。こめかみが熱くなった。

下の通りでは一匹の犬が吠え、子どもたちが大声を上げていた。ずっと下のところで。エレンは両手を頰に置いた。それは犬のせいでも、子どもたちのせいでもなく、何か別のことのせいだった。暴れ狂うものがあった。エレンは両手を拳にして、鍵盤を、白に黒の鍵盤を、太鼓をたたくようにやみくもにたたいた。ソファーのクッションを放って、テーブルからクロスを剝ぎ取り、ダビデがゴリアテに放った石よろしく、ゴミ箱を鏡に投げつけた。ゴリアテに立ち向かったダビデのごとく、エレンは見捨てられてしまったという恐怖と戦った。夢の大河から醜い水神のように頭をもたげてきた、その新しく恐ろしい意識と。

どうしてこんなに長い間、エレンをひとりにしておくのだろう？　どうして母親は外出したままなのだろう？　寒かった。寒い、寒かったのだ！

エレンは家中を駆け回った。火を起こさねばならなかった。簞笥の扉を勢いよく開き、洋服をあちこち調べ、床に身を投げてベッドの下を探した。けれども母親はどこにもいなかった。

エレンは反駁しなくてはならなかった。まさに反対のことを証明しなくては。大きく開いた現実の口を閉じたかった。母親を見つけなくてはならなかったのだ！　どこにもいない、なんてありえない！　どこにも、だなんて？

エレンは同じところを走っていた。すべてのドアを開け、母親を探して駆け回った。鬼ごっこをしていたのだ。そうだったのか！　母親は足がとても速く、エレンよりも速く、走りながら円を描いていたのだから、もうエレンのすぐ後ろに来ているはずだった。いまにエレンを捕まえて、身体を抱きかかえて振り回してくれるのだった。

エレンは突然立ち止まり、とっさに振り返って両手を広げた。「いまのは無しよ！」絶望して叫んだ。「いまのは無し、お母さん、ダメよ！」テーブルには、あのビザがあった。鳥たちと星々、そして、エレンの署名。

「夕刊だよ！」新聞売りの少年が、交差点を渡りながら怒鳴った。張り裂けんばかりの声で、寒さに震えながら、死にそうなほど興奮して。市電のタラップにジャンプして、左手でお金をつかみ取り、息を切らすと、その後は追わなかった。立派な商売だった。まったく、それは世界一素晴らしい商売だったのだ。「夕刊だよ！」

人々は飽きずに読んだものだった。それにもっとお金を払うのもやぶさかではなかっただろう。少年が売っているのは戦争のニュースや映画のプログラムではなく、まぎれもない生であるとでもいうように。人々は、それほどまでに貪欲だった。

「夕刊だよ！」新聞売りの少年は声を張り上げた。

「夕刊だよ！」少年のすぐ後ろで、囁（ささや）く声があった。またもや。

少年の売り場は、大きな交差点の真ん中にあった石畳の島に位置していた。盲目の男が一人、そのスタンドに寄りかかっていた。帽子をかぶり、物乞いはしていなかった。誰かに禁じられることもなしに、ただそこに立っていた。時折「夕刊」と言うのだった。何かを売っていたわけではなかった。小さな声でそう言い、金銭を求めるのでもなかった。森のごとく、新聞売りの少年にその呼び声を投げ返すのだった。一連のことを、商売とはみなしていない様子だった。

猛禽（もうきん）さながらに、少年はスタンドの周りを歩いた。不審げにその男の様子をうかがっていた。男は、まるで大きな交差点の真ん中にいる盲人は自分だけではないといわんばかりに、そこに立っていた。

どうしたら男をどかせられるか、少年は考えた。男は少年を侮蔑していた。彼の大きなかけ声を、小さな助けを求める声にしてしまっていたのだから。男にそんな権利はなかった。

「夕刊だよ！」

「夕刊だよ！」

車が横を疾走していた。ヘッドライトの前に青いガラスをつけていた。車のなかには止まって、新聞を窓から投げ入れさせるものもあった。男を向こう側まで連れていくにはどのくらい時間がかかるだろうか、と少年が考え始めたちょうどそのとき、エレンが信号を無視して交差点を渡ってきた。よろめきながら、まっすぐ前を見据えていた。スケッチブックを脇に抱え、帽子を深くかぶっていた。

車は止まり、市電は甲高い音を立ててブレーキを踏んだ。交差点の真ん中で、警察官が怒って手で合図した。

そうこうするうちに、エレンは石畳の島に辿り着いていた。運転手たちの怒った怒鳴り声はエレンの傍らを海水のごとく流れ去っていった。「ちょっと、あんた――」少年が盲人に話しかけた。「そこに、きっとあんたを無事に向こう側に連れていってくれる人がいるよ！」男は姿勢を正し、暗闇に向かって手を伸ばした。エレンは男の手を肩に感じた。警察官が島にいる少年のもとに辿り着いたときには、エレンは男と雑踏の中に消えてしまっていた。委縮した、暗くなった街に潜ってしまっていた。

「どこに連れていけばよいの？」

「交差点を渡ってくれ」

「もう渡ったわ！」

「そんなはずはないだろう？」男は言った。「大きな交差点じゃなかったかな？」

「別のと間違えているんじゃなくて？」エレンは慎重に言った。

「別の、だって？」男は繰り返した。「ありえないね。君が別の交差点のことを言っているんじゃないのか？」

「そんなことないわ」エレンは腹を立てて大声を出した。立ち止まり、男の手を放して不安げに男を見上げた。

「あと、もう少しだけ！」男が言った。

「でも領事館に行かなきゃならないの」エレンは言って、ふたたび彼の腕をとった。「領事さんは、違う方角に住んでいるのよ」

「どの領事のことだい？」

「大きな海を保証してくれる領事さんよ。風と鮫も保証してくれるわ！」

「ああ」男が言った。「その領事さんか。それなら安心して私と一緒に来るがいい！」

二人は長い、陰鬱な道へと進んでいた。上り坂だった。右手には建物が静かに軒（のき）を連ねていた。それぞれのメッセージ（ボートシャフト）を隠し持った、見知らぬ国々の大使館（ボートシャフテン）だった。二人は塀に沿って歩いた。盲人の杖は敷石にあたるたびに、明るく、しかし単調な音を立てた。まるで、口を堅く閉ざした者に遣わされた使者たちであるかのように、木の葉が落ちた。男は歩を速めた。小さな歩幅で、エレンは男の横を急いだ。

「領事に会って、どうするんだ？」男が聞いた。

「私の持っているビザの意味を知りたいのよ」

「どのビザのこと？」

「自分で署名したの」心許なげにエレンは説明した。「周りには花々が描かれているのよ」

「それか！」盲目の男は承認するように言った。「それなら正しいやつさ」

「今度はそれを認証してもらいたいの」エレンは言った。

「自分で署名したんじゃないのか？」

「そうよ」

「それなら、領事は何を認証しろっていうんだい？」

「わからないわ」エレンは言った。「でも、お母さんのところに行きたいの」

「お母さんはどこにいるんだ？」

「向こうよ。大きな海を越えたところ」

「歩いて行こうというのかい？」男は言った。

「ちょっと！」エレンは怒りで震えていた。「ふざけているのね！」少年もそう思ったように、エレンにも突然、この盲人には目が見えているのではないか、その虚ろな瞳は塀の先までまばゆく光っているのでは、という気がした。エレンは後ろを向き、スケッチブックを脇に抱えて来た道を走って下った。

「おいていかないでくれ！」男は叫んだ。「ひとりにしないでくれ！」杖を持って、道の真ん中に立ちつくした。冷ややかな空を背景に、男の形姿（なりすがた）は重く頼りなげに浮かび上がった。

「あなたの言うことがわからないわ」男のもとに戻ってくると、エレンは息を切らしながら大きな声で言った。「お母さんは向こうにいて、私もあっちに行きたいの。私を遮るものはないんだから！」

「戦争だからな」男は言った。「客船は、もうほとんど運航しない」

「ほとんど、だなんて」絶望してエレンは言葉を詰まらせ、男の腕をつかんでいた手に力を入れた。「でも私を乗せる船が、一隻はあるはずだわ！」何かに必死に訴えるように、エレンは湿った陰気な虚空（こくう）を睨んだ。「私のための船が、あと一隻は！」

道がなくなるところでは、空があった。二つの塔が、国境警備兵のように大使館の列から浮かび上がっていた。

「どうもありがとう」盲人は丁寧に礼を述べ、エレンの手を握ると、教会の入り口の石段に腰を下ろした。何もなかったかのように、帽子を膝と膝の間に置くと、コートのポケットから錆びたハーモニカを取り出して吹き始めた。教会の番人は、それをもう何年も許してきた。ハーモニカの音はどのみち小さくぎこちなかったので、ただ風が枝で唸（うな）っているだけのようだったからである。

「領事館へは、ここからどう行けばよいの？」エレンは声を上げた。「いちばん近道なのは？」

けれども男は、エレンのことをもう気に留めてはいなかった。頭を教会の柱にもたせかけ、錆びたハーモニカを吹くことに没頭しており、返事はなかった。さらに雨も降り始めた。

「おじさん！」エレンは言って、男のコートを引っ張った。ハーモニカを奪うと、男の膝の上に置いた。冷たい石段の上に男と並んで座り、男にくってかかるように大声を出した。

「安心して一緒に来るがいいって言ったじゃない！　どういう意味だったの？　私のための船がないとしたら、誰が海を渡してくれるっていうの？　誰が向こうに連れていってくれるの？」

エレンは怒りながら涙でむせび、手を拳にして男をたたいたが、男は動かなかった。両足を開き、頼りなげに男の前に立ち、男の顔を真正面から睨んだ。男は上に続く石段のように、平然としていた。

ためらいがちに、エレンは人のいない教会に足を踏み入れた。最後の瞬間まで、引き返した方がいいのではないか、と思いながら。馬鹿にされた気持ちだった。教会の空間の静寂を破る自分の足音が、嫌だった。帽子を取り、またかぶり、スケッチブックをきつく握りしめた。困惑しながら脇の祭壇に並ぶ聖人像の数々を観察した。このなかのどの像に、盲人のことで文句を言ってもいいだろうか？

視線は暗く、上に掲げた痩せ衰えた手には十字架を持ち、燃え上がるような山頂に立って、フランシスコ・ザビエル像が待っていた。足元には黄色い、救済を懇願する面々が、上を目指して競り合っていた。エレンは立ち止まり、頭を上げたが、この聖人がはるかかなたを見ていることに気づいた。彼の視線を自らに向けようとしたが、無駄だった。古の画家の描き方は正しかった。「なぜあなたのところに来たか、自分でもわからないわ」エレンは言った。つらいことだった。教会に行くことを楽しみ、まるでそれが喜びであるかのようにそのことを夢中で語る人々に、エレンはこれまで一度も共感できなかった。いや、それは喜びなどではなかった。むしろ苦しみだった。後に引く苦しみ。片手すべて以上の多くを求めている誰かに、指を一本差し出すようなものだった。では、お祈りは？　エレンは、それはしたくなかった。一年前に飛び込みジャンプを習ったときと似たような状況だった。深く潜るためには、高いジャンプ台に上らなくてはならず、上ったら上ったで、覚悟を決めなくてはならなかった。跳躍をして、フランシスコ・ザビエルが見ていないということを甘受し、自分自身を忘れるかどうか。

いまや、決心をしなくてはならなかった。よりによってなぜこの聖人であるのか、エレンにもまだわからなかった。古い本には、ザビエルは数多くの外国を旅したが、もっとも熱望した国を目の前にして死んでしまった、と書かれていた。

一心不乱にすべてを説明しようとした。「お母さんは向こうにいて、でも私のことを保証することはできなくて、他に私を保証する人もいないの。あなたなら……」エレンは躊躇(ちゅうちょ)した。「つまり、私のことを保証するように、誰かにお願いできないかしら? 自由の身になったら、あなたをがっかりさせたりしないわ!」

聖人は訝しげだった。エレンは、言いたいことを正確に言っていないのに気づいた。自分を自分自身から離してしまっているものを、何とかして脇に押しのけた。

「決してあなたを失望させないってことなの……私がここにとどまって、涙の中で溺れなくてはならないとしても!」

またもや聖人は不審そうだった。エレンはさらに一歩、進まなくてはならなかった。

「でも私は、涙の中で溺れやしないってことなの。自由になれなくても、あなたを非難しないように、いつも努力するわ」

最後にもう一度、ザビエルが寡黙な疑いの態度を示すと、最後の扉が後ろへ下がった。

「何が言いたいかっていうと……自分が自由になるために何が必要なのか、わからないの」

エレンの目に涙が込み上げてきた。だが、この話に涙は相応しくないと感じた。

「お願いよ。どんなことが起きても、助けてちょうだい。辺り一面、青一色になる場所がどこかにあるって信じ続けられるように。ここにとどまらなきゃならないとしても、海を渡っていけるように、助けてちょうだい！」

聖人との話は終わった。すべての扉が、開いていた。

# 河岸

*Der Kai*

「一緒に遊ばせて！」

「どこかに行っちまいな」

「一緒に遊ばせて！」

「行けったら！」

「一緒に遊ばせて！」

「遊んでなんか、いないよ」

「じゃあ、何をしているの？」

「待っているのさ」

「いったい何を？」

「この辺りで、子どもが一人溺れるのをさ」

「なぜ？」

「そうしたら、助けるんだ」

「それで？」

「そうしたら、いいことをして埋め合わせたことになる」

「何かいけないことをしたの？」

「おじいちゃん、おばあちゃんがね。おじいちゃん、おばあちゃんのせいなんだ」

「そうだったのね。もう長いこと待っているの？」

「七週間さ」

「ここで溺れる子どもは多くいるの？」

「いいや」

「それで、乳飲み子がこの運河を流れてくるまで本当に待とうというの？」

「もちろんだよ。そうしたら水を拭いてやって、市長のところに連れていくのさ。それで市長は、よくやった、えらいぞって言うんだ。明日からまたどのベンチにも座っていいぞってね。君たちの祖父母のことは忘れよう。市長さん、どうもありがとうございますってわけさ」

「どういたしまして。おじいちゃん、おばあちゃんによろしく！」

「上手いじゃないか。なんなら、今日から市長役を演じていいよ」

「もう一回！」

「子どもはここです、市長！」

「この子がどうしたんだ？」

「私たちが助けました」

「何があったんだ？」

「ちょうど河岸に座っていて、待っていたら――」

「いや、それは言っちゃダメだ！」

「それなら、ちょうど河岸に座っていたら、その子が落ちちゃったんです！」

「それから？」

「そのあとは、あっという間でした、市長さん。助けることができてよかったです。もうどのベンチに座ってもよいですか？」

「いいだろう。市立公園で遊ぶことも許可しよう。君たちの祖父母のことは忘れよう！」

「どうもありがとうございます、市長さん！」

「ちょっと待った、この子をどうしろと？」

「市長さんにお任せしますよ」

「でも、この子はいらないよ」どうしてよいかわからず、エレンは声を上げた。「役に立たない子だもの。母親は移住していて、父親は兵役に就いている。父親に会ったら、この子は母親のことを話題にしてはいけないんだ。待てよ……おじいちゃん、おばあちゃんもちょっとおかしいぞ。二人は正しいけれど、二人は間違っている！　中途半端だな。いちばんひどい。もう、たくさんだ！」

「何を言ってるの？」

「この子はどこにも属していないぞ。役に立たないんだ。なんで君たちはこの子を助けたんだ？　連れておいき、連れて帰るんだ！　君たちと遊びたいって言っても、やめておくんだ。誓って言うが、やめるんだぞ！」

「行かないで！」

「おいで、一緒に座りなよ。名前は？」

「エレン」

「一緒に子どもを待っていよう、エレン」

「あなたたちの名前は？」

「ここにいるのはビビ。両祖父母、みんな間違った血筋でね。明るい口紅を持っていて、それが自慢なんだ。ダンス教室に行きたがっている。赤ん坊を助ければ、市長はそれを許してくれると思っているのさ。

そこにいる三番目がクルトだ。実は、子どもを待つのは馬鹿馬鹿しいと思っている。でも待っているんだ。子どもを助けたら、またサッカーをしたいのさ。祖父母のうち、三人が間違った方でね。ゴールキーパーだ。

レオンがいちばん年長で、僕たちと水難救助を練習している。監督になりたいんだ。そのための術をみんな知っていてね。両祖父母が間違っている。

その先がハンナだ。将来は七人子どもが欲しくて、スウェーデンの海岸に家を持ちたいっていうんだ。旦那は牧師じゃなくちゃって。絶えず掛布団を縫っている。でももしかしたら、新しい家の子ども部屋用のカーテンかもしれないな。そうだろう、ハンナ？　太陽の光が強すぎるのは良くないからね。だけどハンナも僕たちと同じように待っていて、昼に家に帰ったり、河岸を上ってガスタンクがちょっとだけ影を作っているところへ行ったりはしないんだ。

そこにいるのはルートだ！　歌うのが好きで、たいていは、人生の苦しみのあとで黄金横丁へ行ったらってやつを歌っている。両親は九月で追い出されるんだけど、天国ではきっと住まいがあるって願っている。この世は素晴らしくて広いけど――それは誰でも認めることだ――でも、な！　引っかかるところがあるんだ。そうだろう、ルート？　何かがおかしいんだ。

ヘルベルト、こっちへおいで。最年少なんだ。片足が麻痺していて、心配しているんだ。子どもを助けるために一緒に泳げないってことをね。でも一生懸命練習をして、あともう少しでできるところだ。三人半、祖父母が間違っている。でもヘルベルトはどのおじいちゃん、おばあちゃんも大好きでね。持っている赤いビーチボールをときどき貸してくれるんだ。そうだよな？　ヘルベルトはとても真面目なんだ！」

「あなたは？」

「僕はゲオルク」

「竜を殺す、あのゲオルク？」

「竜を天に昇らせるゲオルクさ。十月になるまで待てよ！　ルートがそしたら歌う。おまえの魂を竜のように昇らせろ、とか何とかね。他にはって？　祖父母は四人とも間違っていて、蝶の標本を作ってるんだ。僕からは、これくらいだね！」

「もっと近くにおいでよ。ごらん、ヘルベルトが古いオペラグラスでときどき運河を見回している。ヘルベルトはみんなの灯台なんだ。向こうに市電が走っているのが見える？　その下には古いボートが一艘（そう）ある。僕たちのうちの一人を乗せるんだ」

「もう少し山の方に行ったら、空中ブランコのメリーゴーランドがあるのよ」

「空中ブランコは楽しいよね。身体を縮めて、それから力を抜くと……」

「そうしたら遠くへ飛んでいきそうになる！」

「目をつぶっちゃう！」

「ラッキーだったら、鎖がちぎれちゃうんだ。音楽は新しいし、そしたらマンハッタンにまでだって飛んでいくって射的屋のおじさんは言うんだ。鎖がちぎれたらね。でも、誰がそんな幸運を手にするっていうんだろう」

「毎年、委員会の人が一人、検査しにやってくる。それは余計なことだっておじさんが。飛びたい人たちを邪魔するだけだって。でも当人たちは、止められるのを喜んでいるんだって」

「逆さになるブランコもある！」

「射的屋のおじさんは、そうしたら人々は逆さになっていることにやっと気づくんだって」

子どもたちは、互いに入り乱れて喋(しゃべ)った。

「もう何度か乗ったことがあるの？」困惑してエレンは尋ねた。

「僕たちのこと？」

「私たちのことだと思ったの？」

「僕たちは、まだ一度も乗ったことがないさ」

「一度も？」

「禁止されているもの。鎖がちぎれるかもしれない！」

「おじいちゃん、おばあちゃんが重すぎるからね」

「でもときどき射的屋のおじさんが私たちのところに座って、言うの。軽すぎるより、重すぎる方がましさ！　他の人たちは、私たちのことを怖がっているんだって」

「だから空中ブランコにも乗っちゃいけないんだ」

「子どもを助けるまではね！」

「一人も河に落ちなかったら？」

「一人も？」

驚愕が子どもたちを捕らえた。

「何を言うの。夏はまだ長いのよ！」

「なんでそんなこと聞くの？　僕たちの仲間じゃないな！」

「おじいちゃん、おばあちゃんのうち二人だけが間違っているなんて。少なすぎる」

「君にはわからないんだ。君は子どもを助ける必要がないんだよ。どのみち、どのベンチにも座っていいんだから！　どうせ空中ブランコにも乗れるんだから！　なぜ泣くの？」

「だって……」すすり泣きながらエレンは言った。「なんだか急に……冬になることを考えてしまったの。あなたたちはまだここで一列に並んで座っていて、子どもを待っているんだわ！　耳や鼻、目からはつららがぶら下がっていて、オペラグラスも凍っている。あなたたちは穴のあくほど眺めているけど、あなたたちが助けたいっていう子どもは溺れないのよ。射的屋のおじさんはとっくに家に帰って、空中ブランコにも板が張ってあって、竜はとっくに昇っているの。ルートは歌おうとして、『それでも、やっぱり！』と言おうとして、でも口を開けることはできないのよ。

向こうでは、暖かくて明るい市電に乗っている人たちが冷たい窓に頬を押しつけている。ねえ見て、あなたたち、あっちを見て！　河の後ろに、道があんなにも静かになるところに、ガスタンクの右、氷の塊の上あたりに、雪の中に小さな記念碑が建っていない？　記念碑だって？　誰のために？

そうしたら私は言うの。間違った祖父母を持った子どもたちのための記念碑よって。それから言うの。寒いわって」

「やめて、エレン」

「心配しなくていいよ。子どもは救われるんだから！」

運河に沿って男が一人、歩いていた。流れる河に映った男の姿は、ゆがんでいた。縮んだり伸びたりしたかと思うと、ほんの一瞬、彼自身になった。

「人生というものは」男が言った。下を見て笑った。「人生というものは残酷だ。ためになるむごい仕打ちなんだ」それから、汚れた河面の向こうに唾（つば）を吐いた。

年老いた女性が二人、河岸に立ち、興奮した様子で言い争いをしていた。

あまりにも早口だったので、まるで女性たちは詩でも暗唱しているようだった。

「流れる河に映った自分たちの姿を見てごらん」男は通りすがりに言った。「あんたたちの姿は、ずいぶん奇妙だよ」男は悠然と、しかし足早に歩いていった。

子どもたちを見ると、手で合図をして、さらに歩を速めた。

「世界中を歩いたら……」ルートとハンナが二部合唱で歌いだした。「世界は美しくて広かった」他の子どもたちは黙っていた。「それでも、やっぱり……」ルートとハンナは続けた。

ボートが揺れた。

「それでも、やっぱり！」男が大声を上げ、順々に子どもたちの手を取った。「それでも、やっぱり――それでも、やっぱり――それでも、やっぱり？」

「その子はエレンだよ」すかさず、ゲオルクが説明した。「おじいちゃん、おばあちゃんは二人間違っているけれど、二人は正しい。だから引き分けだ」

「私たち全員がそうだよ」男は笑って、大きな手でエレンの肩をたたいた。「それがはっきりする日が来たら、喜ぶんだ！」

「もちろん」ためらいがちにエレンは言った。

「それがはっきりする日が来たら、喜ぶんだ」男は繰り返した。

「右側で一人が笑い、左側で一人が泣いたら、おまえはどっちに行く？」

「泣いている方よ」エレンは言った。

「エレンは僕たちと遊びたいんだ！」ヘルベルトが大きな声を上げた。

「母親は移住していて、父親は兵役に就いている」

「どこに住んでいるんだ？」男は厳しく問いただした。

「間違っているおばあちゃんのところよ」おどおどとエレンは答えた。「でも、おばあちゃんは正しいわ」

「待つんだ、正しいことがどのくらい間違っているか、わかる日が来るから」男は不機嫌そうに言った。

「エレンは不安なんだ」ゲオルクが低い声で言った。「僕たちが助けようとしている子どもが、河に落ちることはないんじゃないかって」

「どうして、そんな風に思うんだ？」男は怒りをあらわに声を大にして、エレンを揺さぶった。「どうして、そんなことを？　子どもは助けられたいのだから、河に落ちなければならないんだ、わかるか？」

「ええ」驚いてエレンは答え、男の手から逃れようとした。

「おまえは何もわかっちゃいない！」男は言って、ますます怒った。「その子に何が起こるか、誰もわかっちゃいないんだ。河に落ちることなく、誰もが助かろうとしている。でも河に落ちてもいない奴を、どうやって助けろというんだ？」

古いボートは、まだなお揺れていた。「あのボートは私たちのうち、一人を乗せるのよ！」ビビが男の気をそらそうとした。

「いつも一人だけだ」怒りを鎮めながら男は言った。「いつも一人だけ。ボートは正しいんだ」

「弱々しいボートさ」クルトは軽蔑したようにつぶやいた。

「蒸気船より賢いさ」男は応じた。男はくっつくように、子どもたちの隣に座った。波は平然と岸壁にぶつかっていた。

「あなたはどうなの？」恥ずかしそうにエレンは聞いた。「つまり、あなたのおじいさんたちは？」

「四人は正しくて、四人は間違っている」男は答えると、両足を灰色の草の上に伸ばした。

「そんな」エレンは声を上げ、笑った。「おじいちゃん、おばあちゃんが八人もだなんて！」

「四人は正しくて、四人は間違っているのさ」男は構わず繰り返し、三本の指で煙草を巻いた。「私たちみんなが、そうであるようにね」

鳥が河面近くを交差した。あきらめることなく、ヘルベルトはオペラグラスで河面を見張っていた。「それに私は、親愛なる神みたいな存在だからな」男の説明に、エレンはあっけにとられた。「私はこの世を手にしたくて、射的屋を営んでいるのだから」

「お気の毒様！」エレンは丁寧に言った。それからまた、一同は沈黙した。注意深く子どもたちは運河を見つめていた。夕暮れの太陽が子どもたちの肩越しに意地悪く微笑んだが、子どもたちは気づかなかった。

私たちは、よその子どもを待っている。その子が溺れるのを助けて、市役所まで連れていくのだ。よくやった、そう市長は言うだろう。おじいちゃん、おばあちゃんのことは忘れるがいい。明日からはまたどのベンチに座ってもよいし、明日からはまた空中ブランコに乗っていいだろう……明日は……明日は……明日は……。「魚が跳ねている！」ヘルベルトは笑って、オペラグラスを目の前で躍らせた。

「灯台には魚が見えるけれど、魚の方は灯台が見えない」ルートが思慮深く言った。「おかしな状況とも言えるけど、歌の一つにそういうのがあるわ」

「それでも、やっぱり」射的屋の男は叫び、突然飛び上がった。「それでも、やっぱり、おまえたちは今日、空中ブランコに乗るんだ！」

「おじさん自身、そんなこと思ってもいないのに」ハンナは信じられない様子で言った。ビビは膝下丈の靴下をゆっくり引き上げた。

「おじさんがどんな危険にさらされるか、わかっているの？」

「あそこ！」我を忘れてヘルベルトが叫んだ。「よその子ども！　溺れている！」

レオンがヘルベルトのオペラグラスをひったくった。「男の人だよ」苦々しく言った。「泳いでいるだけだ」

「おいで」射的屋の男は急き立てた。「からかっているんじゃない。仲間の男は旅に出ている。おまえたちにとって、唯一の機会なんだ。この時間には誰もブランコに乗らない。おまえたちだけだ」

「僕たちだけ」ゲオルクは困惑して繰り返した。

「すごい！」ビビは叫んだ。まるで、一羽の鳥が鳴いているようだった。

「エレンは？」

「エレンは今日じゃなくていい」男は言った。「普段から乗れるのだから」

「ここで、あなたたちのことを待っているわ」エレンは気にせず言った。この種の公平さには、エレンは無抵抗で従うのであった。エレンは彼らを見送った。

射的屋の男が先頭になって進み、子どもたちは山の方に向かって後ろを走った。河は反対側へ向かって流れていたので、その分もっと速く走っているようだった。子どもたちは互いにしかと手を握っていた。犬が吠えたが、ついてくることはなかった。灰色の草の上で恋人たちがゴロゴロしていた。平たい石がぴちゃぴちゃと河面を飛び跳ねた。

メリーゴーランドは夕暮れの太陽の中に静かに佇（たたず）んでいた。男は鍵を開けた。その遊具はガスタンクに挟まれて、物思いにふけっているかのようだった。まるで化粧前の道化師のように、沈み込んでいた。派手な屋根から長い鎖がしっかりとぶら下がっていた。小さな椅子にはニスが塗ってあった。空と太陽にも、急にニスが塗られた。

子どもたちは理由もなく笑った。

「音楽をかけるか？」男が聞いた。

「本物の？」興奮して、ヘルベルトは大声になった。

「欲張りすぎだぞ」男が答えた。

ガスタンクが、黒々と迫った。

「音楽は危険だよ！」ゲオルクが言った。「河を越えてその先まで聞こえてしまう。どこかに秘密警察がいるんだから」

「河は流れていくさ」男は陰鬱な様子で言った。

「私たちが空中ブランコに乗っていることが知れたら！」ルートは身震いした。黙々と、射的屋の主は座席を点検した。砂が敵意をむき出しにして、光った。

「音楽！」

「おじさんが訴えられたら？」

「そうしたらどうなるか、おじさんにはわかっているの？」

「いいや」男は悠然と答え、子どもたちのベルトを締めた。

試してみるように、男は空中ブランコをスタートさせた。座席が浮いた。

「スタート！」ビビがもう一度、叫んだ。「音楽！」

天井が回転し始めた。ヘルベルトの麻痺した足は、びくびくしながら宙に垂れた。

「降ろして！」ヘルベルトが叫んだ。誰にも聞こえなかった。

「帰っておいで！」岸壁を越えて、ラウドスピーカーから唸るように音楽が始まった。

子どもたちは、空を飛んでいた。重い靴の法則にも、秘密警察の規則にも逆らって。力の法則に従って、中心から飛んでいった。灰色がかった緑色のものはすべて、はるか下にあった。一つひとつの色は溶け合っていた。まだ経験したことがないものを称賛するように、光が清らかに、しかしけばけばしく、きらめいていた。像が感覚に屈服していた。

はるか下では、射的屋の男が腕を組んで立っていた。目を閉じていた。この瞬間、男は自らの小屋を全世界と引き換えにしていた。子どもたちはわめいた。もっと遠くへ飛ばされるために人々がそうするように、何度も身体を縮めた。すべて、子どもたちの思っていた通りだった。

「帰っておいで！」ラウドスピーカーが唸った。

子どもたちは聞いていなかった。もっとも遠い星の輝きが、子どもたちのもとに届いていた。

女が一人、乳母車を押して橋を渡っていた。赤ん坊は眠っており、横になっていて、微笑んでいた。乳母車の横を子どもが歩いており、大声で泣いていた。

「お腹が空いたの？」女が聞いた。

「違う」子どもは泣きながら言った。

「喉が渇いたの？」女が聞いた。

「違う」子どもは泣き続けた。

「どこか痛いの？」女が聞いた。

子どもはさらに大声で泣き、それ以上、答えなかった。

「一緒に持って！」いらいらして女が言った。

斜めに河の方へ、階段が続いていた。

「もっとしっかり握って」女は息を切らせた。「それじゃダメよ」

風が起こり、房（ふさ）になった女の髪の毛を波立たせようとした。乳母車にいた赤ん坊が泣き始めた。横にいた子どもが笑った。彼らは河沿いを歩いていた。

「どうして笑うの？」女が聞いた。

子どもは、もっと大声で笑った。

「場所を見つけなくちゃならないわ」女が言った。「いい場所を！」

「風の吹くところを」子どもが笑った。「蟻がたくさんいるところを！」

「風のないところよ」女が応じた。「蟻もいないところ」

「まだ誰も横になったことがないところを」子どもが笑った。「草が高く伸びているところを！」

「草が踏みつぶされているところよ」女が言った。「たくさんの人たちが横になった場所よ。横になるには、その方がいいのよ」

子どもは黙った。遠くから、ラウドスピーカーの音が聞こえた。

「ここにするわよ」女が大きな声を出した。「ここはいい場所だわ！　ちょうどいままで、誰かがいたみたいだわ」

「誰がここにいたの？」子どもが聞いた。

女は乳母車から敷物を取り出し、草の上に広げた。「小さい足跡だから」女は言った。「おまえみたいな子どもたちよ」

「本当に僕みたいな？」子どもは微笑みを浮かべた。

「静かにしてちょうだい！」しびれを切らして女は言った。

子どもは、河の方へと走って下った。かがんで石を一つつまみ、手の中で重さを測った。

「お母さん、石は泳ぐの？」

「いいえ」

「でも石を泳がせたいよ！」

「したいようになさい。お母さんは疲れているの」

「僕がしたいように」子どもは繰り返した。太陽はいなくなっていた。

「お母さん、ボートが一艘ある、古いボートだよ！　向こうには市電が。なんて速いんだろう、窓はなんて明るく灯っているんだろう！　僕はどうやって行ったらいいの、お母さん、僕を乗せてくれるのは？　ボートかな、それとも市電？　お母さん、寝ているの？」

女はすっかり疲れて、頭を両腕にもたせて横になっていた。等間隔で息をしていた。その横では乳飲み子が目をぱちくり開けて、空を遊ばせていた。子どもは斜面をふたたび上がり、弟の上にかがみこんだ。薄いもやに逆らうように、乳母車は硬直して黒々と立っていた。

「本当に、この乳母車でこの先進むの？」子どもは聞いた。「ゆっくりすぎない？」

赤ん坊は、静かに微笑んでいた。

「そうしたら、あとで市電に乗り換えるんだよね。でも市電は停車駅が多いんだ！」

赤ん坊の口元が、不安げにゆがんだ。

「いや違う、それも嫌なんだよね！　ね！　下のあそこにボートが一艘ある。乗ったら動き出すよ！　動いてほしい分だけ、動くんだ。そうしたら、もう乗り換える必要は全然ないよ。

誰もおまえをくるみ直すことはないんだ。その方がいいかい？　おいで！」

女の呼吸は深かった。ゆっくり身体の向きを変えた。ボートは静かに揺れていた。細い一本の紐だけで、岸につなげてあった。

子どもは乳飲み子をつかむと、斜面を駆け下りた。

「揺りかごみたいだろう？」

赤ん坊は叫んだ。縛られた舵取りのように、ボートの船尾に横たわった。

「待っていな、僕も行くから！」

子どもはボートの紐を解き、河の中に入った。

「なぜ叫ぶの？　待って、待てったら！　なぜ待たないの？」赤ん坊は、さらに大声になった。大きな汚れた水しぶきが、小さな顔にかかった。ボートは河の真ん中へ進んだ。回転し、揺れ、どっちつかずのようだった。蒸気船より賢いはずだ。賢いはず――

瞬きしながらぼんやりと、エレンは岸壁の先へと頭を上げた。まさにその瞬間、ボートは流れにすくわれ、上下が逆さまになった。

「帰っておいで！」少し下のところでは、不協和音とともにラウドスピーカーが止んだ。

「満足したか？」射的屋の主は笑った。

「もう十分」子どもたちは、楽しさにぼうっとなって答えた。

男はベルトを解いた。

「大丈夫だった」ヘルベルトは言った。「全然、平気」

「どうもありがとう！」

子どもたちは男に握手した。男は輝いていた。

「明日もやろうか？」

「もう乗らない」ゲオルクは本心から答えた。「二キロ河下には秘密警察がいるから」

「気をつけるんだ！」男が言った。「もしも……つまり、いい友達がいるんだ。とにかく、おまえたちはこれまで一度も、空中ブランコに乗ったことがないんだぞ！」

「僕たちはこれまで、空中ブランコに乗ったことはありません」レオンが言った。

出口には、子どもたちより年長の若者が立っていた。

「なぜ払うものを払わないいんだ？」

「払ったよ」子どもたちは大声で言い、すぐさまその場から駆け去った。

速く、もっと速く！　あともう少しで、自分たちの場所に戻ってくるところだった。

「あそこ！」

子どもたちの腕がだらりと下がった。顔からは血の気が引いた。愕然と、斜面の縁に立ちすくんだ。黒く、ぎこちなく、子どもたちのシルエットが夏の晩に高くそびえた。

子どもたちが見たものは、この世の不平等について彼らが抱いていた高邁な概念の数々を超えていた。苦難に耐える己の能力をも。水滴に身体を清められ、乳飲み子を腕に抱えて、エレンが運河から上がってきたのだ。

子どもたちが七週間も待っていた子どもを。存在の正しさを証明するために、いい加減またどのベンチにも座れる許可を得るために、助けるつもりだった子どもを。彼らの赤ん坊を！

二人目の子どもの手を握りしめ、母親が河岸で恐怖と喜びの叫び声を上げた。四方八方から人々が押し寄せた。それはまるで、どの人もこの唯一の機会に同情の気持ちを示すために、河から幽霊のごとく浮かび上がってきたかのようだった。困惑して、エレンはその真ん中にいた。その瞬間、友たちが斜面の縁にいるのに気づいた。

女はエレンを抱きしめようとしたが、エレンは女を押し返した。「どうしようもなかったのよ」エレンは悲嘆にくれて叫んだ。「どうしようもなかったの！　あなたたちを呼ぼうとしたけど、遠すぎて、私はただ……」エレンは人々をかき分けた。

「言い訳なんか聞きたくない！」クルトが冷たく言い放った。

「僕のオペラグラスはどこ？」ヘルベルトが叫んだ。ハンナとルートは涙を抑えようとしたが、無理だった。

「僕たちは他の方法で埋め合わせるんだ」レオンが囁いた。

血の気を失って途方に暮れて、エレンは子どもたちの前に立ちつくした。

「おいで」ゲオルクは落ち着いて言い、エレンに自分のジャケットをかけてやった。「上のところにベンチがある。僕たちは皆、これから一緒にベンチに座るんだ。こうなったらね」

編上靴が小石を踏みつぶす音がした。無意味で、自信に満ちてはいるが、ただ道に迷った者たちの歩みなだけである。驚愕して子どもたちは飛び上がった。ベンチが倒れた。

「身分証を！」ある声が要求した。「ここに座る権利はあるのか？」

この声。エレンは顔を暗闇に向けた。

「はい」ゲオルクは言った。恐怖で石のように固くなった。

ハンナはコートのポケットに手を入れ、身分証を探したが、見つからなかった。明かりの範囲外にいたレオンは、茂みに身を潜めようとした。ヘルベルトが後を追おうとしたが、麻痺した足で地面がこすれて、音がしてしまった。二人とも、連れ戻された。

鈍い静寂の中に、兵士たちは立っていた。真ん中にいる人物が将校らしかった。肩章が銀色に光っていた。ビビは泣き出したが、また静かになった。

「何もかも、おしまいだ」クルトが囁いた。

一瞬、誰も動かなかった。

真ん中の将校はいらいらしだした。憤慨して拳銃を指でいじった。

「ここに座る権利があるのかと聞いたんだ！」

ヘルベルトは二度、唾を飲み込んだ。

「アーリア人か？」

エレンは愕然として、まだ陰の中にいた。足を前に出そうとして、すぐさま引っ込めた。しかし将校が厳しく、さらにはっきりと問いを繰り返すと、素早く明かりの下へ歩み出て、短い髪の毛を独特の仕方で顔から払いのけると、言った。

「わかっているはずよ、お父さん！」

ヘルメットとは、明らかに表情を隠すためにあるようだ。そのことは、どの前線でも証明されている。

小さな埃（ほこり）っぽい公園で、息の詰まるような静寂が、不気味で、声高な一つの静寂が、生まれた。右左の両端の兵士たちにはきちんとのみこめなかったが、やりこめられたときのように、彼らは吐き気とめまいを催していた。子どもたちは全員了解し、勝ち誇って暗闇にとどまった。

ここにいたのは、自分を忘れるようにとエレンに頼んだ人物だった。でも言葉がそれを語った口を忘れるなんて、ありえるだろうか？　将校は、一つの考えを最後まで考えることを拒んだ。それで考えの方が彼を影で覆い、凌駕(りょうが)した。

子どものうち一人として、逃げようと思った者はなかった。一挙に攻勢に打って出た。子どもたちの無力さからは、未知の力が流れていた。バベルの塔が、彼らの呼吸の小さな振動で揺れた。湿った、雨で重くなった風が、西から河を渡って吹いた。解放的な世界の吐息だった。

エレンは微笑もうとした。「お父さん!」そして両腕を父親に向かって伸ばした。男は一歩、小さく後ろに下がった。いまや同伴者より少し後ろに立ち、他の兵士たちには彼の動きが見えなくなってしまった。思いとどまらせるように、苦境に立たされたその視線はエレンに向けられていた。右手はベルトを握っていた。その手は震えていた。黙ったまま、あらゆる手段で男はエレンに力を及ぼそうとした。

だが、エレンはもう抑えられなかった。信頼感がごうごうと音を立ててエレンを包み、正体を暴かれた国の不毛な地まで、落胆の苦しみと痛みの真ん中まで、エレンを運んだ。ジャンプをして男の首に巻きつき、キスをした。しかし男はすでに考えを固めていて、力づくで両手を肩から離すと、エレンを少し押し返した。

「どうして、おまえがここにいるんだ?」いくぶん厳しめに、男は聞いた。

「おまえの仲間たちはどんな奴なんだ?」

「あら」エレンは言った。「他と比べたら、とてもいい人たちよ」

エレンは振り向き、ぞんざいに手を動かした。

「あなたたちは家に帰っても大丈夫よ！」

茂みの中では音がしだした。小さく、だんだんと大きく。葉と葉が擦れあい、洋服がとげに引っかかった。枝の折れる音がした。あとは、レオンの囁く声とヘルベルトの足の擦れる音、静かな速いペタペタという足音が、一瞬、聞こえただけだった。そして静かになった。

二人の兵士は振り返って唖然（あぜん）としていたが、命令はまだなかった。それというのも、怒ったエレンが明確な意図をもって父親にしがみついて、離れなかったからだ。執拗に父親にとっつき、喋れないようにした。まるで小さな忌々（いまいま）しい獣のように、肩章にぶら下がった。

エレンは思った。ヘルベルトの片足は麻痺している。他の子よりもっと時間が必要だ。それ以外は何も思わなかった。涙を流し、父親の制服を汚した。むせび泣いて、身体が揺れた。が、その合間に笑い、父親が逃れるまえに頬を嚙（か）んだ。

父親はハンカチを出して口を拭くと、コートにできた染みをぬぐった。

「おまえはどうかしている」男は言った。「行きなさい」

エレンは頷（うなず）いた。

「ひとりで家まで帰れるか？」

「ええ」エレンは落ち着いて答えた。「大丈夫よ」しかしながら、祖母とゾニア叔母と住むあの汚れた部屋のことではなく、むしろ、エレンを包んでいたあの遠方のことを言っていた。

「私は勤務中だから」男は説明し、次第に落ち着きを取り戻した。上層部には、この出来事は熱に浮かされて見た幻覚と説明すればよかった。

「これ以上、引き止めるつもりはないわ」エレンは丁寧に言った。

男は別れの身振りをしようとして、ためらいがちに手をヘルメットの縁に置いた。エレンはまだ何か言おうとしたが、そしてもう一度顔を見ようとしたが、動かなかった。明かりの輪が去っていった。エレンは暗闇に残された。

エレンはベンチの方を振り向いた。「ゲオルク！」囁いた。

しかしゲオルクは、ここにはいなかった。誰もここにはいなかった。みんな逃げていた。

その瞬間、風が雲を脇に押しのけた。エレンは階段を駆け下り、河辺に立った。月がエレンの影で、向こう岸に橋を架けていた。

## 神の国

*Das heilige Land*

証明書を提示できない者は、終わりだ。証明書を提示できない者は、引き渡されたも同然だ。私たちはどこへ行けばいいのだろう？　誰が偉大な証明書をくれる？　誰が私たちを、私たち自身へと導いてくれるのだろう？

私たちのおじいちゃん、おばあちゃんがしくじったのだ。おじいちゃん、おばあちゃんは、私たちのことを保証できないのだから。おじいちゃん、おばあちゃんは私たちの罪になってしまった。私たちが存在するという罪。私たちが夜な夜な大きくなるという罪。どうか、これらの罪をお赦（ゆる）しください。私たちの赤い頬を、白い額を、私たち自身をどうかお赦しください。私たちは一つの手からなる賜物（たまもの）ではないのだろうか？　ある閃光から生まれた炎？　ある悪事からなる罪？　私たちのことは、昔の人たちのせいなのだ。昔の人たちのことは、もっと昔の人たちのせいなのだ。そしてもっと昔の人たちのことは、もっとも昔の人たちのせいなのだ。

地平線に沿う道のようではないか？　この罪の道はどこで終わるのだろう？　どこで途切れる？　おまえたちはそれを知っているのだろうか？

かつて存在した人々は、この道のどこで目覚めるのだろう？　この道のどこで墓から頭をもたげ、私たちを証明するというのだろう？　どこで胴についた土をはらい、私たちが私たちであることを誓うのだろう？　この嘲笑（ちょうしょう）は、いつ止むのだろう？

百年前、二百年前、三百年前？　おまえたちはそれを偉大な証明書と呼ぶのだろうか？　もっと数えたらいい！　千年、二千年、三千年。カインがアベルを、アベルがカインを保証するまで、おまえたちの目の前がくらくらするまで、おまえたちが人殺しを始めるまで。おまえたちだって、それ以上は知らないのだから。おまえたちだって、保証されていないのだから。おまえたちだって、ほとばしる血の証人というだけじゃないか。どこで私たちは出会うのだろう？　創られたものは、どこで証明される？　私たちみんなの、天への偉大な証明書はどこで書かれる？　それは溶けた鐘々が、始まりと終わりを同時に告げるところ。一秒一秒が正体を現すところ。やっとすべてが青一色になるところに違いない。最後の別れが終わり、再会が始まるところ。町はずれの墓地が終わり、野原が始まるところ。おまえたちが私たちを市立公園で遊ばせまいとするなら、墓地で遊ぼう。ベンチで休息することを禁じるなら、墓の上で休もう。おまえたちが私たちに、来（きた）るべきものを待ち望むことを禁じるなら——それでも、私たちは待ち望む。
いち、に、さん、もういいかい。私たちは隠れん坊をしている。自分を見つけた者は、自由の身だ。あそこ、白い石のところ！　逃げられる場所だぞ。そこなら自由な鳥（フライエ・フォーゲル）たちも法の恩恵のもと（ニヒト・メア・フォーゲルフライ）にある。いち、に、さん、もういいかい。死者たちも一緒に遊んでいる。聞こえる？　聞いた？　私たちを証明しておくれ。立ち上がって、両手を挙げて、おまえたちが生きていて、私たちを保証すると誓っておくれ！　私たちも、他の人たちと同じように生きていると！　私たちも、お腹が空くことを！

「ダメだよ、レオン、それはないよ。ずるをしている。指と指の隙間からのぞいているじゃないか！　僕たちがどこに行くか、見えてるだろ！」

「見えるさ」レオンは小さく繰り返した。「指と指の間からね。墓石の間に君たちが消えていくのが見える。そうとも、見ているさ。でも、そのあとは何も見えなくなる。行ってしまわないでくれよ！」懇願するように叫んだ。「一緒にいよう！　直に暗くなる」

「続けようよ！　一時間後にこの墓地は閉まってしまう。残りの時間を使わなくちゃ！」

「気をつけて。自分たちを見失わないように」取り乱してレオンは叫んだ。「気をつけて。間違えて埋められないように。君たちが！」

「そんなに大声だと、看守が僕たちを追い出してしまう。最後の遊び場がなくなっちゃうよ！」

「気をつけるんだ。死者たちと間違えられないように！」

「気でもおかしくなったのか、レオン！」

「君たちがいま隠れたら、僕はもう見つけられないかもしれない。僕は墓の間を歩き、君たちの名前を呼び、叫び、地団駄を踏むけれど、君たちは出てこない。するともう、遊びじゃなくなっているんだ。葉はざわめく。でも僕には、それが何を言わんとしているのかわからない。荒れた灌木（かんぼく）が身をかがめて僕の髪を撫（な）でるけれど、それは僕を慰めることはできない。遺体安置所から看守が走ってやってきて、僕の首根っこをつかむ。誰を探しているんだ？　他の奴らだよ。他の奴らって？　僕と一緒に遊んでいた仲間たちさ。何をしていたんだ？　隠れん坊さ。そんなことするからだ！　看守は僕の顔を睨（にら）み、突如、笑い出す。何がおかしいんですか？僕の友達は？　他の奴らは？　他の奴らなんて、いやしない。奴らは墓に隠れて埋められちまった。偉大な証明書を持ってこなかったからな。でも、もう昔の話だ。

　なぜおまえたちは隠れん坊なんてしたんだ？　生きているのに、なぜそんな遊びをするんだ？　よりによって、なぜ墓場で自分たちを探すんだ？　行くんだ！　ここから逃げろ。門が閉まる！　他の奴らなんて、いやしない。看守は僕に迫るんだ。怒った顔をしている。行きな！　僕は行かない。じゃあ、おまえも奴らと同類なのか？　おまえも証明されていない？

じゃあ、おまえも存在しないんだな。看守は急に消えてしまった。白い道が黒くなる。左も右も墓だ。名もない墓。子どもたちの墓。僕たちは、もう存在しない。僕たちは死んでしまっている。誰も僕たちを保証してくれなかった！」

「レオンの言う通りだ！」

「遊び続けないのかい？　それとも隠れん坊をやめる？」

「考えさせて、ゲオルク！」

「いいや、考えさせてやらない。僕は続けるよ。最高の場所を知っているんだ！　君たちに教えようか？　あそこだ……もっとも古い墓があるところ！　墓石がもう斜めっていて、盛り土が最初からなかったみたいに沈んでいるところ！　誰ももう泣かなくて、みんなが待っているところ。耳を澄ましている人みたいに、風がそっと吹くところ。その上の空が、一つの顔のような……そこなら君たちは、僕を見つけられないんだ！」

「百年後に、ゲオルクの白い骨！」

「レオンの口振りがうつったな」

「ゲオルクは見つけてもらいたい？」

「なぜそんなことを聞くんだい？」

「なら、なぜ隠れるの？」

「ここにいてよ！」

「一緒にいよう！」

「僕たちがそもそもここにいるかどうか、わかったもんじゃない」レオンが言った。

「僕たちには、僕たちを証明してくれる死者たちがいない。僕たちのおばあちゃん、おじいちゃんは軽蔑すべき人たちで、その親たちも僕たちを保証してくれない」

「拒んでいるんだ」

「遠くから来て、遠くへ行ってしまった」

「私たちみたいに狩り立てられているのね」

「落ち着いていられないんだ」

「誰かが探すような場所には、隠れないようにしている」

「墓石の下で、静かに眠ってなんかいない！」

「侮辱されている！」

「嫌悪の対象になっている！」

「迫害されている！」

「まるで、僕らの死者たちが死んでいないかのようだ」レオンは言った。子どもたちは互いの手をつかんだ。輪になって、見知らぬ墓石の周りをジャンプした。

「やっとわかった、やっとわかった、死者たちは死んでいない！」飛ぶ火の粉のように、子どもたちの叫び声は灰色の空へと四散した。子どもたちの上に、一つの顔のようであったこの空へと。まるで一人の見知らぬ人の慈悲、落ちながら隠れる光のごとき空へと。重く、ますます重く、大きすぎる翼のように子どもたちに沈みかかる、この空へと。

「僕らの死者たちは、死んでなんかいない」

「隠れているだけなのよ」

「僕たちと隠れん坊をして遊んでいるんだ！」

「僕たちで探そうじゃないか」レオンが言った。

他の子どもたちは腕を降ろし、急に立ち止まった。

「どこへ行けばいいっていうんだ？」

子どもたちは身を寄せ合った。一人が腕をもうひとりの肩に回した。頭を垂れて、静かな墓石の上に座った。身動き一つなく、弱々しく暗い姿が白い石に際立った。遠くでは、遺体安置所の円屋根が悲しい夢のように夕暮れに浮かんでいた。砂利道の上では、最後の黄金色の落ち葉が見知らぬ墓の足元で踊っていた。

「わたしをおまえの足元の葉っぱにしておくれ」ルートがおどおどと言った。「この種の歌の一つにあるのよ」

葉っぱは、どこに向かうのだろう？　栗は、どこに転がっていくのだろう？　渡り鳥は、どこへ飛んでいくのだろう？

「僕たちは、どこへ行けばいいっていうんだ？」

墓は、果てしなく西へと続いていた。あらゆる意図から遠ざかって、見えないところへと。繰り返し低い赤レンガの塀に遮られ、ただ宗派によって分けられたその他の墓地は、町の方へと、そのはずれの墓地に連なっていた。

南に向かっても、墓は押し黙った軍隊のように列をなしていた。両側から攻撃しようとしているようだった。

北側には道が伸びていた。その方向からは市電の走る音が聞こえた。市電はこのはずれの墓地には止まらず、まるで怯えているかのように、人間がそうするように顔をそむけたいといった体で、急いで走り去るのだった。丘に登って墓石につかまり身体を少し伸ばせば、市電の赤い明かりがあちこち動くのが見えた。きょろきょろ、きょろきょろ、動揺した両眼のよう。なんなら、それを笑うことだってできた。

このはずれの墓地は、絶望的な秘密と魔力に満ちていた。墓は荒んでいた。そこには見知らぬ文字を刻んだ小さな石造りの堂と、哀悼のためのベンチがあった。夏の間は蝶が飛び、ジャスミンが咲くこともあったが、どの墓も、あまりにも多くの言わずにおかれたことや草で覆われていた。ここで遊ぶのは痛ましいことだった。はしゃぎすぎて勢い余って発せられたどの大声も、とたんに底知れぬ憧憬（しょうけい）に変わった。子どもたちは自ら進んで砂利道の白い腕に、小さな円形の場所の突然開いた手に捕まった。「どこへ行けばいいというのだろう?」

大きなレースの最後のハードルのように、黒い低い生垣が墓地を、東に広がる広大な野原から隔てていた。その広がりは果てしなさにおいて、地球の丸みを証明していた。あるいは地球によって、その広さが証明されていた。この地球とは、果てしなくあるために丸いのではなかったか? ある一つの手において安らぐために、丸いのではなかったか?

でも、これらの道のどれだというのだろう? どうやって私たちは死者たちに追いつくことができる? どうやって死者たちに釈明を求める? 彼らはどこで、私たちを証明してくれるというのだろう?

それは近くて遠いところ、遠くて近いところではないか? すべてが青一色になるところ? その道のずっと先、野原に沿って、畏れ（フルヒト）と報い（フルフト）の間を縫っていったところ?

「僕たちは、どこへ行けば?」

子どもたちは、途方に暮れて頭を抱えた。その眼で、臨終者が授かる秘跡のごとく、静かな暗闇を飲み下した。

子どもたちの頭上高くで、飛行機が唸（うな）った。子どもたちは墓から頭を上げ、それを見やった。

カラスが飛び立った。闇の中で、平然と消えてしまった。飛行機とカラスが。私たちのことではない。証明できないからといって、私たちは消えてしまいたくなんかない。

生垣の向こうで、小さな火が燃えていた。そこでは、三匹の山羊(やぎ)が草を食(は)んでいた。

「おまえたちは家に帰る時間だよ」年老いた男が言った。優しい言い方だったが、山羊に向けられた言葉だった。

「僕たちも」レオンが口ごもった。

ビビは飛び上がり、生垣に向かって駆けた。他の子どもたちも続いた。

野原には霧が立ち込めていた。山羊と一緒にいた老人はいなくなっていた。がっくりして、子どもたちは見知らぬ墓に戻った。肩を落としていた。足は重かった。徐々に寒くなっていた。

遠くから、電車のゴーゴー走る音が聞こえた。

「逃げるんだ!」

「こっそり国境を越えるんだ!」

「急いで、手遅れになるまえに!」

汽笛の音に合わせて少し一緒に走るためには、どのくらい荷物を少なくせねばならないのだろう? 自分たち自身よりも少なく。そのような方法で移動するのは、思うよりも骨が折れた。

そして、どこへ?

子どもたちはもう、最後のお金を使い果たしてしまったのではなかったか？　子どもたちの外国への移送があるたびに、プラットフォームに立ち入るための入場券を買ったのだから。そして自分たちよりも幸福な友たちに、さらなる幸運と途上での無事を祈るために、最後の微笑（ほほえ）みも分けてしまったのではなかったか？　それから大きなハンカチでもって別れの挨拶をし、青い、少しずつ暗くなる駅の照明の揺れる光の中に取り残されることにも、長（た）けていたのではなかったか？　でもそれは、ずっとまえのことだ。

いまや子どもたちは、とうに知っていた。この世で正しさを求める限り、間違ってしまうことを。彼らは学んでいた。顔をゆがめることなしに家具を売ったり、足で蹴られても顔色一つ変えずにそれを甘受したりすることを。天窓からは、神殿が燃えるのを見ていた。でも次の日には、空はふたたび青かった。

いいや、子どもたちはもう、この光り輝く朗らかな空を信用していなかった。降り注ぐ雪も、膨らむ蕾（つぼみ）も。目覚めつつあった意識が、そして流されなかった涙の危険な激流が、出口を求めて手探りしていた。その激流が、川床を削っていた。

「逃げるんだ！」

「外国へ！」

もう手遅れではなかったか？　長いこと、子どもの移送はなかった。国境は閉ざされていた。

戦争中だった。

「僕たちはどこへ行けばいい？」

「どの国が、私たちをまだ受け入れてくれるというの？」

南でもなく、北でもない。東でもなく、西でもない。過去でもなく、未来でもない。

それなら、残された国は一つ。死者たちが生き返るところ。

それなら、残された国は一つ。渡り鳥と散り散りになった雲が証明されるところ。それなら、残された国は一つ——。

「山羊が証明されるところだ」ヘルベルトが言った。「白い山羊たち、葉っぱに栗の実の数々が証明されるところ。そこなら、僕たちも証明してもらえるんだ」

「小さいのは黙ってるんだ！　法螺を吹くんじゃない！」

「ヘルベルトは正しいよ」レオンが考え込んで言った。「風や野鳥が証明されるところなら、僕たちだって証明されるんだ。でも、それはどこなんだろう？」

「風や鮫を保証してくれる人が」エレンは大きな声を上げた。「その人が私たちのことも保証してくれる。そう領事さんが言っていたわ」

「でも、そいつはどこにいるんだ？」

レオンは飛び上がった。

「エルサレムへ行くべきだったんだ！」唐突に言った。

「神の国のこと？」エレンは叫んでいた。

他の子どもたちは笑った。

「聞いたんだ」レオンは言って、白い墓石に寄りかかった。「そこではオレンジの果実がたくさん採れるんだって。それも手で！」

「どうやって行こうというんだ？」クルトがからかうように言った。

「僕たちがいちばん近い国境を越えることができたら」レオンは言った。「そこからなら、そんなに難しくないかもしれない」

「でも、どうやって国境まで行くの？」

「誰が私たちを助けてくれるというの？」

「霧さ」レオンは言った。「どこかの誰かが。山羊と一緒にいた男も、助けてくれるかもしれない」

「山羊と一緒にいた男ですって！」ビビは笑い出した。

その笑いで、ビビは身を震わせた。

「でも国境で僕たちが捕まったら？」

「私たちの出国が認められなかったら？」

「そうなるとは思わない」レオンは落ち着いて言った。

「黙れ！」クルトが叫んだ。「レオンは僕たちみんなを馬鹿にしているんだ！　もう行こう。行くんだ」

「どこへ？」

「ここにいるんだ！　一緒にいよう」

「一緒に、だって！」クルトは嘲った。「一緒に、だって？　君たちは方角だって知らないんだろう？　墓を横切ってかい？　神の国へは、どうやって行くんだよ！」

「僕は真面目さ」レオンは言った。

ふたたび遠くから、小さな壁の後ろで市電のガタゴト揺れる音が聞こえた。生垣の先の火があったところから、白い煙が昇っていた。宵の明星は霧の奥でびくついたままだった。まるでまだ誰も知らない、とっくに決まった何かであるように。重い薄暗がりが、あらゆるものの輪郭を覆った。まるで、それらが間違いででもあるかのように。

「あそこに誰か一人、立っている！」レオンが言った。

「どこ？」

「あそこだ。道が門に向かうところ」

「見える？」

「耳をそばだてている奴だ！」

「見えた？」

「うん、見える」

「傾いた墓石のすぐそばにいる！」

「灌木が一本、あるのよ」ハンナが言った。

「若い木だ、とても若い木」クルトが嘲笑した。

「十分で地面からぐんぐん育った、魔法にかかった王子だ！」

「救ってあげなよ！」

「動いた」

「全部、聞いたんだ！」

「僕たちは何も言っていない」

「私たちの計画みんな！」

「どうして君たちはそんなに大声で話すんだ？」

「エレンは何か思いつくたびに叫んでしまうんだ」

「あなたたちだって、大声だったじゃない！」

「また止まった」

「墓地を訪ねに来たんだ。遺族なのさ！」

風が茂みを揺らした。最後の葉っぱが、落ちまいと抵抗した。

「遺族じゃなかったら？」

「僕たちを密告したら？」

「あいつは何も聞いちゃいない」

「全部、聞いたわ！」

「君たちの計画も終わりだね」クルトがひやかした。

ふいに子どもたちは言葉を失った。

子どもたちのいた墓から少し道が続いており、角を曲がると墓地の施設へと向かっていた。道はところどころ藪（やぶ）とベンチで隠れていたが、塀のそばでふたたび姿を現し、そこから横幅のある黒い門へと続いていた。一本の川のようだった。まるで、そこで合流するのか、そこを源とするのか、わからない川。その道を、遺体安置所から葬儀の行列が子どもたちの方へと近づいてきていた。ここ何年かで、このはずれの墓地に埋葬される人々は増えていたが、それにしても葬儀にしては非常に遅い時間だった。門に錠がかけられる寸前であったに違いない。さしあたり見分けることができたのは暗い塊だけで、それがゆっくりと幼虫のように道を這（は）っていた。さなぎになるため、とでもいうように、藪の後ろに隠れた。角のところで見えるようになったときは、もっとはっきりしていた。それがはっきりするときが来たら喜ぶんだ、そう射的屋の主(あるじ)は言っていた。

はたして、それは葬式の行列だった。棺の担ぎ人たちはできるだけ速く移動していたが、それでもその速度はまだ遅かった。いらだって棺台がギシギシと音を立てた。

主よ、私たちとともにいてください。もう晩になってしまいます！

担ぎ人たちは家路につきたかった。家に帰りたいという気持ちは、棺の中の死者が抱いていたのと同じくらい大きかった。

子どもたちは墓石から飛び上がった。埃(ほこり)と葉っぱが舞い上がった。一瞬、それらすべては、子どもたちを連れ去り、別の何かに溶かしてしまおうとする雲のようだった。けれどもこの埃もまた下降する、呪われた運命にあった。

子どもたちは脇へ避けた。気に留めぬ様子で、その横を担ぎ人たちが足早に棺を運んだ。それは素の木材でできた、明るい長い棺だった。担ぎ人たちの動き次第ではどこか浮いているようで、棺は自由であるかのように見えた。黙々と宙に浮きながら、果実の中に種があるように、このいまわの従属状態の中にある種(しゅ)のいまわの独立状態があることを、証明したいかのようだった。

棺に続く者はいなかった。すすり泣き、葬儀に続こうとしてできなくて、また黒ベールで前が見えずに自らの足に躓いてしまって、不本意にもいつもどこかおかしなところのある、あのお決まりの参列者は誰一人として。棺に続く者がいなかったって？

どの子どもが一番だったのだろう？　ヘルベルトだったか、エレンか、レオンか？　何が子どもたちを突き動かしたのだろう？　不安だったのだろうか？　斜めった石のところにあった、本当は藪ではない藪に対する不安？　それとも焦がれる思慕だったのか？　神の国への憧憬？

子どもたちは、見知らぬ棺に続いた。見ず知らずの死者に、ここでよって立つことのできるその唯一の、いま彼らを守ることができるたった一人のその死者に。その死者が、子どもたちに根拠と証明を与えた。ヘルベルトは麻痺した足をいつもそうするように少し引きずって、エレンとゲオルクの間を行った。ルートとハンナは、貧しい人たちの棺であることを示す白木と同じくらい明るいふさふさとした髪の毛を、秋風になびかせて。

子どもたちの動きは、進むにつれて担ぎ人たちの動きにそろっていった。躊躇と焦燥に急かされて、でもどちらからも同じ程度に急かされて、その間を揺れながら。弔問客ではなく、客なのだった。まるで、子どもたちも一緒に担いでいるようだった。それが神の国に続く道だったのか？　墓という墓には、一つも明かりが灯されていなかった。勤務中の担ぎ人たちは、いらだたしく喘いだ。務めは十分、重かった。晩秋のこの時間には、うんざりだった。

「おいおまえたち、俺たちについてこようというのか？」

「僕たちも一緒なんだ」

「遺族か?」

「違う」

「参列者?」

暗い晩だった。暗闇に荷物を担いで前進しようとする者には、振り返るのは難儀であった。しかし弔問客でもない客に適当な罵倒の言葉を見つけるのは、もっと難しかった。担ぎ人たちは歩くペースを落としたかと思えば、また速めた。脅し、肩越しにののしった。しまいには子どもたちを怯(ひる)ませるために、棺台を上下して、棺がピョンピョン飛び跳ねるようにした。けれども、どれも効果はなかった。意を決して、子どもたちは棺の後についた。目の前に運ばれていく棺の宙を浮く明るさに、まるで一つの歌に運ばれて。子どもたちの瞳は確信に満ちて、その明るさに向けられていた。まるでそれが、本当に神の国へ連なる道であるかのように。東でもなく、南でもない。北でもなく、西でもない。過去でもなく、未来でもない。その道、ただその道。ひたすらまっすぐ。どこだって、まっすぐなのだ。

子どもたちは道すがら、担ぎ人たちの罵倒を小さく笑い飛ばした。知らないうちに、目的地が子どもたちの顔に映っていた。

その道がそんなに遠いことに、もう驚かなかった。そうやってあと何時間も、ひたすら霧の中を墓の列に続いて歩き続けたとしても、不思議に思うことはなかったであろう。担ぎ人たちが棺と一緒にいきなり生垣を飛び越えて、帰路につく三匹の山羊を追いかけたとしても、呆れることはなかったに違いない。

が、担ぎ人たちは立ち止まった。立ち止まって棺台を置いた。まるで、子どもたちの行く手を阻むという、ただそれだけのために止まったかのようだった。まるで、ただそれだけのために、墓が掘られたかのようでもあった。

墓はとっくに掘ってあった。そうじゃないわけはないだろう? 細い黒い枝が下がっており、先が穴の底の縁に触れていた。はずれの墓地の一番端っこに、その墓はあった。

担ぎ人たちは身をかがめ、棺を台から降ろすと、つり下ろすためのベルトを巻いた。棺は揺れ、あっという間に暗闇に消えた。

黙々と、子どもたちは投げ入れられる土くれの前に立ちつくした。ふとそれが、ここで終わりを迎える最後の逃げ道に思えた。国境を越えるための、何らかの証明書を得るための、最後の道。担ぎ人たちが墓を埋め始めると、子どもたちはためらいながら去った。

子どもたちがその見知らぬ男に気づいたときには、先頭を行く者たちはもう、遺体安置所の塀のそばに来ていた。男はゆっくりと揺れながら、その白い道を子どもたちの方へと向ってきた。狩り立てられた獣のように、子どもたちは茂みに隠れた。

他の者たちの少し後ろにいたエレンとゲオルクは取り残され、警告の呼び声が聞こえなかった。二人は他の子どもたちを見失うと、走り出し、一直線にその見知らぬ男の懐に辿り着いた。

「そんなに急いで、どこへ？」

頭をかしげ、男は大股で道の真ん中に立ち、子どもたちを通せんぼした。

「どこへ？」

「あなたはどなた？」

「木でもなければ、密告者でもない」

直に判明したのだが、男は葬儀馬車の御者だった。男はすべてを聞いていた。

「おまえたちは神の国を目指しているのか？」

「冗談だったんだ」ゲオルクが言った。二人は固まったまま、もう逃げようとはしなかった。

男はゲオルクとエレンの肩をつかむと、彼らを連れて門の方へ向かった。二人は男の手に、冷たさと気軽さを感じた。

「それでなぜ、よりによって神の国を目指すんだ？」

「遊んでいたのよ」エレンは答えた。

「でも馬鹿げている」御者は怒って声を上げた。

「神の国はあまりにも遠いのだ、いいか？」男は子どもたちの方へ頭を深く傾けた。「すぐ近くに国境がある。そこを越えるのはどうってことないんだ！　そこからおまえたちは先に進む必要はまったくない。そこには、わんさとおもちゃがある、そこではすべてを取り戻せて……」

「丸焼きになった鳩が飛んでいるのね」優しくエレンが微笑んだ。「メルヘンにあるわ！」

御者はエレンを忌々しげに見つめた。

「国境がある。この近くに」迫真を込めて、そう繰り返した。

「国境警備兵もたくさんいる」ゲオルクが口を挟んだ。

「どこにでも警備兵がいるわけじゃない」御者は応じた。

「俺は遺体だけを運ぶんじゃない」

「何が望みなんですか？」

男は数字を言った。

「お金ね」エレンが言った。

「何だと思ったんだね？」

「出発は？」

「明後日だ。明後日なら、時間がある」

「明後日まで？」ゲオルクが言った。

「急ぐんだ。それとも、あきらめるか」男は応じた。

「私たちにお金を調達することができたら？」子どもたちは、急に熱を帯びていった。

「好きにするがいい」御者は言った。「おまえたちがそこにいるなら、俺もそこにいる」

三人は門に辿り着いた。看守は鍵をガチャガチャいわせた。「あんたがたは、あそこを走っていった奴らのお仲間かい？」

「違う」御者は答えた。

「そう」子どもたちは叫んだが、三人はすでに、くぐってしまっていた。その後ろで、門が閉まった。

「明後日の晩に、このはずれの墓地から出発だ。塀のところで待っている」

「明後日だ」御者は最後に繰り返した。明後日。何かの間違いじゃ？　明後日のために生きる。そして明後日のために死ぬ。この密会は罠ではないか？　見知らぬ御者との取り決めが、いつもそうであるように？　落ち合う場所が、墓地の塀であるなんて？　明後日が楽しみでいて、明後日が不安？　明後日は、住んでいた部屋からも立ち退かねばならない日だった。「犬どものように狩り立てられて」おばあちゃんは、そう言っていた。

そして、明日。それは、その前の日だ。

この最後の日に、子どもたちの心はどこかここにあらずで、それはあらゆる限界を超えていた。祖母は本棚がまだ売れないのを、エレンのせいにした。この古い本棚の価値は、大きく成長していく者たちと死んでしまった者たちの夢に負っていたが、その値段は脅迫によって決まった。そのことを誰に説明すればよいのだろう?

「移住には、お金が要るんだよ」出かけるまえに、祖母は説明した。「本棚は売らなくては」「移住にはって」エレンは繰り返した。「どこへ移住するの?」ひとり残されて、エレンは落ち着きなく家中をそっと歩いた。裏切られた裏切り者のように。

馬車ははずれの墓地で待っていた。本棚は売らなくてはならなかった。愛するものを、どの値段で売るというのだろう?

「あなたをお金と引き換えに」エレンは本棚に説明した。「それで、そのお金は越境のためなの。どうか、わかってちょうだい。あなたを越境と引き換えにするの!」

両腕で、エレンは本棚を包み込もうとした。

最初の買い手は、夢と取引の関係がのみこめずに去っていった。二人目は、その古い本棚の片隅に蜘蛛(くも)を一匹、見つけて帰っていった。やっと三人目で、エレンは交渉を試みることができた。沈黙で始まったので、まずい交渉ではなかった。互いに少し慣れるために、双方が十分すぎるほど沈黙したあとで、あっけにとられた買い手に面と向かって、メルヘンのように輝く説明を始めた。古い本棚に代わって語ったのだ。

「ギイギイ音を立てるの！」エレンはそう言うと、指を口元に当て、朽ちてもろくなった扉をそっと動かした。「あっちで電車が走るときは、ガラスがカチャカチャいい出すわ。電車が通るのを待ちましょうか？」

買い手は肘掛け椅子に座ったが、その椅子はたちまちひっくり返ってしまった。起き上がったものの、返事はなかった。「リンゴの匂いがするの」迫るように、それでいて無力にエレンは囁いた。「いちばん下は一段板がないけれど、そこに隠れることもできるわ！」

とらえどころのないものを頑丈な言葉でとらえようとしても、無駄であった。祖母に言いつけられた通りに棚のガラス戸を磨いてあることを、エレンはすっかり言い忘れた。両脇に施された象眼細工のことも。

「まるで心があるみたいに、秋には大きな音を出すのよ」その代り、勝ち誇ったようにエレンはそう説明した。

「心のある人が、秋には大きな音を出すだろうか？」買い手は問うた。それから二人はまた沈黙して、電車を待った。

「風が吹いている！」エレンは言った。この事実も棚の価値を証明するに違いない、とでもいうように。「いくらで買いますか？」

「待つよ」微動だにせず、買い手は言った。「電車を待つ」

電車が来た。ガラスがカチャカチャいった。

「怖がっている」エレンは言って、青白くなった。「あなたのことを、怖がっている」

「買うよ」買い手は言った。「いくらかね」

「ありがとう」エレンは言った。「でも、どうしよう……棚は、あなたのことが怖いのよ」

「直に落ち着くさ」買い手は言った。

「支払えるんですか？」恐る恐るエレンは尋ねた。

「いいや」買い手は悲しそうに答えた。「いいや、私には支払えない。音を立てて、リンゴの匂いがするなんてね。私はあなたに債務を負うことになる」そして彼は、五百マルクをテーブルに置いた。

「ダメ！」エレンは困惑して、そのお金を拒んだ。「おばあちゃんは言ったの。百五十まではダメよって！」

「おばあちゃんに言うがいい。深い夢に勝るものは何もないって」買い手は帰っていった。

ついぞ棚を引き取りに来ることはなかった。リンゴの匂いを買ったのだ。それと、エレンの青白い顔を。

明後日は明日になり、明日は今日になる。鎖がちぎれてバラバラになった真珠のように、日々は転がっていく。ひれ伏して探すがいい――もう見つけられないはずだ。今日が昨日になり、昨日が一昨日になる。それを許してはいけない！　今日を捕まえるんだ！　おまえたちがとどまっていられるように、気をもむがいい！　時間はおまえたちの耳元で鳴り響く、翼がたてる轟音のよう。おまえたちの窓の前で猛（たけ）り狂う、狩りそのものであるかのよう。いま、私たちの死にゆくこの時において。この今という時は、死にゆく時に含まれるのではないか？　死にゆく時が、いまの一部であるように？　殺人者なのだ。日々とは。泥棒！　おまえたちの境界を密かに越える、連中の一味。それを許してはいけない。捕まえるんだ！　今日を！　でもどうやって、おまえたちはそれをしようというのだろう？

おまえたちはおまえたちの空間のあらゆる境に、完全武装した警備兵を配置したのではなかったか？　ならばおまえたちの時間の境にも、警備兵を置くがいい！　先祖に始祖、死者たちに武器を持たせるがいい！　そうして奴らに、今日が今日であることを証明させるのだ。あらゆる境に警備兵がいれば、おまえたちは無事に違いない。

何だって？　無駄だって？

もう少し、静かに喋（しゃべ）るんだ。どこかに秘密警察がいる。

何だって？　おまえたちの警備兵は立ち止まってはいない？　別の国へと、日々も入り込むことのできる国へと、行ってしまった？　おまえたちの曾祖父母は脱走し、おまえたちの境界線は開いている？　今日が今日であることを証明できるものは誰もいない、だって？

認めてはいけない。引き返すがいい。百年、二百年、三百年と。それから？

アーリア人証明書には、もう何の価値もない。丸いのではないか、時間とは？　おまえたちの空間のように丸いのでは？　どうやってここにとどまるというのか？　おまえたちの境界線はすべて開いていて、おまえたちの慌ただしさ（フルヒティヒカイト）を証明している。おまえたちだって避難民（フルヒトリンゲ）なのだ。移動しては隠れ、移動しては隠れ、そうやって、いつまでも。おまえたちの意識の前で時間とは、ゆっくり進む車のようだ。一台の黒い車。

「乗るんだ！」

御者は帽子を取った。エレンは御者の手に金を押しつけた。御者は扉を開けて、お辞儀をした。時計の鎖が音を立てた。子どもたちは二の足を踏んだ。互いに、ぎゅっと手を握り合った。黒い重たげな、言うなりになって凸凹になった馬車だった。革は日光と乾燥とでボロボロだった。それは葬儀馬車だった。物憂げに馬は目をしばたたかせた。痩せ細って黒みがかった馬で、みみずばれがかさぶたになっていた。墓地に沿った道はこの時間には人通りがなく空っぽで、その道の空虚さが、この時間に明らかになっていた。道が自分自身に正体を露（あら）わにしていた。

明日が今日になり、今日が昨日になる。

「急ぐんだ！」子どもたちは跳ね上がった。扉が閉まった。その音は、死者たちのための冠が編まれる向こうの庭まで聞こえた。警告する、鳥の鳴き声のようだった。

馬車は動き始めた。

ゲオルクは毛布をエレンの膝にかけた。子どもたちは走っていた。最初はゆっくり、だんだん速度を増して、どんどん速く、およそ電車の方へ向かって、国境の辺りへと。赤い墓地の塀、石工の白い作業場、庭師の灰緑色の小屋、これらすべてが遠くに残った。季節終わりの花々、煙突の煙、腹を空かせた鳥たちの鳴き声も。ひょっとしたら黒い馬車が置き去りにされていて、他のすべてが飛翔していたのかもしれない。誰がそれを正確に突きとめられただろう？

空は青いガラスからなっていて、道端の赤いブナは空に頭をぶつけて血だらけだった。赤いブナだけではなかった。子どもたちが先に進めば進むほど、ガラスも灰色の鳥の灰色の中へと粉々になり、曇り、黒い馬車の黒さで濁った。

「国境はどこ？」

「見えないのか？　天と地の間に線があるところ、あそこが国境だ」

「ふざけている！」

「どうして俺がそんなことを？」

「同じところを回っている！」

「どうして、そんな風に疑うんだ？」

「僕たちは疲れた」

「同じことだ」

「あなたの言う線はずっと遠いままじゃない！」

「止まって、おじさん、止まるんだ！　僕たちは降りる！」

「おまえたちをあっちまで連れていくさ！」

「家に帰りたい。みんなのところへ戻りたい！」

「僕も戻る！」

「私はおばあちゃんのところに！」

しかし、御者はもう答えなかった。次第に子どもたちは叫ぶのをやめた。抱きしめあい、頭を預けあった。子どもたちは見知らぬ御者に、黒い馬車に、近づくことのない境界線に身をゆだねた。

「エレン、エレン、君の頭は僕には重すぎる！　エレン、僕たちはどこに向かっているんだろう？　エレン、暗くなる。もう君を守ってやれない。すべてがぐるぐる回る……」

「……すべてがぐるぐる回る！」バグパイプを持った男が叫び、後ろから、走っている馬車に向かってジャンプした。「すべてがぐる回らなかったら、どんなにひどいだろうね！　地軸を見つけられないだろうに」男は扉を開けることに成功した。さっと帽子を脱ぐと、笑って鼻をすすった。「屍。屍の匂いがする！」

馬車は川に沿って、疾走していた。

「何がおかしいの？」エレンは詰め寄った。

「誰も気づいちゃいない！」よそ者はくすくす笑った。「ペストが発生した。でも誰も気づいちゃいない。気づかないいまま生きてきて、いまや気づかないいまま死ぬのさ。奴らの長靴は棺を載せる台。それが奴らを町の外に運び出す。奴らの銃は、奴らを墓穴に放り込む荷役人。腫物、腫物、腫物だらけ！」よそ者は大口を開け、よろめいて座席から転がり落ちた。

「あなたはどなた？」

「ペスト穴に落ちた奴さ」

「どなた？」

「歌を歌った奴さ」

「どなたなの？」

「やれやれ、愛しのアウグスティンよ、それは難しい話だね！」

相変わらず、馬車は川を追いかけていた。電線が黒い貯炭場の上できらめき、カモメが飛行機の墜落するように白銀色の水面へと下降した。向こう岸ではクレーンが、荷物をねだるようにその腕を冷たい空に伸ばしていた。もう晩になり、その秋の日は音もなく無抵抗に、いわくありげな様子で終わりに近づいていた。

人気(ひとけ)のない造船所の近くで、地球儀を持った男が乗ってきた。男は、まだ引き揚げられていない難破船で待っていたのだった。

「コロンブス参上!」上品に笑い、帽子を取った。「みんな発見されていないものばかり!どの池も、痛みも、川岸の一つひとつの石だって」

「結局、アメリカはあなたにちなんだ名前にならなかったじゃない!」

「ごもっとも!」コロンブスは熱くなって叫んだ。「でも名前のないものが、私によって名付けられているのさ。発見されねばならないもの、すべてがね」勧められるがままに汚れた座席に腰を下ろし、脚を伸ばした。

「発見するのは疲れることなの?」

「光栄なことに、それはもう!　夜が来るのが相応しいってものさ」

「眠らずに見張っている、そんな夢はあるの?」

「それは、それは。夢というのは、実際にすることや起こったことよりも用心深いものだ。夢が世界を滅亡から守っているのだよ。夢、まさに夢がね!」

「ペストが発生した。でも誰も気づいちゃいない」愛しのアウグスティンは、忍び笑いしながら座席の下から顔を出した。「自分たちが創られていることに、奴らは気づいちゃいない。自分たちがもう呪われていることに、奴らはこれからも気づきやしないのさ」

一行はいま、大きな川に沿って続いている堤防の上にいた。川は川で、堤防に沿って流れていた。他の者に別れを告げようとする者はいなかった。静かに一丸となって、彼らは果てなきところへ向かっていた。馬車は村を抜けた。庭を仕切る低い塀の上では、空が灰色に低く垂れていた。赤みがかった木々が暗闇に揺れ、黄色い家々の前では小さな子どもたちが遊んでいた。足で川砂に線を描き、額に皺を寄せていた。子どもたちは物言わずに大きくなっていったのであるが、その間、夕闇に甲高い声で叫んでは、雀に石を投げつけた。閉ざされた庭の門にしがみつき、鉄製の扉に噛みつくと、笑いながら年老いた醜い犬の耳をもぎ取った。そのとき少年が一人、内側から塀を飛び越えた。短い明るい色の服を着て、右手には石弓を持っていた。怒りに顔を燃え上がらせ、病んで泣いているその犬を、たったの一石で殺した。すると通りの真ん中で火を起こし、犬を投げ入れた。そして歌った。「私たちは、おまえたちの罪ゆえに、神に犠牲を捧げよう。来て、神におまえたちの罪を捧げるがいい。おまえたちは、他に何も持っていないのだから」

少年は竪琴で伴奏していた。その歌の響きは苦しく、馴染みがなく、迫力があった。炎は人気のない通りに、その焦げ臭いにおいをまき散らした。少年は塀に上り、説教を始めた。一文言い終わるごとに、石を飛ばした。人々の窓が割れたが、好むと好まざるとにかかわらず、人々はそれを見ていなくてはならなかった。恨みながら、目の覚めぬ様子で、重い頭を開いた穴から突き出して、子どもたちに家に帰ってくるよう叫んだ。しかし子どもたちはそれに応じず、立ちつくしたまま、その見知らぬ小さな説教師に耳を傾けていた。その少年を丸呑みしてしまおうとでもいうかのように、赤い飢えた口をポカンと大きく開けながら。

「石、おまえたちの窓に向けられた石は、おまえたちの要するパン。おまえたちの鉢にあるパンは、おまえたちを悩ます石。おまえたちは、おまえたちに益すものなら何でも王と仰ぐがいい。苦痛はつねに益になる。苦痛こそ、究極の益！」少年はもはや言葉が続かなくなると、我を忘れて歓呼し始めた。村の子どもたちも一緒になって歓声に沸いたが、突如、そのうちの一人が叫んだ。歓声が止んだ。「おまえの髪は黒く、縮れている。おまえはよそ者だ！」

「髪が黒くて縮れている僕がよそ者なのか？　それとも、手の冷たく固い君たちがよそ者なのか？　君たちと僕の、どちらがもっとよそ者だろう？　憎まれる者より憎む者の方が、もっとよそ者だ。もっともよそ者なのは、もっとも居心地（家にいる）がいいと感じる者だ！」

　しかし村の子どもたちは、もう少年の言うことを聞かなかった。塀に飛び上がり、少年を引きずり下ろした。子どもたちはわめき、唸り、大きくなるのをやめた。同様に大きくなることを止めていた大人たちが家から飛び出してきて、その見知らぬ少年に躍りかかった。少年を、消えゆく火の最後の灼熱の中で転がした。だが大人たちは彼を焼き殺すつもりで、その頭に載せる冠をより強固なものに鍛造していただけだった。そして大人たちが少年を殺したと思っているすきに、少年は逃れたのだが、彼らはそれに気づかなかった。少年は黒い馬車に飛び乗り、頭を大きなコロンブスの膝にうずめると、ほんの少し泣いた。その間、愛しのアウグスティンが火傷(やけど)した脚をさすった。しばらくして、二人は竪琴とバグパイプで二重奏を奏でた。一マイルも走ったあとになって、ようやくその見知らぬ少年は、自己紹介をしていないことに気づいた。

「ダビデだよ。ダビデ王」少年は気まずそうに口ごもった。「神の国まで行くところで」

馬車は、川岸の草地を走っていた。濡れた枝が、馬車の屋根を打ちつけた。

「僕たちはみんな、神の国へ向かっているところなんだ!」

「私たちも神の国へ向かっているのよ!」

「君たちは誰で、神の国に行ってどうするんだい?」

「こっちはエレンで、僕はゲオルク。僕たちは偉大な証明書が欲しいんだ。なぜ君たちは、僕たちのことを保証してくれなかった? どうして僕たちを見放した? みんなを保証するんじゃなかった? 奴らは僕たちを狩り立てるんだ。僕たちからすべてを奪い、嘲笑してこう言う。おまえたちは証明されていないぞって！　神の国へ行き、おまえたちの祖先を探して、そいつらにこう言うんだ。僕たちがこの世にいるのはあんたたちのせいだ、助けに来い、埋め合わせろって！　僕たちが通告を受けるのも、迫害されるのも、心に植わった憎しみも、みんな埋め合わせろって！　なぜならあんたたちの責任なんだ、あんたたちが悪い。僕たちが存在しているのは、あんたたちのせいだって！」

「だから、この黒い馬車に乗り込んだの？」

「境を越えたいんだ。かつて存在していた者たちを探しに」

霧と川が、うねりながら混ざり合った。天と地の間の線がぼやけた。

コロンブスは落ち着きなく地球儀を動かした。話し始めると、その声は先ほどより暗く、遠のいていた。「かつて存在していた者たちなんて、いやしない。いるのは、存在している者としていない者、成った者と成らなかった者――これは天国と地獄の悪戯(いたずら)さ、君たち次第なんだ！　存在している者は、いつまでも在る。そうでない者は、決して在りはしない。存在している者は、どこにだって在る。していない者は、どこにも在りはしないのだ。とどまって耳を澄ませるがいい！　愛(め)でて輝くのだ！　軽蔑されるがいい。涙に浸かれ。涙は瞳を澄ませる。霧を突き破り、世界を発見するのだ！　在れ――それが永遠へのパスポートだ」

「そんなに簡単だと思うなよ」ダビデが大きな声で言った。「在ると思っている者は、在りはしない。ただ自らを疑う者だけが、行き着けるのだ。苦しんだ者だけだ。なぜって神の岸辺は、まっ暗闇の大海に燃え上がる炎なのだから。行き着いた者は、焼け焦げる。神の岸辺はどんどん大きくなる。燃える者が輝き放つからね。神の岸辺は小さくもなる。鈍くなった者の屍は、闇から漂い去っていくのだから！」

「ペストが発生した。でも誰も気づいちゃいない」愛しのアウグスティンがくすくす笑った。

「ペスト穴で歌を歌うがいい。歌をね、歌うがいいさ！　君たちの証明はできないよ。君たちの歌う歌だけが、君たちを証明してくれるのさ」

「心の中のゴリアテを退治するんだ！」

「新たに世界を見つけたら、神の国を見つけられる！」

「侮蔑(ぶべつ)されて涙に浸かるがいい。涙が瞳を澄ませてくれる！」

馬車はいまや疾走し、石を飛び越えた。子どもたちは叫び声を上げた。ダビデの毛織ベルトにしがみつき、コロンブスの幅広い長袖に頭をうずめた。

「僕たちはとどまりたい。とどまりたい！」

「とどまって、行くがいい。行って、とどまるがいい」

「川岸の藪のように、嵐に身を任せるのだ！」

「そうしたら君たちは、黒い馬車の揺れの中で安心していられる。そうしたら動くものはじっとして、じっとしているものが動き出す」

「そうしたら君たちは、つかの間のものを捕まえて、その正体を暴くのだ！」

「そうして君たちの苦痛は、隔たりを埋め合わせるのだ」

夜の暗い光の中で、川が灰色に、そして知りつくした様子で輝いた。砂利が悠長にきらめいた。

「境界は、境はどこにあるの？　神の国はどこなの？」

「羊飼いが羊の番をしていて、でも天使が呼んだらすべてをほっぽってしまう場所なら、どこでも」

「放ってしまったら、羊たちは叫ぶさ！」

「羊たちは歌えないから叫ぶのだ。神を讃えるために叫ぶのだ」

ダビデ王はふたたび竪琴を弾き始めた。愛しのアウグスティンがバグパイプでこれに加わり、コロンブスは低い声で、何か白い星と陸地への憧れについての水兵の歌を歌った。三人は互いを意識しなかったが、全体は奇妙に重なり合った。ダビデの聖歌にコロンブスの船員の歌、そして愛しのアウグスティンの戯歌(ざれうた)が。

それは、神の誉れのために起こったようだった。神の誉れのために起こることは、すべて一つに調和するのである。

馬車は速度を増した。どんどん速く、これ以上ないくらいに速く。けれどもその速さは溶けて、川と道の速さのように、ゆったりと、ほとんど感知できないほどになった。永遠なるものの縁における、すべてが接触するところでの、ゆっくりとした速さ。天と地の間の一条は消えた。残ったのは闇の中の白いうねりと道端の税関の建物、川の上の声だけだった。

「境に達した！」

三人の古人は飛び降り、道をふさいだ。馬は棒立ちになった。黒い馬車は止まった。

「ペスト穴で歌を歌う用意はできている？」

「できている」

「心にあるゴリアテを打ち殺す用意はできている？」

「できている」

「神の国を新たに見つける用意はできている？」

「できている」

「それなら境を越えるがいい。自分たちを証明して、神の国へ来るがいい！」

「黒い馬車を去るのだ。葬儀馬車を去れ。飛び降りろ！」

「飛び降りろ！」御者が怒って叫び、眠りこけた子どもたちを揺さぶった。「降りろ、降りろ！　どこも警備兵だらけだ。同じところを回り続けたんだ。これから何とか、自分たちでやっていくんだぞ！」

子どもたちは目を開け、ぼおっとして頭を起こした。

「起きる時間だ！」御者が叫んだ。「全部、無駄だった。みんなおしまいだ。俺たちは国境を越えることは、もうできないんだ！」

「境なら、僕たちはもう越えているさ」子どもたちは大声で言った。飛び降りると、振り向かずに暗闇の中へと駆け戻った。

## 見知らぬ権力に仕えて

*Im Dienst einer fremden Macht*

雲たちが馬に乗って軍事演習を行っている。戦争の真っただ中で、軍事演習を。狂ったように跳ねながら、世界の家々の屋根上を深く、裏切りと告知の間の無人地帯を深く、深淵を深く。雲たちは、軍歌にあるあの青い竜騎兵たちよりも速く駆けていく。決まった軍服はなく、姿を変え続けるが、互いを見失うことはない。雲たちは小麦畑と戦場を横切って、瓦礫（がれき）で埋めつくされた、都市と呼ばれる石造建築群の上を、馬に乗って駆けていく。雲たちが軍事演習を行っている。戦争の真っただ中で、馬に乗って軍事演習を。その密かな無頓着さが、雲たちをいかがわしくしている。

見知らぬ任務に就く騎手たち。とにかくそのすべてよ、おまえたち、降りてくるんだ！

通りの真ん中にある灰色の敷石の上に、ノートが一冊、開いてあった。英語の単語帳だった。子どもが落としたに違いなかった。暴風がページをめくった。最初の一滴が降ってきたとき、それは赤い線の上に垂れた。ページの真ん中のその線は、両岸を越え出てしまった。狼狽（ろうばい）して意味が言葉から両端に逃げ、渡し船の船頭を求めて叫んだ。私を向こう岸まで渡しておくれ（ユーバーゼッツ・ミッヒ）、おまえ！　翻訳しておくれ（ユーバーゼッツ・ミッヒ）！

　しかし赤い線はどんどん膨れ上がり、それが血の色であることがはっきりした。意味はつねに危機にあったが、いまや溺れそうであった。言葉は赤い川の両端で、見放された小さな家々のように険しくこわばって、意味を持たないままであった。雨がざあざあと激しく降ってきた。意味はいまだに叫びながら、岸辺でさまよっていた。大水がもう、その中心まで上がってきていた。私を向こう岸まで渡しておくれ、おまえたち！　翻訳しておくれ！

　けれども、そのノートはおしまいだった。ヘルベルトが英語の授業へ向かった際に、失くしたのだ。鞄には穴が開いていた。制服を着ていないその少年の後ろには、制服を着た少年が歩いていた。少年はノートに気づき、拾うと、貪欲に預かった。その場に立ち止まってページをめくり、言葉を口にしようとしたが、雨が強すぎた。言葉のうちにあった最後の光が、雨でかき消されてしまった。ふたたび意味が叫んだ。私を向こう岸まで渡しておくれ、おまえ！　翻訳しておくれ！　けれども制服の少年は耳を傾けようとしなかった。線は血の色をしていた。私たちが血に背くくらいなら、意味は溺れ死んでしまうがいい！　少年はノートを閉じ、ポケットにしまうと、急いで任務に向かった。制服のない少年を追って、駆けた。

二人とも同じ建物に入った。制服のない少年は五階上に上がり、老人の授業する屋根裏部屋に辿り着いた。制服の少年は階段を上らなかった。明るい木製のベンチと桃色の壁に暗い絵の掛かった集会所は、より快適なところにあった。

「いいものを見つけたよ！」少年は大きな声で言った。

「何を見つけたんだ？」

「単語帳さ」

青い竜騎兵たちの歌が途切れた。沈黙が防火壁の上を、なだらかに弧を描いた。この沈黙には、兵たちの馬が足を踏み鳴らす音や、サーベルのカチャカチャいう音、コートが風にはためく音があった。この沈黙には、ゆるめた手綱の落とす影があり、その影は子どもたちの顔を這っていき、ベルトの留め金の輝きを鈍くさせ、何秒間か、そこに刺さっているナイフを覆い隠した。青い竜騎兵たちの歌が途切れた。青い竜騎兵たちは立ち止まった。沈没した街に乗り入れていた。鳴り響く楽は静まっていた。それとも兵たちはいまになってようやく、太鼓とトランペットが音を立てていないことに気づいたのであろうか？

「何を見つけたんだ？」リーダーの少年が厳しく繰り返した。

濡れたまま、ぽつんと、単語帳はテーブルの真ん中にあった。無意味に、ぽつねんと。あるページが開かれていて、そのページには、まるで涙によってであるかのように、輪郭のぼやけた文章があった。

「私は立つことになる／君は立つことになる／彼は立つことになる――私は行くことになる／君は行くことになる／彼は行くことになる――私は横たわることになる／君は横たわることになる／彼は横たわることになる――」その横には訳があった。子どもたちの頬が、青白くきらめいた。

誰が横たわることになるって？

ひょっとして私たちであろうか、私たち全員？ 固まって、冷たく、やつれて。汚れだらけで、私たちの意図しない微笑みを携えて？

そうではない、私たちではない。私たちのうち、誰一人として。

でも戦場では？

木っ端微塵にされる、そう帰休兵たちは言うものだ。

「私たちは横たわることになる／おまえたちは横たわることになる――」横たわる？ そんなことはない。横たわるのは別の奴らだ。制服のない奴ら。より暗い色の靴下を履いた、より明るい顔の奴ら。そいつらこそが横たわることになるのだ。固まって、冷たく、やつれて。汚れだらけで、私たちの意図しない微笑みを携えて。奴らの方こそ、相応しい。

「誰のノートだ？」

「上にいる、制服着用が禁止されている奴らのものだ。僕たちのではなく！」

「英語の単語帳だって？」

「なぜ奴らは英語を習うんだ？」

「国境は封鎖されているのに！」

雲たちが馬に乗って軍事演習を行っている。戦争の真っただ中で、軍事演習を。制服のない、上にいる子どもたちは？　戦争の真っただ中で、英語を学んでいる。

この子どもたちは、まだ知らないのであろうか？

この子どもたちのうち誰一人として、移住する者はいないのだ。横たわるのはこの子たちで、私たちではない。まだ知らないのであろうか？　どうして死なねばならないときに、英語を学ぶのか？

疑惑の念がふたたび、ゆるめた手綱の影のように明るい留め金に落ちた。青い竜騎兵たちは、駆けていき——

「なぜ、おまえたちは歌をやめるんだ？」

歌の中の竜騎兵たちも、思案しているようだった。

「高らかに砂丘の高みへと」そう第一節の歌詞にある。

砂丘は移動していく。私たちが息を継ぐ間に、移動していく。一千年と同じくらい速く、とどまることなく。私たちは息継ぎをしてはならない。でないと風にやられてしまう。考えてしまう。壊走させられ、屋根裏部屋の子どもたちのように移送されてしまう。私たちは息継ぎをしてはならない。でないとおしまいだ。最後の節はこう歌う。「明日は、私はひとりぼっち！」

いいや、私たちのことではない。

だからこそ私たちは制服を着ているのだ。私たちだけになってしまわないように。私たちが決して自分たちで馬鹿をみないように。私たち自身の目の前で、決してお手上げになってしまわないように。滑稽で、無力で、ひとりぼっち。それは奴らの方だ。最上階にいる、制服のない者たち。

私たちが情報に疎いだなんて、思ってはいけない！　制服を着ていない者は、ひとりぼっちだ。ひとりぼっちの者は、考える。考える者は、死ぬ。そんなことはやめるのだ、そう私たちは習った。一人ひとりが別々のことを正しいと思っていたら、どうなってしまうだろうか？　すべて、韻を踏んでいなくてはならない。一行は別の行と、一人は他の人たちと。私たちが習ったのは、このことだ。私たちは生きてゆかねばならないのだから。それにしても、どうして英語なんて習うのだろう？　あの子どもらの誰一人として、国境を越えることはないのに。なぜ英語を習うのだ？　死なねばならないときに？

「奴らに問いただそう！」

「奴らは答えなくてはならない！」

「僕たちは制服を着ている。僕たちは、まだまだ優勢だ！」

「待った、待った。わかった！」

「どうしたんだ？」

「嫌疑だよ。最悪の嫌疑だ。もっとも確実な。なぜ英語を学ぶ？　戦争の真っただ中で？」

「何が言いたい？」

「まだわからないのか？」

雲たちが馬に乗って軍事演習を行っている。戦争の真っただ中で、軍事演習を。雲たちに、勝ち誇らせてはならない！

「最上階にいるのはスパイだ！」

「僕たちは一階にいる」

「僕たちと奴らを、誰にも取り違えさせてはならない！」

制服のない子どもたち。それだけで、もう怪しい。屋根裏部屋の影。しるしがないことで徴（しるし）づけられている。いまや、円環が閉じる。

「単語帳。これで証拠は十分だろうか？」

「もっといいのがある。盗聴するんだ！」

「屋根裏部屋の横に、物置きがある」

「その部屋の鍵は？」

「管理人のところだ」

「いまは、その娘が家にひとりだ」

「それなら急ぐんだ！」


「もっと強くノックしてよ！」

「どうして僕たちを怖がるんだ？」

「怖がってなんかいないわ。あなたたち全員が持っているナイフは、私を護るためでしょう」

「物置部屋の鍵をよこせ！」

「鍵なんてないわ」

「嘘だ！」

「どうして私があなたたちに嘘をつけるというの？」

「その気があったら、できるだろうさ！」

「それができたら、その気になったでしょうよ！」

「鍵をよこせ！」

「あそこ！　あれを持っていったら。古くて錆びているけど。私の平和を乱さないでちょうだい」

「どの平和のこと？」

「私だけの平和よ」

「それなら、おまえは大丈夫だ。危険人物ではない！」

「どこかへ行ってしまって！」

「おい、おまえ！　上にいる老人と制服のない奴らのことを、何か知っているか？」

「彼らも平和を望んでいるのよ」

「彼らだけの？」

「ひょっとしたら、別の平和かも」

「ほら、僕たちの思った通りだ！」

ガラス張りの屋根には、穴が一つある。穴越しに、空がある。空はおまえたちを階段の上へと吸い上げていく。おまえたちが好むと好まざるとにかかわらず。高く、上へと。空がおまえたちの足音をやわらげる。

「鍵は合うか？」

「おまえたち、みんないるか？」

「急いで中へ入るんだ。人数確認。全員いるな？」

「どのくらい星があるか、わかる？」

「静かに！」

まだおまえたちのことは、青い竜騎兵のように数えることができる。しかし砂丘は移動している。歌の最終節はこう終わる。明日は、私はひとりぼっち！

「なんて、ここは暗いんだ」

「気をつけろ、蜘蛛の巣！」

「嵐が来る」

床に備えつけられた戸がギシギシと音を立てた。木組みを支える支柱が絶望的に呻いた。嵐が天窓を押し開けた。天窓は黒々と執念深く、馬に乗って駆けていく雲たちの後を睨んだ。雲たちは速度を上げた。

ああ、雲たちは、人間たちの家々から湧き出るこの黒さを恐れていた。大きく開かれたこれらの竜の口を、終わりのない恐ろしいこれらの問いを。深く、恐怖に満ちて、雲たちは流れていった。罵倒ばかりする、これらの人々から離れて。自らの両手を傷口という傷口に当てずにはいられない、邪推に満ちて己の心の壁に耳をそばだてずにはいられない、これらの人々から離れて。

隙間風が吹き、開け放たれたよろい戸が怒って舞った。雲たちに続け、この窮屈な部屋を出るんだ！　苦難を法則にまで高めてしまう、これらの迷える人々から、疑い深いこれらの人々の疑念から離れて。

旗竿が一本、音を立てて転がり開いた天窓にぶつかり、空を引き止めようとした。おとしめられた聖物を覆う、ボロボロに引き裂かれた天蓋（てんがい）のように、空は竿にぶら下がった。青い、とうに穢（けが）れた絹は、雲の間からかすかに光り、ふたたび姿を消した。斜めに傾いた屋根の下で、埃（ほこり）と蒸し暑さが密に織り交ぜられていた。

制服の者たちはそっと鍵をかけ、靴を脱ぎ、身をかがめて壁に向かった。そこから盗聴しようというのだ。乾かすために長い紐にかけられた湿った靴下の一群が、まるで警告する母親の手のように、額と口、目に触れた。少年たちはいらだたしそうに、それを避けた。床がきしんだ。その瞬間、少年たちは人数が多すぎることに気づいた。多すぎる。奴らよりも多いというその誇りは、その強さは、古びた手袋のように裏返り、弱みになった。かといって、誰も引き下がろうとしなかった。先頭の者たちは壁を見つけた。さらに壁に、老人の隠れ家に通じる小さな鉄製の扉を発見した。残りの者たちが後ろから迫ってきた。扉が震えた。私がここにあるのは、開けられるためではないのだろうか？　私は大きな矛盾なのではないか？　想われたことと成ったこととの間にある、宇宙に存在する人々と制服の人々の間にある、矛盾？　私をこじ開けるがいい！　私のことを忘れ、蝶番から外すがいい！

制服の者たちは、憤慨して扉を黙らせようとした。この無力なカタカタという音には、少年たちの存在をばらしてしまえる力があった。少年たちは乱暴に、自らの温かい、怒り狂った身体を、錆びた暗闇に押しつけた。

そのとき、ヘルベルトの声が聞こえた。その声はこう言った。「隣に誰かがいる」明るく、あまりにも無邪気な言い方だった。まるで、私の親友が、とでも言うかのような。

「聞こえる？」

「猫よ」ルートが言った。

「鳥だ」

「濡れた靴下よ」

「風さ」

「嵐が来る」

「ここに避雷針はあった？」

「今日は怖がりだな！」

「僕の単語帳がなくなったんだ」

「奇跡でもなんでもないよ、ヘルベルト。君の鞄には穴が開いているんだから！」

「奇跡じゃない、それだわ！　戦争なのは、奇跡じゃない。私たちがお腹を空かせているのも、奇跡じゃない。ノートが一冊、行方不明になるのも。でも、どこかに奇跡がなくてはならないのよ！」

「もっと小さい声で、エレン！」

「ヘルベルトのノートを探すのを手伝ってよ！」

「来て、もしかしたら階段のところにあるかもしれない！」

「すぐそっちに行くよ！」

「それは決して保証できないことよ。ひとりで角を曲がらないようにね。突然、消えていなくなってしまうから」

「消えていなくなる？」

「靴には穴があるんでしょ。穴は大きくなるわ。おばあちゃんが言ったのよ……」

「やめとけよ、こっちへ戻っておいで！」

「外はどんどん暗くなっていく」

「泣くな、小さいの！」

「ノートは見つかった？」

「階段にあった、でもノートじゃない！」

「ナイフ！」

「短剣だ。あいつらがベルトに掲げているような」

「誰？」

「あいつらだよ、階下にいる制服の奴ら」

「罠にかかったネズミとは、僕たちのことだ！」

「国境は封鎖されている」

「ネズミよネズミ、出ておいでって遊びを、あいつらは僕たちでしているんだ！」

「僕たちのうち、移住できる者は誰もいない」

「英語を学んで何になる？　無駄なのに？」

「あきらめるんだ。僕のお父さんは捕まった。僕たちは、みんな終わりだ。人々は言っている……」

「私たちはドイツ語を忘れたいんじゃなかった？」

「でも長くかかりすぎる！」

「私たちは肩をすくめたかったんじゃなかった？　私たちを馬鹿にする人がいたら、意味がわかりませんって？」

「今日でもう十二時間目だ。でも、たったの一語も忘れていない」

肘掛け椅子がひっくり返った。ずっと下の方から、ラウドスピーカーが轟（とどろ）いた。アナウンサーが、ちょうどニュースを終えたところだった。締めくくりにこう言った。「外国放送を聞く者は、裏切り者である。外国放送を聞く者は、死に値する」その言葉はどの階でも、隅々まで聞こえた。はっきりと聞き取ることができた。すぐあとに音楽が始まった。テンポのいい、朗らかな。まるでこの世には、外国放送を聞く者は死に値する、ということより楽しいものはない、とでもいうように。素晴らしいアイディアであった。死を功績にまで高めるとは。スイッチを切るように拒むことのできぬ死を。あらゆる見知らぬ（外国放送）使者の中で、もっとも見知らぬこの使者を。音楽は突然、中断した。無音は新たな声によって拾われた。その声は、穏やかで揺るぎなかった。はるか高いところから発せられているようだった。

「誰が死に値するとでもいうのだろう？」老人が言った。「誰が生に値すると？」

制服の子どもたちは一段と強く、鉄の扉に頭をあてて突っ張った。その声には、子どもたちの胸を飾っていた紐を切り、彼らの偉大さを奪ってしまう力があった。彼らの制服を明るい長袖で包み、意に反して安心させ、彼らの大胆さから不安を取り除く力があった。

「おまえたちのうち、誰がよそ者でないというだろう？　ユダヤ人、ドイツ人、アメリカ人、誰だって、私たちはここではみんな、よそ者なのだ。私たちはこう言うことができる。『おはよう』とか『夜が明ける』とか、『ご機嫌はいかがですか?』とか『嵐が来る』とね。でもこれが、私たちの言えることのすべてだ。ほとんど、すべてなのだ。私たちの話す言葉は、ひたすら不完全でしかありえない。それなのにおまえたちは、ドイツ語を忘れたいというのか?その手伝いは私にはできない。でもおまえたちが、よそ者が外国語を学ぶときのように、用心深く、慎重に、あるいは暗い家の中で火を灯し、さらなる歩みを進めようとするときのようにドイツ語を新たに獲得したいというのなら、その手伝いはしよう」

制服の子どもたちは、自身に憤りを覚えた。彼らの置かれた状況の中では、恥ずべき含蓄に富んだ沈黙を受け入れ、昔の結社に特有の従順さに従うより他になかった。

「翻訳するとは、荒々しく深い川を向こう岸まで渡すことだ。しかしその瞬間、岸は見えない。それでも、おまえたち自身を翻訳するのだ。他の奴らを、世界を、おまえたちは向こう岸に渡すのだ。あらゆる岸に、見捨てられた意味がさまよっている。私を向こう岸まで渡しておくれ、おまえ!　翻訳しておくれ、とね!　おまえたちはそれを助けてやるのだ。向こう岸まで渡してやるのだ!　なぜ人は英語を学ぶのかって?　どうしてそれを、もっとまえに尋ねてみなかった?」

物置部屋にいた制服の子どもたちは、ナイフに手をやった。まるで迫りくる前線に立つ、戦(いくさ)に負けた警備兵だった。

「どうして人は読むことを学ぶのだ？　算数を、書くことを？　死ななければならないときに？　行くがいい。通りに降りていって、人々に聞くがいい。皆に尋ねるのだ！　答えられる者は誰もいない。なぜおまえたちは、いまになって尋ねるのだ？」

「老人が見えるか？」

「火を灯した」

「僕を向こうに行かせてくれ！」

「僕を！」

「静かに、聞こえてしまう！」

「笑っちゃうね！」

「しーっ、ばれちゃうじゃないか！　戻るんだ、下へ降りよう！」

「静かに！」

「聞こえなかったのか？」

「廊下への扉は鍵がかかっている」

「鍵を持っているのは誰だ？」

黒髪のおさげを垂らした管理人の娘が、階段を下へ急いだ。駆け降りながら、そこここの扉のベルを鳴らし、自身は柱の後ろに隠れた。その間、窓という窓をすべて開けっ放しにした。

風が家中を吹き荒れた。影のように、娘は地下にある住居に消えた。手には大きな錆びた鍵を持っていた。

空はますます闇を深めていった。雲たちが黒マントを覆いかぶせていたのだ。雲たちは、まだ見ぬ障害物をめがけて疾走した。見知らぬ信号のごとく、稲妻が走った。頭を上げろ！　雷が怒鳴った。古い伝説には、死んだ騎士たちは自身の頭を手に持っているとあるのだから。おまえたちはそうと知って眠りにつくが、そうと知らずに起き上がるのだ。抵抗に屈するがいい。

頭を上げろ！

制服の子どもたちは、恐る恐る、開け放たれた天窓に顔を向けた。何がきっかけで、明るい木製ベンチのある集会所を去ったのだった？　誰が命じて、子どもたちは青い竜騎兵たちの歌を、まだ第一節も歌い終えていなかったのに、中断したのだった？　誰が命じて、青い竜騎兵たちはファンファーレを投げ出して、空に浮かぶ雲のように散り散りになったのだった？

何が誘惑して、子どもたちは五階上に向けられた嫌疑に従ったのだった？　まるでネズミ捕り男の笛を聞いたかのように？　それは、あの見知らぬ疑いのせい。なぜ死なねばならないときに英語を学ぶのかという、身の毛もよだつ、あの疑念のせい。

子どもたちは伝言ゲームをしていたのだ。そして最後にできあがった文章は、こう言うのだった。なぜ人は泣くのだろうか。なぜ人は笑うのだろう。なぜ人は洋服を着ているのだろう？

火を点けるのは、ただそれがすぐに消えゆくからなのか？　そしてただまた火を点けるために、人は火が消えるにまかせるのであろうか？　はからずも子どもたちは、脅かされている者たちの運命に巻き込まれてしまっていた。自らの疑念に囚われて、屋根裏部屋に閉じ込められてしまっていた。ふたたび外に出られる唯一の扉は、あの者たちへ通じるそれだった。子どもたちをして、自分たちに引き渡された者たちに自らを引き渡すという状況に惑わしたのは、何だったのか？

制服の子どもたちには、その者たちに釈明を求める権利がなかったか？　その者たちの横っ面を平手打ちする権利が？　あらゆる疑いをはねつけるために、ナイフを携帯していたのではなかったか？

明るい紐にかかっていた靴下の一群が、せわしなくはためいた。埃とカビの臭いが、生暖かく闇に広がった。その臭いを激しい突風がつかんだ。盲目の蝙蝠(こうもり)のように、屋根に干してあった煙草の葉がカサカサと音を立てた。

空で行われている軍事演習は、最高潮に達したようだった。天窓の脅しは、無力さに転倒した。天窓の黒さは、空の黒さに対して薄らいだ。暴風は旗竿を部屋の中へと放り、それが盗聴者たちの頭上に落ちた。

制服の者たちは、世界の舞台裏へと追いやられた気持ちだった。それまで前からしか見てこなかったすべてのものの、後ろへと。子どもたちは悟っていた。舞台上の明るい部屋の上には空っぽの高い屋根があり、それが見えない針金でもって演者を捕まえていることを。子どもたちは、怖れた。

怒りに身を震わせ、鉄の扉に寄りかかった。

「君のせいだ、君が言ったから……」

「責任があるのは、君の方だろう！」

「君たちの責任だ！」

「馬鹿げているよ、君たち」

「静かに、でないと僕たちが見つかってしまう！」

「笑うなよ、どうして君たちは笑うんだ？」

「僕たちが奴らを捕まえようとしたのに、いまや奴らが僕たちを捕まえている」

「笑うなって！　それに、いいか、君たち。動くんじゃない。奴らにはもう聞こえているぞ！　やめるんだ！　ひどいじゃないか、ルール違反だ。笑うなよ。君たちの笑いがみんなにうつってしまう。ああ……僕の脇腹が。どうして君たちは笑うんだ？　君たちのせいだ。これは命令だぞ、笑うのをやめるんだ！」

子どもたちは互いに重なり合い、声を抑えてハアハア言い、唇を分厚い上着に押しつけて、喘（あえ）いだ。頭を腕にうずめたが、もうどうにもできなかった。

「君だって笑っているじゃないか！」

湿った靴下が揺らいだ。支柱がきしみ、よろい戸は不可解な陽気さのせいでカタカタと音を立てた。

なぜ人は笑うのだろうか。なぜ人は泣くのだろう。なぜ人は英語を習うのか？　鉄の扉がぱっと開いた。

「私たちも一緒に笑わせてくれ！」老人が言った。

震え上がってヘルベルトは老人の腕にしがみつき、他の者たちは固まった。

制服の者たちはもう一方の子どもたちの足元すぐ前まで転がったが、身を引き離すと飛び起きた。猫のように瞬時に、彼らの顔が荒れ狂う真面目さに変わった。

「何がおかしい！」リーダーの少年が怒鳴った。

「どちらとも言えないね」老人は言った。

嵐のせいで、照明がちらちら揺らめいた。揺り椅子は静止していた。猫が床にジャンプした。

「家宅捜索だ！」リーダーが宣言した。

「ここで何を見つけようと？」

「ラジオ（見知らぬ使者）かもな」

老人は招待するように両腕を広げた。「どうぞ！」

制服の者たちは一瞬たじろぎ、もう一方の子どもたちをじろじろ見つめた。それから、攻撃に出た。

引き出しが投げ出され、戸棚が前に倒され、引きちぎられた単語帳が床を覆った。皿が割れた。音を立てて事典が落ち、開いたページが踏みにじられた。

「お手伝いが必要で？」老人は言った。制服の者たちは老人の胸を突いた。彼らの額を曇らせ、頭を前に突進させていたのと同じ嵐が、もう一方の子どもたちの胸をそらせ、額を明るくさせた。

「どこでこのナイフを手に入れたんだ？」

「見つけたんだ」

「誰にでも言えることだ。これが何を意味するか、知っているんだろうな？」

窓ガラスが音を立てた。淡緑色の壁紙がボロボロになって、垂れ下がった。

「この後ろに何かあるか？　答えろ！」

「どこにラジオ（見知らぬ使者）を隠した？」

制服の者たちは疲れ果てて、手を止めた。リーダーがナイフをつかんだ。その瞬間を、もう一方の子どもたちは見逃さなかった。それ以上の合図を待たずに、制服のない子どもたちは突撃した。洗面台がひっくり返り、ろっ骨は頭突きをくらい、脚と腕はもみくちゃになった。固い靴底が顔を蹴った。猫がその間にジャンプし、悲しみに鳴き、天井へと飛んだ。ノアの洪水が、この混乱を覆った。岸という岸に、見捨てられた意味がさまよっていた。

「ヘルベルトは離してやってくれ、足が麻痺しているんだ！」

「おまえたちの規則はどうした？」

窓ガラスが割れた。黒々と安らかに、雲たちが舞った。見知らぬ信号が、そのすぐ後ろに続いていた。

ノアその人が、負傷した猫を腕に抱き、物言わずその乱闘を見つめていた。

「おまえたちは見つけたか？　私たちのもとに遣わされた、見知らぬ使者を？」

リーダーの合図で、制服の者たちはナイフを抜いた。老人が間に身を投じた。ノアは双方の子どもたちのために、箱舟を後にした。拳という拳が老人の髭をつかみ、腕と脚が老人の長い緑のガウンに絡まった。一瞬、老人はリーダーのナイフを頭上に見た。なくなっていて、取り違えられた、とっくに機を逸していたあのナイフを。赤い線が、ふたたび岸を越え出た。

血を目にしたとたん、子どもたちは後ろに下がった。一歩一歩、これ以上は戻れないところまで。子どもたち全員が。四方の壁が彼らを捕まえた。大きな疑念が、子どもたちを同胞にしていた。

なぜなら、見知らぬ使者は存在しないかもしれないからだ。

ならば、なぜ私たちは聞き耳を立てたのだろう？　なぜ私たちは学んだというのか？　なぜ私たちは笑い、なぜ私たちは泣いたというのだろう？　見知らぬ使者が存在しないのなら、私たちは悪い冗談以外の何ものでもない。そういうことであれば、全部無駄だったのだ。

ゆっくりと雷雨が遠のいていった。老人は、むき出しになったベッドとひっくり返ったテーブルの間に倒れていた。赤い一筋が、とめどなく床板の隙間にしみ込んだ。子どもたちは、老人の腕をつかんで起こした。

「包帯を持っているか？」

「下の集会所に」リーダーが口ごもりながら言った。

子どもたちは皆、階下へ走った。傷口を縛るのは、容易ではなかった。子どもたちはベッドを整え、老人を寝かせた。どこかで火酒（シュナップス）を見つけた。

「部屋を元通りに！」リーダーは低い声で言った。

「了解」ゲオルクが応じた。

「了解」別の者も繰り返した。事態は新たな方向に向かった。

子どもたちはテーブルと椅子を起こし、濡れた床を拭（ふ）いた。それから引き出しを棚に戻し、本を一つの山にすると、単語帳を元通りにしようとした。奇妙な状況が生まれた。

空が、空色に青く笑った。けれども子どもたちは、もう騙(だま)されなかった。この澄んだ邪心のない青、空の青、リンドウの青、青い竜騎兵たちの青は、日輪の中に、宇宙の黒さを、果てることのない、想像もできない、境界の先にあるこの黒さを、映していた。見知らぬ使者が存在しなかったら、私たちはみんなおしまいだ。

「起きてください。ねえ、起きて！」

子どもたちは必死に老人をつかむと、揺り椅子に座らせた。老人の頭は重そうにうなだれ、平然と脇を向いた。子どもたちは背中に枕をあてがい、脚を毛布でくるんだ。老人の口に火酒(シュナップス)を流し込むと、そっと揺すった。逃走者が足跡を残すように、子どもたちの怯(おび)えた顔の上を、日の光が横切った。

「おまえたちが説明できないのなら」リーダーはあらためて始めた。「おまえたちがここにいる理由を、おまえたちが説明できないのなら……」

「おまえたちの方こそ、どうなんだ？　どうしてここに？　おまえたちは自ら説明できないから、戦地に行くんだろう！　自分で自分が馬鹿馬鹿しいから、制服に身を包んでいるんだ。おまえたち自身から身を護る保護色というわけさ。年を取りたくないから、病気になりたくないから、見知らぬ葬式ごとにシルクハットをかぶりたくないからだろう！」

「おまえたちのラジオ(見知らぬ使者)はどこだ？」

「僕たちのもとに、その使者がいたら」途方に暮れて、ゲオルクは叫んだ。「見知らぬ使者が、存在していたら！」

「存在する」老人は言った。「安心するがいい、存在するのだから」

老人は肘をついて身体を起こそうとしたが、包帯に気づき、思い出したようだった。

「まだ痛みますか？」

「いいや。おまえたちは全員いるか？」

「全員」ゲオルクは答えた。

「もう一方も？」

「はい」

「それなら、もっと私のそばに来なさい！」

子どもたちは揺り椅子に近づいた。建物のどこかで、扉が閉まった。一つ下の階では、子どもがピアノを練習していた。一途に、何度も同じ箇所を。三和音が手に手を取って、輝く家々の屋根の上を飛んだ。

「何なのでしょう、私たちの生とは？」

「練習さ」老人は言った。「練習、ひたすら練習！」

「奇妙に聞こえます」

老人は頷(うなず)いた。「奇妙に聞こえるさ。それを練習が変えられるだろうか？　私たちは、音の出ないピアノで練習をしているのだ」

「また暗号で話しているんだな！」リーダーの少年は言った。

「そうだ」老人は答えた。「それだ。暗号、秘密の言葉。中国語であろうがヘブライ語であろうが、ポプラが言って魚が言わずにいること、ドイツ語だって英語だって、生きることも死ぬことも、みんな秘密の言葉なのだ」

「外国放送(見知らぬ使者)は？」

「おまえたちの誰にでも聞こえるさ。ちゃんと静かにしていればね」老人は言った。「波長を合わせるのだ！」

日は、もう暮れていた。

ずっと下の交差点のところで、ラウドスピーカーが街中に晩のニュースをがなり立てていた。北海で沈没させられた船か何かについてだった。アナウンサーの美しい声は、その声の主が、これらの船の乗組員たちの頭上でぶつかり合った海水の、その緑色の深さについて、ちっとも知らないことを露(あら)わにしていた。子どもたちは黙って耳を澄ませた。ずっと向こうで大地が暮れ、見知らぬ領域の中へとそっと溶けていった。河の曲がるところの草地は、暗緑色のクッションのように横たわっていた。その上を月の鎌が、見知らぬ刈り人の手の中で浮いていた。刈り人は、鎌を落とすことはしなかった。夜が近かった。

老人に腕を回し、リーダーの少年はふたたび脅し始めた。「なぜ、おまえたちは英語を習うんだ？　もう意味もないのに？　戦争なんだ。国境は閉ざされている。おまえたちの誰一人として、移住できる者はいない」

「そいつの言う通りだ」レオンは言った。

「どうして私がテーブルにクロスを敷き、食卓の用意をするというのか」老人は言った。「ひとりぼっちだというのに？」なだめるように指を口元に置くと、足で軽く床を蹴り、椅子を揺らした。

子どもたちは動揺しだし、身を寄せ合った。顔は老人の方を向いていた。

「確かにそうだ」老人は落ち着いて言った。「ひょっとしたらおまえたちは、もう逃げられないかもしれない。目的はなくなった。しかし目的とは、遊戯を隠すための口実にすぎない。本当のことの影にすぎないのだ。ただ学校のためだけに、私たちが学んでいることになっているようにね。生きるためにではなく、だよ。だが殺すためでも、逃げるためでも、かろうじて私たちの前にある物事のためにでもないのだ」

子どもたちは頭を手で押さえ、溜息を漏らした。下の通りでは、車が一台、到着した。河では、まだ雨が降っていた。

「なぜツグミは鳴くのだろうか、なぜ雲は駆けていき、星はきらめくのだろう？　無駄なのに、どうして英語を学ぶのかって？　みな同じ理由からだ。今度はおまえたちに問いたい。知っているのか？　いまなら、それを？　おまえたちの疑念は、何という名前なのだ？」

「見知らぬ権力に仕えている」リーダーは大声で言った。「その疑念は合っている」老人は言った。

# 怖れへの怖れ

*Die Angst vor der Angst*

鏡はまるで、一つの大きな暗い紋章のようであった。星はその真ん中にあった。エレンは嬉しそうに笑った。つま先で立ち、両腕を頭の後ろで組んでみた。この素晴らしい星。真ん中にある、この星。

この星は太陽より暗く、月より淡かった。尖った部分は大きく鋭かった。夜が明ける頃、あるいは日が沈む時間帯には、この星の及ぼす作用の半径は、見知らぬ手のひらの力と同様に定義不可能なものになった。エレンはこの星をこっそり裁縫箱から取り出し、洋服につけていた。

「馬鹿なことはおよしなさい」祖母は言うのだった。「おまえには星がなくてもいいんだから、喜ぶんだよ。他の人たちみたいに身に着ける義務はないんだから！」けれどもエレンの方がよく知っていた。許可する、そのような言い方だったのだ。許可する、という言葉。深々と、安心した様子で、エレンは溜息をついた。自分が体を動かすと、鏡の中の星も動いた。ジャンプすると星もジャンプし、落ちてくる間、何か願い事をしてもよいのであった。後ろへ下がると、星も一緒に下がった。嬉しさのあまりエレンは両手で頬を包み、両目を閉じた。星はそのままとどまった。この星とはもうずっと以前から、秘密警察のもっとも秘密のアイディアなのであった。エレンはスカートの裾を指で持ち上げると、輪を描いて回り、踊った。

床板の隙間から、湿った暗闇が立ち込めた。祖母は外出していた。船のようによろめきながら、角を曲がっていった。濡れた風に逆らう黒い帆のような傘が、しばらく見えた。不確かな噂(うわさ)が人々を震え上がらせながら、島の通りを移動していた。詳細を知るために、祖母は家を出たのだった。

詳細?

思慮深く、エレンは鏡の中の星に微笑(ほほえ)みかけた。祖母は確信を得たかったのだ。鏡と鏡の間に。

あらゆる確信の、なんと不確かなことだったろう。確かだったのはその不確かさで、天地創造いらい、その不確かさはますます確かになっていった。

一階上では、ゾニア叔母さんがピアノの授業を行っていた。そのことは内緒だった。左の部屋では、二人の少年が言い争いをしていた。不機嫌な、甲高い彼らの声が、はっきりと聞き取れた。右の部屋では老いて耳の遠い男が、飼い犬のブルドックと一緒になってわめきたてていた。「これからどうなっていくか、わかるか、ペギー？　あいつらは私に何も言ってこない。誰も何も言わないんだ！」

エレンは棚からブリキ製の蓋を二つ取り出し、怒りに任せて打ち合わせた。中庭から、管理人の妻の怒鳴り声が聞こえた。こう言っているようだった。ならず者——荷造りをするんだ——立ち去るんだ！

つかの間、エレンは自分自身と星の背後に鏡から浮き上がった、虚しい灰色の壁に瞳を凝らした。エレンは家にひとりぼっちだった。左右の部屋に住んでいたのは、見知らぬ人々だった。この部屋にいたのはエレンひとりきりだった。そしてこの部屋が、家なのだった。エレンは扉にかかっていたコートをつかんだ。祖母はもうじき帰ってくるかもしれず、急がねばならなかった。鏡は、一つの大きな暗い紋章のようだった。

洋服から星を外した。両手が震えた。こんなに暗いときには、明かりを灯さなくてはならなかった。星によってではないとするなら、どうやって明るくすればいいというのだろう？　エレンは祖母からも、秘密警察からだって、禁じさせやしなかった。大急ぎで、大雑把で不器用な針目で、星をコートの左胸に縫いつけた。テーブルの上に腰をかけ、顔をぐっと近づけながら。それからコートに身を包むと、部屋を出て、階段を走って下りた。

門のところで一瞬、エレンは深く息継ぎをした。霧が立ち込めていた。晩秋に身をゆだねた。

それとは知らず、エレンは晩秋が大好きであった。それは晩秋があらゆるものに、より深淵なものを、より暗いものを与えるからだった。そこから奇跡のように立ち現れる何かがあった。晩秋があらゆるものにとらえどころのないものの予感を、その予感の神秘を、神秘でも何でもないものたちにふたたび恵み与えるからであった。春のようにあけっぴろげで、ご覧、やってきたよ、とこれみよがしに輝くのではなく、自らの身を引きながら、おまえたち、おいで、と誘うからだった。より多くを知っている者のように。

　エレンはそれに応じた。古びた、霧がかった通りを駆けていった。何事にも無関心な人たち、口先だけの人たちの前を素通りして。晩秋の隠れて見えない腕の中に、身を投じた。コートの星が、エレンを高揚させた。靴底が固い敷石にあたって音を立てた。エレンは島の通りを駆けていった。

　薄明かりで照らされた洋菓子店のショーウィンドーにデコレーションケーキ（トルテ）を目にして、エレンは歩を止めた。それは白く輝くケーキで、「おめでとう」というピンクの砂糖ごろもがのっかっていた。ゲオルクにぴったりのケーキだった。平和そのものであるかのようなケーキ。そのケーキを、赤みがかったひだのついたカーテンが、あらゆる方向から、ほのかに光る両手のように取り巻いていた。どのくらい、ここにあって眺めてきたのであろう。一度は黄色いケーキだった。緑色だったこともあった。でも今日のケーキが、もっとも美しかった。

エレンはガラス扉を押し開けた。見知らぬ侵略者の体でケーキ屋に足を踏み入れ、大きな歩幅でカウンターに向かった。「いらっしゃいませ！」店員は上の空に言ったが、爪から視線を上げると、無言になった。

「おめでとうございます」エレンは言った。「このケーキにします」古びたコートに、長く湿った髪が垂れていた。コートは丈が短すぎて、タータンチェックのワンピースが手のひら二つ分、その下からのぞいていた。しかし、これらだけのせいではなかった。決定的だったのは、星だった。星は悠然と絢爛豪華に、薄い紺色の地にきらめいていた。まるで空に輝いていると確信しているかのように。

エレンは代金をカウンターに置いた。何週間も前から貯金していたのだ。値段は知っていた。周囲の客たちは食べる手を止めた。店員は、太った赤い両腕を銀色のレジにもたせかけた。視線は星にくぎづけだった。他でもない、その星を見ていた。エレンの背後で誰かが立った。椅子を一脚、壁にぶつけた人がいた。

「このケーキをお願いします」エレンはもう一度言い、お金を二本の指でレジに近づけた。なぜ店員が止まったままなのか、その理由がわからなかった。「これでは足りないのなら」不安になって口ごもった。「もしかしてこれでは足りないというのなら、残りは取ってきます。まだ家にもう少しありますから。急いで戻ってこられますから……」頭を上げ、店員の顔を正面から見た。エレンが目にしたものは、憎悪だった。

「それまで、お店を開けておいてくださるなら！」エレンはつっかえながら言った。

「店から出ていきな！」

「お願いです」恐る恐るエレンは言った。「誤解なんです。そうに違いありません。ケーキは恵んでほしいというわけではなくて、買いたいんです！　もしここにあるお金では足りないのなら、それなら私にも考えがあるんです。用意はできていて……」

「誰もおまえに聞いちゃいない」店員は冷たくあしらった。「行きな！　いますぐに行かないと、警察を呼ぶよ！」

店員は両腕をレジから離すと、ゆっくりとカウンターを回ってエレンに近づいた。

エレンはじっと立ったまま、店員の顔を見つめていた。夢でも見ているんじゃないか、と不安になった。手で目をこすった。店員は目の前に立っていた。

「出ていくんだよ！　聞こえないのか？　逃がしてもらって、喜ぶんだ！」

そう怒鳴った。客たちは微動だにしなかった。援護を求めて、エレンは彼らの方を見やった。その瞬間、全員がエレンのコートに星を目にした。何人かは嘲笑し、他の人たちは同情的な微笑みを口元にたたえるだけであった。誰もエレンを助けなかった。

「これでは足りないというのなら」エレンは繰り返した。三度目だった。唇が震えていた。

「それでは足りないよ」客のうちの誰かが言った。

エレンはうつむいた。ふいに、そのケーキの代価を悟った。忘れていたのだ。星を身に着けている人は、お店に、ましてやケーキを売っているお店に足を踏み入れてはならないということを、忘れていたのだ。ケーキの代価は、この星だった。

「いいです」エレンは言った。「結構です！」

店員はエレンの襟元をつかんだ。誰かがガラス扉を勢いよく開けた。薄明るいショーウィンドーにはケーキがあった。平和そのものであるようなケーキが。

星は、烈火のごとく燃えていた。青い水兵のコートを焼き焦がして貫通し、エレンのこめかみに血を上らせた。選ばねばならないということだったのだ。自らの星とそれ以外のものごととの間で、選択せねばならないということだった。

エレンは、星を身に着けた子どもたちを羨んできた。ヘルベルトやクルト、レオンを。エレンの友達全員を。エレンは彼らの恐怖を理解してこなかったのだ。だがいまや、店員につかまれたうなじは悪寒に震えるかのようだった。法令が施行されてからというもの、エレンは星を求めて奮闘してきたのだが、いまやその星は灼熱した金属のごとくコートと服を突き抜けて、肌をも焼きつけていた。

で、エレンは、ゲオルクに何と言えばよかったのだろう？

今日はゲオルクの誕生日だった。テーブル板は引き伸ばされ、大きな明るいクロスで覆ってあった。リンゴの花の色のクロスだった。台所脇の物置を住処(すみか)にしている婦人が、ゲオルクの誕生日にと貸してくれたのだった。

自分の誕生日に借り物をするということが、ゲオルクには奇異に思われた。借りる、だなんて。その思いが彼の頭を離れなかった。ぎこちなく孤独に上座に座ったまま、客たちを待った。身震いした。

場所をつくるために、自分と父親のベッドは壁にぴったり寄せてあった。それでもビビの望むように皆で踊るには、不十分だろう。ゲオルクは眉(まゆ)を寄せ、両手をテーブルの上に置いた。客たちの望みに何でも応えてやることができず、悲しい気持ちだった。デコレーションの施されていない大きな黒いケーキ(クーヘン)が、カップに取り囲まれて頼りなげに佇(たたず)んでいた。まるでカップたちが、ケーキの意に反してそれが王だと宣言しているかのようだった。カップたちは誤解していた。ケーキはチョコレートでできていたわけではなかった。ただ黒いだけだった。ゲオルクはじっと座っていた。彼は無意味に、この日を心待ちにしてきたのだった。十五年前の当時、ゲオルクを両腕に抱えて明るい病院から通りへと闇の中へ降りたときに、両親も無意味に喜んでいたように。ゲオルクは生まれてきたことを嬉しく思っていた。それにしても、今年ほど胸を弾ませたことはいまだかつてなかった。

何週間もまえから、誕生日パーティーのことは話題になっていた。何週間もまえから皆で計画し、何でも一緒に決めた。

より厳かにするために、父親がゲオルクに暗灰色のスーツを貸していた。細い革ベルトでズボンをつり上げるのだった。上着は幅の広いダブルで、ゲオルクの肩からは父親の肩が平然と下がっていた。この星さえなかったら！　美しい上着の上の、大きな黄色いこの星が！

その星が、ゲオルクのあらゆる喜びを台無しにしていた。

それは太陽の色をしていた。その太陽は、正体を暴かれてしまっていた。崇めたてられた太陽、子ども時代の、この輝く天体！　目を細めると黒い輪郭が浮かびあがり、とっさに縮んだり膨らんだりした。真ん中には「ユダヤ人」とあった。

必死になってゲオルクは手で覆ったが、その手をまたどかした。静かな中庭から曇った窓ガラス越しに夜のとばりが降りてきて、星を包み隠そうとした。秘密警察は、星を包み隠すことを禁止していた。黄昏は違法行為を犯していたのだ。暗くなった街に侮蔑的な明かりを注ぐたびに、月も違反行為を犯していたように。

ゲオルクは溜息をついた。と、客たちが呼び鈴を鳴らした。ゲオルクは飛び上がり、テーブルを急いで回った。

「みんな一緒にいる？」

「エレンがまだよ」

「もしかしたら、エレンはもう来ないかもしれないな！」

「もしかしたら、来たくないのかも」

「私たちと一緒にいるのは、よくないのかもしれない」

「そんなことはないさ」ゲオルクは考え込みながら言った。相変わらず、夜のとばりは窓ガラス越しに降りてきていた。相変わらず、ケーキは黒いまま悲しそうにテーブルの真ん中に佇んでいた。

「待っておいで」ゲオルクは言った。「直におまえの花嫁が来るよ。おまえの花嫁は、ピンクの衣装をまとった白いデコレーションケーキだ。おめでとう！　おまえの寂しさは、すぐにやわらぐから。お婿（むこ）さん！」

ケーキは黙ったままだった。

「エレンが連れてくることになっている」懸命にゲオルクは言った。「きっと連れてくるさ。エレンは星を身に着けなくていいんだから。ガラス扉を開けて、お金をテーブルに置いて、『このケーキをお願いします！』って言えばいいんだ。それだけなんだ。エレンならできるんだ。星を身に着けていなければ、何でも手に入るんだよ！」

ビビは笑った。しかし、笑っているように聞こえなかった。他の子どもたちは周りに座り、まるで隣の部屋の泣き声は聞こえない、自分たちは不安ではない、とでもいうかのように、無関心を装った静かな大人たちの口調で談笑しようとしたが、無駄であった。隣接する部屋では誰かが泣いていた。最近ここに収容された、若い男に違いなかった。

ゲオルクは起立し、ベルトをきつく締め直し、両手を広げて心許なげにテーブルクロスの上に置いた。咳払いをし、水を一口飲んだ。スピーチをするつもりでいた。厳かに行おうと考えていた。こう言うつもりだった。みんな、来てくれて心から感謝している。光栄に思うよ。ビビ、ハンナ、ルート、絹のハンカチを三枚ありがとう。とても重宝しているんだ。クルト、レオン、革の煙草入れをありがとう。ちょうど必要だったからね。戦争が終わったら鞄からさっと取り出して、みんなで聖なるパイプを吹かすんだ。ヘルベルトは赤いビーチボールをありがとう。このボールはもう、僕たちみんなのものだ。来年の夏には、またドッジボールをしよう。

これらすべてをゲオルクは言いたかった。そのために立ち上がり、両手をテーブルクロスに置いたのだった。ゲオルクは続けざまに指でテーブルの縁をたたいた。注目してもらいたかったのだ。

子どもたちはとっくに静かになっていた。だが隣の部屋の見知らぬ若い男は、黙っていなかった。ひと吹きの風が一つまたひとつとマッチの火を消すように、男の泣き声がゲオルクの口元にあった言葉を消していった。

　ゲオルクは雄弁を振るうつもりでいた。すべてを言うつもりでいたのに、いまや「誰かが泣いている！」とだけ言って、ふたたび席に着いた。「聞こえているさ」不機嫌そうにクルトが言った。スプーンが一本、床に落ちた。ビビはテーブルの下に潜り込み、それを拾い上げた。「馬鹿らしいじゃないか」ヘルベルトは言った。「あんな風に泣くなんて？　泣く理由なんて何にもないのに！」

「何にもない」レオンは意気消沈して言った。「それなんだよ、それが問題だ！」

「ケーキを食べてくれ！」ゲオルクは大きな声を出した。勇気づけるつもりが、脅かすように響いた。全員でケーキを食べた。ゲオルクは不安そうに皆を見やった。子どもたちは焦って一心不乱にほおばっていた。ケーキは乾いてパサパサしすぎており、飲み込むのに苦労した。「直にもう、エレンがデコレーションケーキを持ってやってくるから」ゲオルクは言った。「いつも言うだろう。最善のものは、最後にとっておけって……」

「エレンは来ないよ」クルトは遮った。「あいつは、僕たちとはもう関わりたくないんだ！」

「星とは何にもね」

「僕たちのことは忘れたんだ」

ルートが立ち上がり、紅茶を注いで回った。静かに、手早く、一滴もこぼすことなく。途方に暮れて、子どもたちの目は白いカップの上方できらめいた。ヘルベルトは飲みそこなった素振りをして、むせだした。

ゲオルクはゆっくりと一人ひとりのもとへ赴き、一人ひとりの肩をたたき、「親愛なる友よ！」といったことを大声で言い、笑った。他の子どもたちも一緒になって笑った。一瞬、笑い止むたびに、また隣室の泣き声がたいそうはっきりと聞こえてきた。クルトは何か面白いことを話そうとして、うっかり腕でカップをひっくり返してしまった。「大丈夫」ゲオルクは声を大にした。「何てことないさ！」ビビは飛び上がり、濡れてシミになったところにナプキンを当てた。

窓ガラス越しに降りていたとばりは、灰色から黒に変わった。ジャム用の空瓶が棚から見下ろすように、根拠もなく輝いた。

ビビはクルトに何かを耳打ちした。

「僕の誕生日に秘密はよしてくれ！」ゲオルクは、気を悪くして低い声で言った。

「知らない方が幸せよ！」テーブル越しにビビは、澄んだ、幾分大きな声で言った。「喜んでいいのよ、ゲオルク。誕生日に何にもないんだから」秘密を持てたということが、ビビには嬉しかった。何か他にあるとまでは思いつかなかった。秘密なら、それで十分だったのだ。

隣の泣き声は、治まろうとしなかった。突然、ハンナは飛び上がった。「私、いまから聞いてくるわ」憤慨して叫んだ。「いますぐ問いただすのよ！」

ゲオルクは扉の前に立ちはだかった。両腕を広げ、頭を木製のドアに押しつけた。意識的に耳を澄ませば隣接したどの部屋からも聞こえてくる泣き声に対する、身体を張っての抵抗だった。ハンナはゲオルクの肩につかみかかり、力づくでどかそうとした。「知りたいのよ、わかるでしょう？」

「僕たちには関係ないじゃないか！　見知らぬ人たちと同じ家に住まなくちゃならないことだけで十分だ。彼らが笑おうと泣こうと、関係ないじゃないか！」

「関係あるわ」ハンナは激高して大声になった。「いつだって私たちに関わってきたのよ。でも私たちは遠慮しすぎたんだわ。だけどいまという今は、ことさら私たちに関係するのよ！」

ハンナは皆の方を振り向いた。

「援護してよ、お願いだから！　私たちは確信を得なくてはならないの！」

「確信なんて、誰も求めてはいけない」ゲオルクは小声になった。「大人たちは確信を求める。大人なら、ほとんどみんな。でもだから人は死ぬんだ。確信なんてものを求めるから。君たちがどんなに聞いても、ずっと不確かなままだ。ずっとだ、わかるか？　君たちが生きている間は、ずっと」ゲオルクはドアの側柱を抱え込むようにして、指できつく押さえていた。両腕は次第にしびれてきて、下がってしまいそうだった。

「どうかしているわ」ハンナは言った。「ゲオルク、あなたはどうかしている」

他の子どもたちは黙ったまま、輪になって立ちつくしていた。

ヘルベルトが前に歩み出た。

「さっきビビが言ったこと知りたい？　僕、知ってるよ！　僕も聞いたんだ。言おうか？　ねえ？　言った方がいい？」

「言うんだ！」

「言っちゃダメ！」

「ヘルベルト、言ったらただではすまないぞ！」

「ビビは言ったんだ。こう言った……」

「知りたくない！」ゲオルクは怒鳴った。「今日は僕の誕生日だぞ。僕は知りたくなんかない！」両腕はすっかり下がってしまった。「今日は僕の誕生日なのに」疲れ果てて、そう繰り返した。「君たちは、いいことがありますようにって僕にお祝いしてくれたじゃないか。君たち一人ひとりが」

「そうだ」レオンが言った。「今日はゲオルクの誕生日だ。それだけを思おう。何かして遊ぼう！」

「そうだ」ゲオルクは言った。「お願いだ！」瞳はふたたびきらめき始めた。「ロットゲームを用意してあるんだ」

「何を賭けるの？」

「名誉だよ」

「名誉だって？」憤慨してクルトは鼻で笑った。「どの名誉のこと？　君たちは、星を賭けて遊んだらいいじゃないか！」

「また始めるのか」ゲオルクはぎこちなく言った。

「じゃあ」ヘルベルトが口ごもった。「それなら僕も言わせてもらうよ。ビビが何て言ったかをね！　ビビはね……」ビビはヘルベルトの口をふさごうとしたが、間に合わなかった――

「ビビはね、言ったんだ。この星は死を意味しているんだって！」

「嘘よ！」ルートが言った。

「怖いわ」ハンナは言った。「将来は七人子どもが欲しいのに、スウェーデンの海岸に家も欲しいのに。でも最近ときどき、お父さんが私の髪を撫(な)でては、私が振り向くよりも早くに口笛を吹きだすのよ……」

「大人たちは」ヘルベルトは興奮して大声になった。「僕たちの家にいる大人たちは、知らない言葉で話しているんだ！」

「大人たちは、いつだってそうしてきたさ」レオンは言った。「これまでだって、そうだった」声の質が変わった。「すべての輪郭が、はっきりしてきている」

「ぼやけてきている、だわ」ルートは混乱して言った。

「同じことさ」レオンは説明した。が、しかし、黙ったままにしておいた方がいい秘密を言ってしまったように思えた。確信できるように、おまえは不確かさに屈するがいい。

他の者たちは顔をそむけた。「いい、ゲオルク？ 空気がこもっているから」彼らは窓を開けると、身を乗り出した。外は暗く、海のように深かった。中庭を見分けることはできなかった。

「いま、僕たちがジャンプするとしたら」かすれた声でクルトが言った。「次々とね！ 一瞬のことで、もう僕たちは怖くない。怯(おび)えなくてすむんだ。想像してもごらんよ、君たち！」

子どもたちは目を閉じた。一人ひとりの飛ぶさまが、はっきりと見えた。黒く、早く、それはちょうど、海に飛び込むときのよう。

「よくない？」クルトは言った。「彼らが僕たちを見つけたら。長く伸びて、動かなくなっている僕たちを。死者たちは笑っているって言う人たちがいるじゃないか。僕たちも、彼らを笑うんだ！」

「ダメだよ」ヘルベルトは叫んだ。「ダメ、誰もそんなことをしちゃいけないよ！」

「ママが許さないんだな！」馬鹿にしてクルトは言った。

「それは、一人ひとりが自分でわかっていなきゃならないことよ」部屋の暗闇の中から、ルートが平然と言った。「生まれた日に贈ってもらったものは、捨てるものではないわ」

「今日は僕の誕生日なんだ」ゲオルクは繰り返した。「失礼だぞ、君たち」ありとあらゆる方法で、他の子どもたちを窓際から遠ざけようとした。「来年、僕たちがまだ一緒にいるかなんて、誰にわかるものか。もしかしたら、これが僕たちの最後のパーティーかもしれないんだ！」

「来年！」クルトは大きな声で嘲笑した。またしても、絶望感が子どもたちを取り押さえた。

「ケーキを食べてくれ！」気が動転して、ゲオルクは叫んだ。エレンがここにいてくれさえしたら。エレンなら、彼を助けてくれたかもしれなかった。エレンなら皆を説き伏せて、窓から遠ざけてくれたかもしれなかった。でも、エレンはここにいなかった。

「僕たちがジャンプするとしたら」クルトは迫るように繰り返した。「いまジャンプするというのなら！　僕たちには、失うものは何もない」

「星の他には何も、だ！」

エレンは、恐れおののいた。

霧は晴れていた。空は、頭上高くにある湾曲した鏡のようであったが、姿形、輪郭、境界線、問い、恐怖心、そういったものを映してはいなかった。空が映していたのは、もはやこの星だけだった。きらめきながら、悠然と、それでいて冷酷。

暗い湿った通りを、星はエレンを導いていった。ゲオルクから離れて、友たちからも、あらゆる望みからも離れて、あらゆる方向とは正反対にあり、それらを一つにまとめるような方向へと。自らに逆らいながら、エレンは星に導かれていった。よろめき、星の後ろで両腕を広げて躓いた。飛び上がって手を伸ばしたが、つかむところはどこにもなかった。糸は垂れていなかった。

祖母の警告は、みんな言う通りだったのではなかったか?

「この星に手を出すのはよしなさい。おまえは標的になっていないのだから、喜ぶんだよ!この星が何を意味するかは、誰にもわからない。この星のおかげで、どこに行くことになるのかも」

そうだ。人々は確かに、それを知ることはできなかった。知ってはならなかったのだ。ただ星の後についていかなくてはならなかった。法令は、あらゆる人々をとらえていた。

ならば、何も恐れることはなかったのではないか? 占い師に何が言えたというのだろう? この星があったのだから。時を別なものに溶きほぐし、怖れを突き破る力は、唯一この星だけにあったのではなかったか?

エレンはふいに立ち止まった。到着したようだった。視線はゆっくりと胸の星から天空をめぐり、家々の屋根へと降りた。そこから建物の番地、そして表札へ向かうのはたやすいことであった。みんな同じだったのだ。みんな星を前に、身を隠していた。

エレンはユリアの住んでいる家の前に立っていた。ユリアのことを話題にする人はおらず、彼女自身が輪に加わろうとしなくなっていた。周りも彼女を輪に加えなくなっていた。ユリアは彼らの仲間になろうなんて、ちっとも思っていなかった。彼らの顔には恐怖が浮かんでいたのだから。そういう人々は、不幸であるに違いなかったのだから。河岸で遊んでいた頃から、もうユリアは一緒に遊びたがらなかった。ユリアは星を身に着けなければならないはずだっただろうが、そうしてはいなかった。星に関する法令が施行されていらい、ユリアは家にこもるようになった。

ユリアは、星を身に着けた子どもたちの一人に自分を数えなかった。「私が家を出るときは、アメリカへ渡るときよ！」

「あなたがビザをもらうなんて、できないわ。私だってダメだったもの！」

「あなたはね、エレン。でも私はもらってみせる。最終列車で発つのよ。最後の最後の列車でね！」

それっきり、エレンはユリアに会っていなかった。ユリア、それはいついかなるときも不可解な成功を意味する名前であった。それにひきかえエレンは、いついかなるときも失敗する名前なのだった。おまけに子どもたちの間では、ユリアを訪ねることは裏切り行為とされていた。ついこの間、どうして祖母はあんな風に言ったのだろう。「ユリアはアメリカへ行くって。お別れしてきたほうがいいんじゃない」

「お別れ？　いまさら、お別れ？　優しくして、よいご旅行をって言えとでもいうの？」エレンは呻き、コートの襟を立てた。

数秒後には、エレンは抱きしめられ、素早く優しいキスを浴びながら、ユリアが数時間前にアメリカ行きのためのビザを手にしたことを知った。ユリアは十六歳で、絹の長いズボンをはき、ちょうどハンカチを色分けしていたところであった。

エレンは青ざめてぎこちなく淡緑色のスツールに腰かけて、涙を押し殺そうとした。あちこちに散らかった洋服を汚さないように、足を縮めた。窓のすぐそばに、船旅用のスーツケースが置いてあった。「昔は、私もよく荷造り遊びをしたわ」エレンはつらそうに言った。

「遊びですって！」

「でも、もう長いことしていない」エレンは言った。

「どうして泣いているの？」年上のユリアは驚いた様子で尋ねた。エレンは答えなかった。

「緑色！　白の縁つき！」感心したようにそれだけ言い、床にあったサングラスを拾った。「お祈りの本は持っていくの？」

「お祈りの本？　変な考えね、エレン！　成長期(エントヴィクルング)から来るのね、きっと」

「たいていの考えは、展開(エントヴィクルング)によるものよ」不機嫌そうにエレンは言った。

「でも、何だってお祈りの本を持っていくというの？」

「それは……」エレンは言った。「私、思ったのよ。もし船が沈んだらって。そうしたらお祈りの本はとても役に立つでしょう……」ユリアはハンカチを落とし、愕然(がくぜん)としてエレンを見つめた。「なぜ、船が沈むというの？」

「怖くないの？」

「もちろん」ユリアは怒りも露(あら)わに叫んだ。「もちろん怖くなんかないわ。私が何に怯えるっていうの？」

「ありえないことじゃないわ」落ち着きを取り戻しながら、エレンは言い張った。「船が沈むことは、ありえないことじゃない」

「そうなってほしいとでも？」

両者は、苦しそうに息をした。どちらかが我に返るよりも早く、互いにつかみかかり、床に倒れた。「前言撤回しなさい！」

二人は、なかばピアノの下を転がっていた。「あなたは私のことが羨ましいのよ。私の方が大冒険を手にするんだから！」

「大冒険を手にするのは私の方よ！」

苦難がエレンに力を与えた。ユリアが懸命に腕を回したままであったところを、エレンは頭でもってユリアの顎をついた。けれどもユリアはエレンよりも長身で、動きも早く、上手に身を守った。その間、ユリアは意地悪く囁いた。「太平洋は青緑色。桟橋に来いって言われているの。西にはヤシの木が生えているのよ」

「やめて！」エレンは息を切らしてユリアの口を押えたが、大学やゴルフといった言葉が指を擦り抜けて溢れでた。エレンが一瞬、手を離したすきに、ユリアははっきりとこう言った。

「三人の人が、私を保証してくれたのよ」

「よかったわね」苦々しくエレンは怒鳴った。「私には誰も保証人がいないわ！」

「あなたのことを保証できる人なんていないわよ」

「いなくてよかった」エレンは言った。

疲れ果てて、二人はじっとなった。

「羨ましいんでしょう」ユリアは言った。「私のことが、いつだって羨ましかったんだわ」

「ええ」エレンは応じた。「そうよ、私はあなたのことがいつも羨ましかった。あなたが歩けるようになった頃からね。私はまだ歩けなかったもの。あなたには自転車もあったけど、私にはなかった。いまはって？　いま、あなたは海を越えていこうとしている。私には海は越えられない。いまやあなたは自由の女神像を見て、私は……」

「いまや私の方が大冒険をするのよ！」ユリアは勝ち誇って繰り返した。

「違う」エレンは小さく言って、ユリアをすっかり離した。「そういうことを経験できないことの方が、もしかしたらより大きな冒険なのよ」

もう一度ユリアはエレンにつかみかかり、肩を壁に押しつけると、恐怖に満ちた様子でエレンを見つめた。「船が沈めばいいって思ってるの？　そうなの？　答えて！」

「いいえ」いらだってエレンは叫んだ。「いいえ、思ってないわ！　だってそうしたら、あなたの方がより大きな冒険をすることになるし、それに……」

「それに？」

「私のお母さんに、よろしくって言ってもらえない」

はっとして、二人は言葉を失った。戦いの結末は音もなく過ぎた。

アンナが扉を開け、暗闇に逆らって立っていた。首に明るい色のスカーフを巻いていた。アンナは笑った。「まるで酩酊(めいてい)した水夫ね！」悠然と言った。アンナも同じ建物に住んでおり、ときどき上に上がってきていた。ユリアよりも年長だった。

エレンは飛び上がり、額を縁にぶつけながら叫んだ。「あなたの星、輝いているんじゃないかしら」

「昨日、きれいに洗ったのよ」アンナは答えた。「星を身に着けるなら、輝くものでなくてはね」頭を扉の側柱にもたせかけた。「本来なら、全員が星を身に着けなければならないのにね！」

「私はダメなんです」悔しそうに、エレンは大きな声で言った。「私は身に着けてはいけないんです！　間違った祖父母が二人足りないんです。だから私に仲間入りは無理って！」

「そんなこと」アンナは言って、また笑った。「もしかしたら、どっちでもいいことなのよ。星をコートに着けていようが、顔に持っていようが」

ユリアは呻きながら、ゆっくりと立ち上がった。「どっちみち、あなたは二重に星を持っているんだわ。コートと顔にね。あなたはいつも満足そうだけど、理由でもあるの？」

「ええ」アンナは答えた。「あなたにはないの？」

「ないわ」ためらいがちにユリアは言った。「来週、アメリカに発つことになっているけれどね。エレンは、私のことが羨ましいのよ」

「どうして？」アンナは言った。

「説明が必要なんですか？」エレンは低い声で言った。

「わかっているわ」アンナは言った。「アメリカだものね。ただ、もっと正確に知りたかっただけ」

「海」どぎまぎして、エレンはつっかえた。「それに、自由！」

「それでは余計に不正確だわ」静かにアンナは答えた。

「どうやっているんですか？」エレンは言った。「つまり、特別な理由でもあるのですか？」

「理由って？　何が言いたいの？」

「さっきユリアが言っていたことです。輝いているもの！」

「特別な理由なんてないわ」アンナはゆっくり言った。

「あるに違いないわ！」ユリアは譲らなかった。「ところで何の用？」

「あなたにお別れを言いに来たのよ」

「でも私は今日、ビザをもらったのよ。あなたは知りようもなかったじゃない……」

「そうよ」アンナは苦しそうに言った。「実際、知らなかったわ。でも、あなたにお別れを言いに来たの」

「意味がわからないわ！」

「私も出発するのよ」

「どこへ？」

アンナは答えなかった。

エレンはふたたび飛び上がった。「どこへ行くんですか?」

ユリアは喜びで赤くなった。「一緒に発つのね!」

「どこへ行くんですか?」エレンは繰り返した。アンナは瞳をエレンに据え、悠然と、苦しめられてとても青白くなっているその顔を見つめた。

「私のことが羨ましい、エレン?」

エレンはそっぽを向こうとしたが、視線に応えなくてはならないように感じた。

「答えて」

「ええ」エレンは小声だった。絶望から、自分の言葉が部屋にじっととどまるように思えた。

「ええ、あなたが羨ましい」

「気をつけなさいよ!」ユリアが茶化した。「いまにエレンは、あなたにつかみかかるわよ!」

「エレンに構わないであげて!」アンナは言った。

「ユリアの言う通りよ」エレンは不機嫌そうに、疲れて言った。「だって、私のお母さんは向こうにいる。それに自由もあるわ」

「自由っていうのはね、エレン、自由っていうのは、あなたの星があるところにあるのよ」

アンナはエレンを引き寄せた。「本当にあなたは私が羨ましい?」

エレンは身を解(ほど)こうとしたが、唇を嚙(か)んだだけでできなかった。ふたたび顔をそむけ、またしても、目の前にあるその顔に視線を向けねばならないと感じた。と、そのとき、輝きが一瞬砕けるのを見た。そしてアンナの顔に恐怖を、生命をおびやかすような恐怖を、ゆがんだ口元を見た。

「いいえ」慄然(りつぜん)として、エレンは口ごもった。「あなたを羨んではいません。どこへ行くんですか?」

「あなたたち、どうしちゃったの?」ユリアはいらいらしながら言った。

アンナは立ち上がり、エレンをどかした。「お別れを言いに来たのよ」

「一緒に発つんじゃないの?」

「いいえ」アンナは言った。「方向が違うわ」壁に少しだけ寄りかかると、言葉を探し始めた。

「私には……私には、ポーランドへ行くよう、要請が来たのよ」

それだったのだ。人々があえて口に出して言おうとしなかったのは——祖母も、ゾニア叔母さんも、みんな、みんなが。そのことだったのだ。人々が震え上がっていたのは。エレンはいま初めて、それを言葉で聞いた。エレンにとっては世界のあらゆる恐怖が、その中に含まれていた。「どうするつもり?」ユリアはこわばって聞いた。

「行くわ」アンナは言った。

「いいえ、そうではなくて。私が言いたいのは……何を待ち望んでいるの?」

「すべてよ」アンナは言った。そしてより大きな希望の輝きが、滔々と流れる川の水のごとく、顔に現れていた恐怖の上に溢れでた。

「すべて？」エレンは小さく言った。「すべてって……そう言いました？」

「すべてよ」アンナは動じずに言った。「いつだって、すべてを待ち望んできたもの。どうして、いまになってあきらめるというの？」

「そのことなんです……」エレンは口ごもった。「そのことが言いたかったんです。それが星の意味することなんだわ。つまり、すべてなんです！」

ユリアは困惑して、エレンとアンナを交互に見やった。

「二人とも、待っていてちょうだい！」エレンは叫んだ。「長くはかからないわ。友達を連れてくるだけだから」

そう言うと、アンナとユリアが引き止めようとするまえに、もうエレンは扉を後にしていた。

愕然として、子どもたちは窓から離れた。

「私と一緒に来てちょうだい！」

「どこへ？」

「星が何を意味するか、知りたかったら――」

子どもたちは恐怖心からすっかり気弱になって、さらに問いはしなかった。吸い込まれるような深みから連れ戻されて、安堵(あんど)した。黙ったまま、走るエレンに続いた。暗闇の中、車道脇を移動する大荷物を積んだ小さな荷車や、泣きはらした人々の顔、冷淡な人々の笑いは、もはや気にならなかった。エレンと同じように、子どもたちはただひたすら星だけを見つめていた。

見知らぬ家の門の前で、子どもたちは跳びすさんだ。

「ユリアのもとへは行かない！」

「違うわ」エレンは言って、門を押し開けた。

ユリアは散らかっていたハンカチを片付け終わっていた。子どもたちに挨拶をする間、ビザのことは黙っていた。彼らの顔を見ることもなかった。

「私たちは、あなたのところに来る気なんてなかったのよ」ビビが甲高い声で言った。「エレンのせいなんだから！」

「そんな気、全然なかったんだぞ！」他の子どもたちも応じた。

「わざわざ来ることなんてなかったのに」クルトは言った。

子どもたちの重たい靴が、明るい床に痕跡を残した。

「アンナがここにいるのよ」エレンは言った。

アンナ、その名前は、まるで一つの吐息のようだった。甘受することと身を捧げることを、ひっくるめたような。

アンナはスーツケースの上に腰をかけ、子どもたちに向かって笑いかけた。子どもたちの戸惑いが、次第にやわらいだ。「あなたたちも、座らない？」

一同は床の上に、丸くなって座った。普通船室。ふと、以前から旅の途上であるかのように思えた。

「それで、あなたたちは何が知りたいの？」

「私たちは、星の意味が知りたいんです」

アンナはゆっくり、一人またひとりへと視線を向けた。「どうしてあなたたちは、そのことが知りたいの？」

「怖いんです」子どもたちの顔がちらちらと輝いた。

「何が怖いの？」アンナは言った。

「秘密警察が！」子どもたちは口々に叫んだ。

アンナは頭を上げ、皆をいっぺんに見つめた。「なぜ？　なぜあなたたちは、よりによって秘密警察を怖がるの？」あっけにとられて、子どもたちは口をつぐんだ。

「奴らは僕たちが息をするのを禁じているんだ」クルトは言って、怒りで赤面した。「僕たちに唾（つば）をかけ、僕たちを追い回している！」

「不思議ね」アンナは言った。「なぜ彼らはそうするのかしら？」

「僕たちのことを憎んでいるんだ」

「あなたたちは彼らに何かをしたの？」

「何にも」ヘルベルトが言った。

「あなたたちは少数派よ。あなたたちは、彼らに比べたら小さいし弱い。武器も持っていない。それなのに、彼らはそれだけでは安心できないのね」

「僕たちは星の意味を知りたいんだ！」クルトは叫んだ。「僕たちの運命はどうなるの？」

「暗くなると」アンナは言った。「とても暗くなると、どうなる？」

「怖くなるわ」

「そうしたら、どうする？」

「身を護る」

「周りを攻撃するのよね？」アンナは言った。「でもそうしたら、攻撃してもどうしようもないって気づくのよ。もっと暗くなる。今度はどうする？」

「光を探すわ」エレンが大きな声で言った。

「星を探すのよ」アンナは言った。「秘密警察の周りは、とても暗いのね」

「本当に……本当に、そう思っているのですか？」子どもたちの間に動揺が広がった。彼らの顔が、白く、荒々しく、光った。

「わかった！」ゲオルクは飛び上がった。「ついにわかったぞ。わかったんだ！」

「何がわかったの？」

「秘密警察は怖いんだ」

「そうよ」アンナは言った。「秘密警察こそが、恐怖そのものなのよ。生きた恐怖……それ以外の何でもない」アンナの表情にあった輝きが、深みを増した。

「秘密警察だって怖いんだ！」

「それで、僕たちは彼らが怖いんだ！」

「怖れへの怖れ、それで帳尻が合う！」

「怖れへの怖れ、怖れへの怖れ！」ビビは叫び、笑った。子どもたちは手に手を取って、大きなスーツケースの周りを飛び跳ねた。

「秘密警察は、星を失くしたんだ」

「秘密警察は、見知らぬ星の後を追いかけているんだ」

「彼らが失くした星と僕たちが身に着けている星は、まったく同じ星なんだ！」

「でも、やっぱり私たちの喜ぶのが早すぎるとしたら」ビビは言って、立ち止まった。「やっぱり私の聞いた話が正しかったとしたら？」

「何を聞いたの？」

「星は死を意味しているって」

「誰に聞いたの、ビビ？」

「お父さんとお母さんは、私がもう寝ていると思ったのよ」

「もしかしたら、聞き違いかもしれない」エレンはつぶやいた。「もしかしたら、死が星を意味しているって言ったのかも？」

「あなたたち、惑わされてはダメよ」アンナは冷静に言った。「私があなたたちに言えるのはこれだけよ。星を追い求めるのよ！　大人たちに聞いてはいけない。あなたたちを欺くから。ヘロデが三賢王を欺こうとしたようにね。あなたたち自身に聞くのよ。あなたたちの守護天使にね」

「あの星なんだわ」エレンは叫び声を上げた。頬は真っ赤だった。「賢者たちを導くあの星なのね、わかっていたわ！」

「秘密警察には同情してあげなきゃ」アンナは言った。「ユダヤ人たちの王に、また怯えているんだもの」

ユリアは立ち上がり、身震いしながらカーテンを閉じた。「もう、なんて暗いこと！」

「その方が、より好都合よ」アンナは言った。

# 大いなる劇

*Das große Spiel*

マリアは赤子を落とし、ヨゼフは天使の脇腹を軽く小突いた。天使は振り向き、頼りなげに東方の三賢王に向かって微笑（ほほえ）みかけた。放浪の旅人の恰好をした三賢王は、並び合って大きな木箱の上に座っていた。彼らは脚を少し高く持ち上げ、青白く暗い面持ちで、扉をじっと睨（にら）んだ。呼び鈴が鳴ったのだ。

天使はあらゆる威厳を失った。その天使こそ、揺らぐその少年の声で小さく喜びながら、東方の三賢王にいましがた「外套（がいとう）を脱ぎ捨てるがいい！」と促したものであったのに。彼らが探し求める者であるという証拠に。彼らが遠くからやってきたという証拠に。贈り物を携えて、汚れた衣の下にクリスマスツリー用の銀のチェーンを胴に巻いていたという証拠に。それから……それから……

だがもう、時間がなかった。呼び鈴が鳴ったのだ。

東方の三賢王は薄暗がりの中で両手で膝を抱えながら、憤って身動き一つせずに、私たちは何者でもないのか、それとも王なのかという、そのことについての昔からの不確かさに甘んじ続けなくてはならなかった。おまけに彼らは、外套を脱ぎ捨てるわけにはいかなかった。なぜなら彼らは怖れていたから。怖れを、いまだに抱いていたから。どんな小さな身動きでも、彼らの存在をばらしてしまいかねなかった。彼らの罪は、生まれてきたことだった。彼らは殺されることを怯(おび)え、愛されることを望んだ。王であるということへの希望。この希望のために、人は迫害されるのかもしれない。

ヨゼフは自身の恐怖に怖れをなし、目をそらした。マリアはかがみ、音のない動作で赤子をふたたび抱きかかえた。母を阻むものなど、何もないのである。マリアはヨゼフにもたれかかった。ヨゼフはというと、マリアの腕の中にいるその王が、王自身の縛りつけられている十字架に寄り添うであろう様子を、見ようとはしなかった。子どもたちは怯えながらも、自らが縛りつけられているものに寄り添うという、王の教えのいわんとすることを予感した。そして戸口の外のけたたましい呼び鈴の音よりも、その予感のほうを怖れるのであった。

というよりむしろ、その予感そのものが音を立て始めていたのかもしれなかった。

押し黙って、子どもたちは闇の中でしぶとく待った。天使は、肩に巻いていた亜麻布を錆びた安全ピンで留めた。「何でもないだろう」天使は口ごもった。「だって呼び鈴の音からすると、まるで……」言葉が途切れた。

「しーっ」もっとも大きな放浪者が嘲るように言った。「君は天使の役だろう！」

それから、呼び鈴が鳴った。四度短く、三度長く、鳴った。前もって決めてある合図ではなかった。

「誰かが迷っているんだ」片足の麻痺した放浪者が囁いた。子どもたちの中で、もっとも小さかった。「誰か、僕たちの仲間なのか秘密警察の仲間なのか、友なのか殺人者なのか、わからなくなっちゃったんだ」

自分がどちらに属すかなんて、誰にわかるというのだろう？

テーブルの下にいた小さな黒い犬が、吠え始めた。

「犬の口を押えるんだ」ヨゼフが怒って言った。「この犬は、もう僕たちの役に立たない」

「私は最初からこの犬をかくまうことに反対だったわ」マリアは言った。「餌がないし、私たちのことがばれてしまうかもしれないもの。この場面ではロバのような何か、とだけ言われているのよ。荷物を運ぶ何かって」それから溜息をついた。「荷物を運ぶ、音を立てない何かって」

「ユダヤ人は家に動物を飼ってはならない」天使が囁いた。「おまけにそれから、封をした貨物列車が運ぶんだ。問題なのはただ、その行先だ」

「エジプトの手前は戦争中だ！」

「それなら、やっぱりポーランドだ」

「ユダヤ人たちの王は？」

「一緒に来るさ」

扉の呼び鈴がふたたび鳴った。いまや懇願するように響いた。

「劇を始めるんだ。扉は開けないでおこう！」

「じゃあ、早く。急いで！　位置について……準備はいいね……」

「はじめ！」

三人の放浪者たちは飛び上がった。光を反射させながら、古い箪笥(たんす)のガラス戸にランタンを向けた。

「平和を見つけたか？」最年少の放浪者が大きな声で言った。

「ランタンがすっかり斜めになってしまっているじゃないか！」天使が遮(さえぎ)った。「ヘルベルト、拳が震えているように思うけど、怖いのかい？　放浪者は、怖くはないんだ。平和を見つけたか？　大人の男みたいに聞くんだよ、小さいの。二人の肩をつかむんだ。彼らも探し始めるようにね。弾入れの中に、枕の下にないかって……」

「平和を見つけたか？」

呼び鈴は静かになり、答えを待っているようだった。子どもたちは身体を震わせ、身を寄せ合った。子どもたちの前に空虚が大口を開けて深々と立ち現れ、こう命じた。私を満たせ！

そこで子どもたちは、二人目の放浪者に言わせた。

「ここには誰もいない（ここにいるのは誰でもない）」

「誰でもない、いい、ゲオルク？　誰でもないだなんて、恐ろしい言葉。みんな、それでいて誰でもない。何百万人という人々、それでいて誰でもない。誰でも。みんな憎んでいて、みんな見て見ぬふりをしているのに。ねえ、そうでしょう？　誰も私たちを憎んではいない。誰も私たちを迫害してはいない……誰も！　なぜあなたたちは怖がるの？　誰でもないって、もう一度言ってよ、ゲオルク！　歌い始めるべきだわ、あなたの悲しみは。そして自分たちの大衆集会で、人々は聞くがいいわ。誰も、誰も。誰もここにはいないって！」

三人の放浪者たちのランタンの炎は、向こう見ずにも、暗い部屋の中に揺らめいた。


「あまりにも長い間、私たちは探しすぎた！」

「忌々（いまいま）しい、私たちの火も消える」

「いまやもう、それを見つけることは決してできない」

「私たちの力も砕けてしまう」

「そうだ、人々が知っていたら……」

「平和の何たるかを！」

「でも人々は、それを知らない」

意気消沈して、放浪者たちは汚れた絨毯にくずおれた。

「この地には、それがないんだ」

「私たちは至るところを探した……」

「叫び……」

「迫った」

「懇願した！」

「ののしった！」

ふたたび呼び鈴が鳴った。子どもたちの声は矢継ぎ早に続いた。一瞬、呼び鈴の音を圧倒するのに成功した。

「私たちはどの家も照らした」

「人々は私たちをどこでも追い出した」

「おまえたちの燃える光は、弱々しすぎるんだ！」


人間たちが息継ぎする間に、そう天使が言った。


「何を言っているんだ？」

「私は何も言っていない」

「そっちから聞こえた！」

「あっちから聞こえた！」


頑として放浪者たちは互いに譲らず、天使の声をもぎとってバラバラにし、動揺へと溶かした。


「あなたが言ったんだろう！」

「違う、あなたのほうだ！」

「それから、あなたも！」

「何てこと、あなたは嘘をついている……」

「ここから聞こえた！」

「ちょっとあなた、どうして押すんだ？」

「偶然さ」

「偶然だって？

やれやれ、結構じゃないか
それなら私は用心し続けなくては！」

「なんて、あなたは臆病な
私には勇気がある！」

「おまえたちは平和を探しているのだ！」天使は叫び、簞笥の上にひらりと身を移した。「平和だぞ！」天使は溜息をついたが、呼び鈴は相変わらず、一枚の暗い絵をかこむ鋼でできた額縁のように、鳴り続けた。

「私たちは至るところを探した」

「通りを上へ、下へと」
「そして私たちはすべてを試みた」
「奪った、殺した、焼いた」
「私たちは地獄まで降りた！」
「それでも、何も見つからなかった……」

ののしりながら、互いに楔を打ち込まれたように、放浪者たちは大地に横たわった。放浪者たちの格闘の上方で、天使の声がますます早く、ますます迫力を増して燃えた。彼らの頭巾は揺れ、廊下の呼び鈴は、天使の声を凌駕してけたたましく鳴り響いた。呼び鈴の音は氷雨のごとく、そっぽを向いて隠してあった子どもたちの顔へとほとばしった。開けてくれ、おまえたち、開けて！

この暗い部屋は、閉じにくい、揺らめく唯一の頭巾そのものであった。

また、鳴った。四度短く、三度長く。間違った合図の、胸の痛むしつこさ。

三人の放浪者たちはうかがうように、古びた絨毯に膝と拳を沈めた。最年少者が、人差し指を上げた。

「すると私たちは見た
小さな光が扉を貫いて、ほのかに輝いているのを」
「誰もここにはいない……」
「それで私たちは、すっかり混乱している」

最年少者の声は震えていた。他の者が彼を脇へのけた。三人の放浪者たちが、それぞれに話し始めようとした。


「誰が私たちに教えるというのか、どこに平和があるかを?」

「誰がそれを見つけるかを?」

「そして誰がそれを量るかを?」

「そうだ、人々が知っていたら……」

「平和の何たるかを……」


疲れ果てて、放浪者たちはうなだれた。

「私たちの服はぼろぼろだ」
「私たちの靴はずたずただ！」
「私たちは安息を見つけられない
永遠に」

ふたたび、最年少者が人差し指を上げた。

「思いついたことがある
あなたたちは静かにしていてくれ」
「クリスマスだ」
天使が、覆われた窓から溜息をついた。

「クリスマス？」

三人の放浪者たちは素早く立ち上がった。贈り物が関わっていた。ケーキが、ヤドリギの枝が、そして大人たちの、自分たちもどうしてだか訳がわからないとでもいう興奮した表情が。しかしいまや鳴り止まない鋭い呼び鈴の音に、どんな関係があったのだろう？

「急ぐんだ、おまえたち！」戦争が警告した。戦争は盗んできた巨大な防空帽を目深にかぶり、玄関の間に続く扉に寄りかかっていた。「連中は扉を突き破るぞ。僕たちの支度が整うより早く、連中は僕たちを積み込んでしまう」

「その方がいい」ヨゼフは不機嫌そうに言った。「一月はまったくどんよりしているからな。白銀（しろがね）の糸はみんなもう切れていて、おまけに胃も痛む」

「五月になるまでにはもう、僕たちは桜になっているさ」戦争は嘲った。

「静かにして」赤子をしかと前に抱きながら、マリアは叫んだ。「やめてちょうだい。私は桜になんかなりたくないわ！　他の木にだって！」

「演じ続けるんだ！」天使が叫んだ。

「どういうことなんだ

私たちは何をすればいい？」

「さあ、クリスマスの歌を歌おう！」

三人の放浪者たちは唇を動かしたものの、歌うことはできなかった。呼び鈴が鳴り始めてからの十五分間の永遠の中で、歌うことを忘れてしまった。意欲という意欲を失くしていた。何か異質なものが、彼らの唇に封をしていた。

「私はすっかり疲れた
疲れ果ててしまった！」

「それに、おまえの笛の音は虚ろだ
おまえは一つも、ちゃんとした音を吹きやしない！」

「だが聞くがいい……」

「平和は流れていってしまう！」

「私が取り戻してこよう！」

「いいや、私が……」

「だめだ！」

「光はどこだ？」

「私には見つからない……」

子どもたちは飛び上がった。外の呼び鈴が突如、止んだのだ。突如、と同時にすっかり、と子どもたちには思えた。もう、何も微動だにしなかった。

「開けるがいい」天使が小声で言った。「開けた方がよかろう！」

亜麻布が垂れ下がっていたせいで、天使は棚からジャンプできずにいた。戦争が玄関の間への扉を押し開けた。三人の放浪者たちが、飛び出ていった。

開けるがいい、誰であろうと、おまえたちにそれを求める者に、開けてやるがいい！　開けない者は、自らを取り逃すぞ。

子どもたちは意を決して玄関の扉を勢いよく開けたものの、がっかりして飛びしさった。泣きはらした目をして、すっかり疲労困憊（こんぱい）した様子のエレンが、氷のように冷たい灰黒色の階段の手すりに寄りかかっていた。

「君なの？　他には誰もいないの？」

「あなたたち、どうして開けてくれなかったの？」

「君が合図を知らなかったからだよ！」

「教えてくれなかったじゃない」

「君は僕たちの仲間じゃないからな」

「一緒に演じさせて！」

「君は僕たちの仲間じゃないよ！」

「どうして？」

「君は連行されないだろうからさ」

「約束するわ」エレンは言った。「私も連れていかれるのよ」

「そんなこと、どうして約束できるんだよ？」ゲオルクは怒って声を荒げた。

「知ってる人はいる」小さくエレンは言った。「知らない人もいる。でもみんな、連れていかれるの」

エレンは他の子どもたちを押しのけ、一番に闇の中へ駆けた。白い亜麻布をつかんで天使を棚から引きずり下ろしかけ、懇願した。「一緒に演じさせてちょうだい。お願いだから、私も一緒に演じさせて！」

「君のおばあちゃんは、君が僕たちと演じるのを禁じただろう」棚の上から、天使役のレオンが言った。

「それはおばあちゃんが、とどまり続けることが幸せだとまだ信じているからなのよ」

「君はどうなの？」

「もう長いこと、そんな風に思ってないわ」エレンは言うと、ガラス扉を閉めた。ふたたびその部屋は、黒い頭巾のように子どもたちを取り巻いた。

「君にできる役が残っていないよ」

「世界の役をやらせて！」

「危険な劇なんだ」レオンは言った。

「わかってるわ」いらだってエレンは大声を出した。

「世界役はハンナだ」クルトが不機嫌そうに言った。

「いいえ」エレンは小さな声になった。「違う！　今晩、連れていかれたわ」

子どもたちは後ずさりをし、エレンを囲んで輪になった。

「続けるんだ！」レオンの大声は熱を帯びた。「演じ続けなくては！」

「レオン、誰が私たちにこんなにもひどい役を与えたのかしら？」

「難しい役なんだ。でも、もっとも難しい役が一番いい役じゃないか？」

「でも、なんてひどい観客なのかしら。私たちを飲み込んでしまう、大きく開いた一つの暗い口。顔のない人たち！」

「ルート、君にもっと経験があったら、どんな舞台でも前にあるのは慰めを求めた苦しみ呻く闇だってことを、知っていたさ」

「私たちが慰めろっていうの？　それなら、誰が私たちを慰めてくれるの？」

「トラックの荷台が高すぎたら、誰が、僕たちが乗るのを助けてくれるんだ？」

「恐れてはいけない、君たち！」レオンは叫び、その頭部が細く暗い一条の炎のごとく、白い布からめらめらと燃え上がった。

「なぜなら聞け、おまえたちが大喜びすることを告げ知らせよう！」

「おまえたちはくたばるがいい。以上！」クルトがレオンを遮った。

夜の戦場における不信の念を前に、引き渡された者たちの青白い顔を前に、天使は言葉を失った。先を続けられなかった。

「以上だなんて、まだ全然続きがあるわ」闇の中から、子どもたちのうちの一人がレオンに助け船を出した。「なぜって、あなたたちには今日が……」

下では狭い通りを抜けて、重いトラックが一台走ってきた。窓が小刻みに揺れ、窓の外の空も震え始めた。子どもたちは身をこわばらせ、窓辺へと突進したい気持ちに駆られたが、微動だにしなかった。トラックは轟音を立てたが少しずつそれは小さくなり、通り過ぎて離れていった。どんな轟音も、いつかは静寂を前に沈黙するものだ。どんな音も、それが静寂に満たされないのであれば虚しい。

「続けよう！　演じ続けるんだ！」

演じること。それは子どもたちに残された唯一の可能性だった。把握不可能なものすれすれのところで、とれる態度。秘密を前にした品格。もっとも秘められた、その戒律。

私の眼前で、おまえは演じるのだ！
苦難の激流の中で、子どもたちはそれを探り当てていたのだった。貝殻の中に真珠があるように、その劇の中には愛があった。

「おいで、争いはやめるんだ！」
「ごらん、私たちの火が消える
嵐が火を吹き消そうとしている
私たちの力が砕けていく」
「私たちは、もう寝よう」

静寂が訪れた。天使たちに出番を知らせる合図だった。レオンは一息で、棚からランタンの照らす鈍い輪の中へと飛び降りた。灯りと灯りの間へと。灯りの上方で、とどまるために。レオンは彼らの問いを投げ返した。

「平和を見つけたか（見た）？」
「どこにも見当たらない（見えない）」

放浪者たちはくずおれて、これまでとばかりに頭巾を深く下げ、困惑した顔を覆った。

「私におまえたちが見えるように、おまえたちに見つけることができたら(見えたら)！」天使は、役に逆らって口ごもった。「おまえたちは、なんと静かに横たわっていることか。この暗闇の部屋の中で、人間とは思えないほど、なんと勇敢なことか」

天使は両腕をだらりと垂らした。見たいという欲求と場景を保てという呼びかけが、天使をここでも圧倒した。私におまえたちが見えるように、おまえたちに見つけることができたら。

しかし、灯りは暗くなっていった。

「レオン、君が監督になれないだろうだなんて、なんて残念なんだ！」

「そんなことはないさ、僕は監督になってみせるよ。トラックだろうが貨物列車だろうが、いい作品になるさ。君たちはそのことを信じていいんだ！　ハッピーエンドと喝采は無し。静かに人々は家へ帰るんだ。闇に光る、青白い顔をして……」

「黙れ、レオン！　そいつらの顔が真っ赤なのが、そいつらの瞳が光り輝いているのが、君には見えないっていうのか？　君には客たちがもう笑っているのが、聞こえないのか？　僕たちが橋々を渡って連れていかれるときに、客たちがどれだけ笑うだろうかが？」

「レオン、どの国のお金であなたは報酬をもらうというの？　どの会社と契約を結ぶつもり?」

「人間的な会社とさ。支払いは火と涙なんだ」

「一天使の役のままでいるんだ、レオン!」

レオンは躊躇(ちゅうちょ)した。寝ている放浪者たちの上で、両腕を大きく広げた。「ぐっすりと眠るがいい」息継ぎをして、一瞬の沈黙の後、続けて言った。

「もしかしたら夢の中で
神はおまえたちに賜るかもしれぬ
おまえたちが探して歩いたものを
間違った道の上を
おまえたちの火を消すがよい
どの火も家へと通じはしまいのだから
唯一、愛の光だけが瞬(まばた)くのだ
弱々しい渡り板の上を!」

天使はかがみこみ、ランタンの火を吹き消した。暗い窓辺に最後に残った孤独な蠟燭(ろうそく)のように、彼は闇の中にとどまった。

「おまえたちの誇りを放ってしまうがいい
誇りはおまえたちを、何に対しても強くはしまい
愛は別の衣をまとっている
おまえたちに尋ねよう。どこへ向かって
おまえたちは平和を探しにいこうというのか？
争いはここでは意味をなさぬ
平和は心の中にある
それを、おまえたちは見過ごしているのだ」

三人の放浪者たちの上で、天使は両腕を大きく広げた。それはまるで、眠っているあらゆる人々を、もっとも明るいときに見張っているつもりでもっとも深く眠っている秘密警察をも、包み込もうとするかのようであった。

「ぐっすり眠るがいい

もしかしたら夢の中で
神はおまえたちに賜るかもしれぬ
おまえたちが探して歩いたものを
殺人と炎をくぐり抜けて
おまえたちの火を消すがよい
どの火も家へと通じはしまいのだから
ただ愛の光だけが輝くのだ
国から国へと」

天使は身を引いた。放浪者たちは寝心地が悪そうに身体を動かした。闇の中で、ヨゼフが興奮してマリアに説きつけるのが聞こえた。「おいでったら、僕たちの出番!」しかし、マリアは身動き一つしなかった。

「来るんだ!」天使が大きな声で言った。

マリアは赤子を抱いた腕に力を込めた。「ベールがないわ」そう言った。「ベールなしでは、演じない」

「どういう意味だ?」レオンは聞いた。「じゃあ、劇の続きは?」

三人の放浪者たちは跳ね起き、騒々しく物音を立てながらマリア役のビビに食ってかかった。「演じるんだ、いいか、演じろ！」戦争ですら、防空帽を手に懇願した。「君たち、続けてくれよ、お願いだ！」子どもたちの怒鳴り声は廊下まで響いた。

「マリア役を演じたかっただろう？　違うのか？」

「ええ」ビビは答えた。「でもベールなしではダメよ。あなたたちは私にベールを約束したじゃない。だからベールなしなら、一緒に演じない！」ビビはおどおどと、赤子をぎゅっと抱きしめた。

「それだけのことだったら」エレンはゆっくりと言い、鞄を開けた。白い布が闇に包まれた部屋に光り輝いた。ビビは赤子を脇に置いた。他の子どもたちは素早く木箱や椅子から立ち上がり、近寄ってきて、冷たい指で布に触れた。ビビはもう布をつかみ、その中に身を包んでいた。

「とても素敵だよ！」子どもたちは叫んだ。拍手をして、ひだを作ったがまたまっすぐになるよう撫でると、まぶしそうに見上げた。まるで、天国と地獄が半島をなして境をなしている煉獄の火の縁にさまよう、かわいそうな魂が見上げるように。子どもたちは幸せそうに笑った。僕に君たちが見えるように、君たちにも見つけることができたら、そうレオンは思った。そして、彼には場景が失われたように思えたが、それは脇に置かれた神の注意深い視線の中で、消えずに残った。

「それだけのことだったら」エレンは腹立たし気に繰り返した。機をうかがうように、エレンの顔がビビの背後に浮かび上がった。すると、鏡に映った、皆を驚かせた自身の姿にビビが別れを告げようとするまえに、エレンは彼女の頭からベールをもぎ取り、それを高い位置でなびかせると自分自身に巻いた。エレンの瞳は、流れでる輝きによって暗くきらめいた。

「ちょっと」ビビは叫び声を上げた。「あなたなんか、ラクダの御者のようだわ！」

「うってつけだわ」

「ベールをよこして！」ビビははっきりしない声で言った。黙々と、闘志をむき出しにして二人は向かい合った。奇跡が世界にやってきていたが、世界の方こそが奇跡そのものでありたかった。マリアは条件を示していたが、天使は三賢王に警告し忘れていて、神はヘロデの手中に落ちてしまっていた。「ベールをよこしてってば！」ビビはもう一度言った。怒りに身を震わせた。もろい、見知らぬ武器のようなビビの手が前に飛んできて、布に爪を立てた。エレンは後ろへ避けた。二人はもつれ合い、引っ張り合い、つかんだ手を離さなかった。絹が静かにきしむ音だけが残った。引きちぎられるという、あらゆるベールの抱く怖れが音になった。しかしそうなる前にベールは身を解き、明るく、ますます明るくなって、何かとても和解的なもののように、予言の静けさのようにゆらゆら漂うと、突然、誰に支えられることもないまま、ゆったりと床に沈み込んだ。閃光は飛び移り、二人は何を奪い合っていたのかを悟った。

「カーテンだ」レオンが口ごもった。布を守るように両腕を高く上げた。

「ハンナのカーテンだ。ハンナが最近、縫っていた」

「スウェーデンの海辺の家にかけるやつね」

「七人の子どもたちの寝室になるはずだった、高い窓のある白い部屋用だったんだ」

誰も起こすことのできないほど、熟睡しているハンナの七人の子どもたち。あまりにも甘い夢を見ているので、どんな神だって邪魔しない、七人の子どもたち。生まれ、烙印を押され、殺されるという呪われた運命にない子どもたち。

「いつハンナに会ったの、エレン?」

「昨日の夜遅くよ」

「もう、何か知っていた?」

「ええ」

「それで、ハンナは最後に何をしたんだ?」

「コートのボタンをきつく縫い直してた」

「七つのボタンか」レオンは言った。暗い池に張った氷にふたたび亀裂が走り、思い切って走り続けようという勇気がどんどん膨らんだ。

「ハンナはあなたたちに手紙を一通、書きたがったんだけど」エレンは言った。「でも書き終えることができなくて、これだけをくれたの。私たちがこのカーテンを劇に使えるのであれば、ちょうどいい。そう言ったわ」

「このカーテンは持ってきちゃいけなかったんだよ、エレン。虫よけだったし、強すぎる陽の光を遮るためでもあったんだから」

「太陽が強すぎるなんて！」

「ハンナは太陽が好きじゃなかったもの。このところ、いつも言ってたわ。太陽は人々を欺(あざむ)いて残虐にする、詐欺師なんだって」

「だからカーテンが海の風にそよぐことを望んでいたんだ。窓からそっと、はためくんだって！」

「このカーテンは、はためくことになるわ」エレンは言った。

「棺を蓋(おお)う布さ」ゲオルクがそっと言った。「子どもたちが死んだときの」

「誰のこと？」ヘルベルトが不安げに微笑んだ。

「君のことじゃないよ、小さいの！」

「そうなんだろう、僕のことを言ったんだ！」

「もしかしたら、僕たちみんなのことだ」ゲオルクは、はっきりしない声で言った。

「ハンナはこのベールを持ち続けておくべきだったんだ。これがハンナを護ってくれたかもしれない」

「人は差し出すものだけ、持ち続ける」

驚愕(きょうがく)して、子どもたちは頭を上げた。誰がそう言ったのか、はっきりすることはついぞなかった。一つの暗い夢の中で聞こえた、透き通るような天使の声。人は差し出すものだけ、持ち続ける。

与えるがいい。彼らがおまえたちから奪ってしまうものを。そうすることで、彼らはますます貧しくなっていくのだから。与えるがいい。おまえたちの玩具を、コートを、帽子を、生(いのち)を。持ち続けるために、すべてを譲り渡してしまえ。奪う者が負けるのだ。笑うがいい。彼らがおまえたちの身体から洋服を、頭から帽子をもぎとろうというのなら。人は差し出すものだけ持ち続けるのだから。胃袋がすっかり満たされた者を笑うがいい。安心しきった者を、空腹と落ち着きのなさを失ってしまった者を、笑うがいい。空腹と落ち着きのなさとは、人間に授けられたかけがえのない天分なのだから。おまえたちに残った最後のパンを恵み、空腹を保ち続けるのだ。おまえたちに残った最後の大地を手放し、落ち着きのなさにとどまり続けるのだ。おまえたちの顔にある輝きをより強くするために、それを闇に投げ捨てるのだ。

「演じ続けよう！」レオンは言った。

ヨゼフは瘤（こぶ）だらけの杖にもたれた。マリアはそっとヨゼフの腕をとり、左目の上が白い小さな犬は、その隣を歩いた。犬は聖なる書では、どこにも名指されていなかったが、尋ねることもせずに、名指されていないものを、支えることのできるこの無言のものを、演じた。

「私たちの来た道は長かった
私たちは見知らぬ名前を持っている
この世においては」
「けれども私たちは腕の中に
神の御慈悲を支え抱いている
神が私たちをお支えくださるように」
「私たちが担ぐのは、神の御望み
人間たちを包み込むという
この子の中に」
「私たちが担ぐのは
追放された神の御心のあらゆる苦難
闇と風のあわいを縫って」

ヨゼフとマリアは衰弱して立ち止まった。互いに顔を見ようとしたが、多くを見ることはできなかった。残りの者の顔も、明るい色が影の黒に沈み込むようにぼやけていった。どんどん曖昧（あいまい）になっていくなかで、一人ひとりが互いにどんなに遠い存在であるかが、はっきりしてきた。自ら自身にとっても、彼ら以外の迫害するあらゆる人々にとっても、どんなに遠い存在であるかが。

マリアは、ぎょっとした。

「けれども私たちはひとりきりではない

ここにいる、三人の仲間たちを見るがいい！」

マリアはヨゼフの腕をつかむと、簞笥の前で寝ている放浪者たちを指し示した。一人が寝返りを打ち、眠りながら口を動かした。

「靴はずたずただ

休むことも、落ち着きもない！」

「彼は夢の中で話している」
「かわいそうなお方
あなたに言うことができますのに
神の愛がどんなに燃えているのかを！」
「誰だ、私を呼んだのは？
私はすっかり疲れた、疲れ果ててしまった」
「なんて深い眠りだろう」
天使がそう言った。落胆して、マリアは立ち上がった。
「服はぼろぼろだ
道はあまりにも遠い」
二人目の放浪者が囁いた。
ふたたびマリアは放浪者の上に身をかがめた。

「かわいそうなお方
あなたに言うことができますのに――」
「なんて深い眠りだろう」

眠そうに、ヨゼフがマリアを遮った。ヨゼフでなかったら、喜んで放浪者たちと一緒に横になっただろうに。そのような様子が見て取れた。呼びかけられた者、選ばれるという不安を抱いたヨゼフでなかったら。

「私は寒い
誰が私を夢から起こすのか……」

マリアが身を縮めたのは、三度目だった。誰かが玄関の電気を点けたのだ。明かりがガラス扉から透けて見えた。扉はその冷たい明るさとは対照的に、暗いままでいる子どもたちの輪郭を受け止めることなく、小刻みに震えた。
誰かがガラス扉をノックしたと思ったら、すぐさま扉が開いた。一緒に住んでいる隣の部屋の婦人だった。右手に小さな、革ベルトで締めたトランクを抱え、左手には閉じた傘が、頭には羽のついた色鮮やかなベレー帽があった。

「何てこった」戦争はそう言うと、その先を続けることなく、防空帽を脱いだ。この部分は守り神たちの劇に含まれていなかった。

「あんたたち、こんな暗闇で何をしているの？」婦人は手探りで電気のスイッチを探した。まやかしの光に当たらせまいとでもするかのように、ヨゼフは守るようにマリアに腕を回した。他の子どもたちはじっと固まっていた。隣の婦人は同じ問いを繰り返したが、答えはなかった。

「あんたたち、どうかしているわ」狼狽して言った。古い絨毯の上に、微動だにしないみすぼらしい三人の姿があるのに気づいたのだ。その後ろには、木箱に隣り合って座り、囁きあう戦争と天使がいた。ヨゼフとマリアの間には、黒い犬がいた。

「どこへ行くんですか？」ゲオルクが聞いた。

「去るのよ！」婦人は答えた。

「去る、か」レオンが考え込んで言った。「去る人は多い。でももしかしたら、間違った方向に行っているのかもしれない」

「あんたたちも去るべきだわ、どんなことがあっても！　この地域は危険なのよ」

「そのうち、ほとんどあらゆる地域が危険になりますよ」レオンは言った。

「僕たちはもう去りたくないんです」

「後悔することになるわよ！」

「後悔とは偉大な念だ」戦争は言い、防空帽をふたたびかぶった。ヘルベルトは笑いをこらえきれず、軽く咳払いした。

隣の婦人は途方に暮れて、頭を振った。この種の反抗には太刀打ちできなかった。「ともかく、私はいま行くわ。この家に残るのは、あんたたちだけよ！」

「さようなら」レオンは言った。

ヨゼフとマリアは婦人を送り出し、鍵を閉めた。小さな犬が興奮して後ろを駆けてきた。二人はすべての明かりを消し、ランタンと腕の中の赤子だけが残った。

「私はあなたたちにこの子の番を任せよう
あなたたちの両手に、この子を置くことにしよう……」

しかしマリアが眠る者たちの間に赤子を置こうとするまえに、エレンの影が彼女を覆った。

「私は世界だ

逃亡の途上
ああ、私に平和が見つけられたら！」

世界は裸足で、頭と肩に古い毛布を巻き、髪はもつれて長々と毛布から下に垂れていた。

「戦争が私を家から家へと狩り立てる
私をつかまえ、私を笑う
私を私自身から追い立てる
恐怖へと、炎の中へと」
「おまえは誰を探しているのか？」
「安息だ」
「おまえの両手は、血にまみれている！」

息をのんでマリアはヨゼフの角ばった体にもたれた。外套の下で、ヨゼフの心臓が脈打つのが聞こえた。それがマリアに勇気を注いだ。

「私たちは神を抱えている
私たちも逃亡の途上にある
世界は私たちを戸口から戸口へと狩り立てる
私たちを受け入れてはくれなかった
だから、ここで宿を探しているのだ
私たちはおまえから逃げてきたのだから！」
「おまえから！」
「いまや、おまえは来てしまった」

黒い小さな犬は耳をそばだてて、鼻をクンクンさせた。聖なる家族の疑惑の念は、犬にも伝染した。それは忘れられた部屋の冷気を突き破り、圧倒した。おまえたちはやっぱり、いつまでも私たちを追いかけるのか？　おまえたちは自分たちの手に負えないものだけを十字架にかけるが、それでは結局、自らの十字架の下にしか避難所がないのではないか？　私たちを鞭打つがいい。殺せ。踏みにじれ。しかしおまえたちが私たちに追いつくことができるのは、おまえたちが愛し、愛されたい場所においてだけなのだ。おまえたちが逃亡者たちの跡をつけても、その者たちのもとで避難所を見つけることになるのだ。おまえたちの武器を捨てろ。そうすればおまえたちは、彼らに辿(たど)り着いたも同然だ。
「おまえたちは私をかくまってはくれまいか
おまえたちの明るいベールのもとに？」
擦り切れたかかとで、戦争が木箱の端を蹴った。登場の出だしの合図だった。怖れおののき、
世界は周りをじっと見まわした。
「あれ(戦争)がいる
おまえたちも聞くがいい！」
戦争は木箱からジャンプして降りた。闇が絹のような音を立てた。
「ああ、私も入れてくれ
おまえたちがそれを試みてくれさえしたら！」
「私たちもここではよそ者だ

逃亡の途上……」

マリアは言葉につかえた。つかみかかろうとしていた戦争は、自ら後ずさりした。呼び鈴が鳴ったのだ。呼び鈴はまだ続いていた。呼び鈴が押されるのは、二度目だった。

けれどもこの劇には、プロンプターはいなかった。真剣さをやわらげ、あらゆる劇につきものの大胆さを、囁きながらほどほどにするスタッフは。自ら登場することなしに、登場を知らせる舞台要員は。とうとう二つの劇が重なったのだ。急遽かけつける（アインシュプリンゲン）ことを見過ごす者は、間違った一手を打ってしまう。しかし抜ける（アウスシュプリンゲン）ことを見過ごす者は、二重に間違ってしまう。朝と晩のように、正しい時に来ることと行くことは、なんと難しかっただろう。すべてはそれにかかっていた。しかし子どもたちは、その先はわからなかった。呼び鈴が激しく鳴っていたからだ。

「クリスマスプレゼント（クリストキント）だ」ヘルベルトがつぶやいたが、誰も笑わなかった。

「郵便配達人よ」ルートはすかさず言ったが、彼女自身がそうと思っていなかった。

「隣の婦人だよ。もしかしたら忘れ物をしたんだ」

「自分自身を忘れたのね」

「静かに！」

「婦人は鍵を持っているじゃないの！」

「演じ続けるんだ！」

「どっちの劇のこと？」

「私たちが演じているほう？　それとも、私たちでもって演じられているほう？」

子どもたちは二の足を踏んだ。呼び鈴は鳴り止んだのちに、ふたたび始まり、猛禽（もうきん）の血にまみれた頭部が閉ざされた扉にぶつかるかのようだった。

「演じ続けるんだ、いいか！」

私たちで演じられている劇が私たちの演じるそれへと変貌を遂げる過程は、しかしながら、ひたすら苦痛を伴うものであった。子どもたちは変貌の真っただ中にあって、肌身の周りにぼろ服の湿り気をはっきりと感じ、同時により強く、腰と首に巻いてあったクリスマスツリーのチェーンの密かな輝きを予感した。するともう二つの劇は互いに流れ込み、絡まり合って、解けがたく一つの新たな劇になった。舞台は脇に移動し、つかみえるものの狭い四方の壁は粉々に砕け、つかみえないものが滝の水のごとく勝ち誇って、突然姿を現した。私の眼前で、おまえは演じるのだ！

「演じ続けるんだ！」

マリアは赤子を抱く手に力を込めた。嘲笑（あざわら）いながら、戦争が影から浮かび上がった。戦争は一つの隅から飛び出してきたのだが、それは同時にあらゆる隅から飛び出してきたよう、呼び鈴の轟音とともに、天井や床から無数の落とし戸を突き破って出てきたようだった。その外套は長すぎて、偉大すぎて、後ろを引きずっていた。ヨゼフは外套を足でどけようとした。廊下ではひっきりなしに、けたたましい音が続いていた。

追い立てられたように、世界は急いで振り向いた。たいまつの火と照明の灯りが、音を立てずに底なしの深みに沈み、消えた。赤子は輝いているようであった。

戦争は口笛を吹いた。世界を強引に引き寄せたと思ったら下に落とし、高く投げて、また突き飛ばした。

「ここを離れるのだ
おいで、私のもとにとどまるのだ
私の荒々しい遊（劇）びを、私はおまえとしたいのだ！」

放浪者たちは指と指の間から目をしばたたかせていた。天使は左肘をついて、まるで円天井の縁にそうするように、闇にぶら下がっていた。世界はたじろいだ。

「ここにいるのだ！」
「この小さな子どもは放っておき
ここから離れるのだ
そして私のもとにとどまるのだ
私のものになるのだ！」
廊下の呼び鈴は狂ったようにわめき、決断を求めた。放浪者たちはうなされたように動いた。マリアは赤子を、不慣れな様子で冷たい暗がりに差し出した。
「決めるのだ
私を選べ！」
「私を選べ！」
世界はよろめいた。凍えながら身にまとった毛布をたたいた。戦争は身をかがめて、世界の顔をのぞき込もうとした。世界の瞳は暗闇に閃光を放ち、より大きな冒険を探していた。ふたたび天使が警告するように声を発した。廊下の呼び鈴は泣いているようであった。息を切らしているようでもあった。何かを請うていた。どちらがもっとも大きな冒険だろうか？
世界は、毛布から腕を子どもの方に伸ばした。

「私は決めることにした
おまえにしよう」

戦争は防空帽をもぎ取った。

「なんと私は嬉しいことか
私こそが、平和なのだ！」

歓声を上げながら、平和である戦争は兵士の外套を闇に投げ返した。くたびれた薪（まき）の山に、火が落ちた。呼び鈴はけたたましく鳴った。
「開けるんだ、無駄なんだから！」
「静かに！」
「演じ続けるんだ！」

変貌に伴う痛みが子どもたちを襲った。闇の中で深く、子どもたちは互いに対峙(たいじ)していた。ヨゼフはマリアから身を解いた。瘤だらけの杖が騒々しい音を立てて床に倒れた。天使は自らの両手を、まるでそれが鎖につながれてでもいるかのように見やった。

ゲオルクは壁をつたっていき、扉を見つけようとした。

「どこへ行くんだ？」

「僕は開ける」

驚愕して三人の放浪者たちは飛び上がり、ゲオルクを引き止めようとした。扉には油が差してなかった。扉は見知らぬ歌を歌った。

「誰に開けるというんだ、ゲオルク？」

そこにいたのは、向かいの紳士だった。子どもたちはほっと胸をなでおろした。彼らを助けようとしてくれている紳士だった。レオンは以前からその紳士のことを少し知っていた。レオンのことをしばしば訪ねに来てくれ、扉にある星のことは気にならないようであった。その紳士はレオンの友人たちのことも知っていた。子どもたちにいつも請け合ったように、何がしかに通じていたのだった。おまけに、何かを見聞きした場合はすぐに知らせる、と約束してくれていた。

子どもたちは電気のスイッチをひねり、肘掛け椅子を持ってきた。そのよそ者は、水を一杯欲しがった。ピアノの下にあった防空帽に気づくと、どこから手に入れたのかと尋ねた。

「借りたんです」クルトが口ごもった。

「何が起きたんですか?」レオンはこらえきれずに尋ねた。

男はすぐには答えなかった。子どもたちは黙ったまま、男の周りに立っていた。ルートが水を一杯持ってきた。男はゆっくりと飲み、子どもたちはそれを畏怖(いふ)の念を持って見ていた。子どもたちのうち誰一人として、さらに尋ねる者はいなかった。男が脚を伸ばすと、子どもたちは少し後ろに身を引いた。男は脚を引っ込めたが、子どもたちは前に出てこなかった。男は言った。「畏(おそ)れることはない!」

「私なんです」エレンは付け加えた。男はエレンに腹立たしそうな視線を送った。口元の一滴をぬぐうと、咳込んだ。ゲオルクは男の肩をたたき、驚いて言った。「どうもすみません!」

男は微笑み、頷(うなず)くと、子どもたちの小さくて固まった足を、考え込みながら順々に見た。他のすべてを抜きにして考えると、それはまるで、磨いてもらうために靴が並んでいるようであった。ルートは溜息を漏らした。男は頭を上げ、ルートをしげしげと見つめた。それから、ふいに言った。「全部、終わった。ポーランドへの移送は中止になった」

子どもたちは微動だにしなかった。遠くから消防車のサイレンが聞こえた。最後の音は、いつも半音高すぎた。

「じゃあ、僕たちは助かったということ？」レオンが言った。「助かった」ヘルベルトが繰り返した。まるで、こう言っているように聞こえた。「終わりだ」

「信じられないわ」エレンが叫んだ。「確実な情報なんですか？」

「その情報はどこからなんです？」

よそ者は笑い出した。ひきつったように、高々と。あまりにも長かったので、子どもたちは迫った。「本当ですか。本当に本当なのですか？」黒い小さな犬は、唸(うな)りながら男の喉もとにジャンプしたほどであった。

「私がここに生きているくらい、確かなことさ！」

「でもどのくらい確かに、あなたは生きているのですか？」エレンはつぶやいた。

男は飛び上がり、激怒してエレンを揺さぶった。「おまえたちはなんて恥知らずなんだ。おまえたちは一体、何がしたい？」

「劇ですよ」ゲオルクは言った。「ちょうど、その真っ最中だったんです！」

ボロボロになった頭巾の下から、ゲオルクの顔が不気味に迫った。私たちの邪魔をするな。私たちを欺くな。私たちを放っておけ！　助かっただなんて、ありえない(見知らぬ言葉)。中身のない言葉。家のない門。助かった人間なんて、この世に一人でもいるのだろうか？

よそ者は怒ってひとり言を言い、帽子を取ろうとした。

「ここにいてください」子どもたちは頼んだ。「より確かなことを、知ってはいないのですか？」

「確かなのは、おまえたちがどうかしていることだ！」男は肘掛け椅子に腰を下ろすと、また笑い出した。「説明をしてほしいね」ふたたび落ち着きを取り戻すと、そう言った。

「僕たちはもう、あまりこだわっていないんです」ゲオルクは答えた。

「いつの日にか」レオンは言った。「すべてが終わったら、僕たちは互いに通り過ぎても、誰が誰だかわからないでしょう」

「それぞれ大きな傘の下だもの！」エレンが叫んだ。

「本当です」レオンは思慮深く言った。「僕たちはもう、後戻りしたくないんです」

「私は違うわ」ビビが遮った。「私は違う。ここにとどまって、踊りに行きたい。誰かに、手にキスをしてもらいたいわ！」

よそ者は黙ってじっとしていた。すると突然、身をかがめると、ビビの手にキスをした。

「ありがとうございます」恥ずかしそうにビビは言った。淡く儚く、ビビの吐息が空に残った。

街区を突風が舞った。寒くなっていた。

「吐く息が見える！」ヘルベルトが言った。

ゲオルクは時計に目をやった。短針は押されるように動いていた。と、短針は、自分がいつも同じ位置に来てとどまっているのに気づいたようだった。それは騙されていたのだ。子どもたちが劇を中断してからというもの、重々しい間が秒と秒とのあいだに沈み込んだ。その間隔は広がっていった。

「おまえたちはさっき、どんな劇を演じていたんだ?」よそ者は聞いた。

「平和を探すんです」ヘルベルトが答えた。

「続けるんだ!」

「そのまえに、僕たちに何が起こるのか、もっとちゃんと教えてください!」

「はっきりしたことは私にはわからないんだ。上からの命令だよ。移送は中止になった。まったく予想外なことにね」

「そうです」ゲオルクは大きな声を出した。「まったく予想外なんです。でも、どうして誰も予期していないのでしょう? なぜいつも、よいことは予期せずして起こるのでしょう?」

「いいから続けるんだ!」よそ者は言った。「私の前で演じるんだ!」命令のように響いた。

「僕たちは演じます」レオンは言った。「でも僕たちは、誰の前でも演じません」

「一緒に演じてください!」

「そうです、一緒に演じましょう!」

「そんなことは無理だ!」よそ者はカッとなって大声になった。頭を振り、少し青ざめて、子どもたちを脇にのけた。

「一緒に、だなんて！」

「どうしてそう怒るんです？」ヘルベルトはあっけらかんと聞いた。

「怒ってなんかいない。関心がないのさ」

「だったら怒っていてください」親しみを込めてゲオルクが言った。

「あなたのために、僕たちはもう一度、劇を演じます。でも、あなたも一緒に演じなくてはなりません！」

「リハーサルかい、それとも本番？」

「僕たちにもわかりません」

「それで、私用の役があるのかい？」

「放浪者の役を演じていいですよ」

「もっとよい役はないのか？」

「しまいにはぼろ服を脱ぎ捨てて、聖なる王になるのです！」

「私が聖なる王になる？　しかし、いるのは三賢王だけではないのか？」

よそ者はともに演じた。あらゆる悪なる（神聖でない）王の名にかけて、偉大な黙せる役を。子どもたちの後ろを行き、焦がれるような憧れに耳をそばだてた。絶望的な「ここには誰もいない！」という台詞を聞き、驚愕した。

子どもたちの頭越しに、扉を見張った。

「なぜ、おまえたちは暗闇で演じるのだ？」

「僕たちには、その方がよく見えるんです！」

よそ者はそれ以上、尋ねようとはしなかった。ヘルベルトは温かい指を男の大きな湿った手において、用心しながら道を指し示した。重い、不器用な足取りで、よそ者は三人の放浪者たちの後ろをぴったりと歩いた。

「誰かがここにいる！」

「誰であろう？」

「すべてはきっと、私たちの思い込みだ」

「私たちは孤独だ

そしてもう、あまりにも疲れている！」

「だから扉を閉めるがいい

灯りは次第に燃え尽きる

直に寒く、暗くなるだろう
そして、あらゆる希望は逃れてゆく」

よそ者はためらいながら、放浪者たちとともに床にくずおれ、眠ったふりをした。大きく黙々と、放浪者たちの間に男は横たわっていた。上の階から足音が聞こえた。誰かがせわしなく、行ったり来たりしていた。

よそ者は頭を両腕にうずめた。

「かわいそうなお方
あなたに言うことができますのに
神の愛がどんなに燃えているのかを！」

「誰だ、私を呼んだのは？
私はすっかり疲れた、疲れ果ててしまった」

「なんて深い眠りだろう！」

ヨゼフはマリアをどかせようとした。自分たちが善なのか悪なのかまだ分かっていない、ぼろ服に身を包んだこれらの人々のそばから。この四番目の寡黙な放浪者のそばから、どかせようとした。しかし、マリアは逡巡した。ふいにマリアは叫んだ。「見るがいい！　この男は私たちを笑っている！」

「この男は笑っている！」

「窒息しそうなほどじゃないか！」

「何がおかしいというんだ？」

「どうしてあなたは笑うんです？」

ゲオルクは憤慨して男の肩を揺さぶった。子どもたちは男の首からマフラーをもぎ取り、頭を持ち上げようとしたが、できなかった。

よそ者は、全力で顔を隠そうとした。震える山のごとく、男は子どもたちの真ん中に横たわったまま、彼らが固い角ばった拳でコートの上からたたくのを許した。男にはそれが嬉しいようだった。男のこめかみは赤くなっていた。ヘルベルトは襟元を引っ張った。

「何がおかしいっていうんですか？　どうして笑っているんです？」

「離すんだ」怒ってレオンが叫んだ。「直ちに離すんだ！」しかしヘルベルトは聞いていなかった。ヘルベルトは男を信じて、彼の手を握ったのだ。熱に浮かされたように、ヘルベルトはコートを握る手に力を込めた。

「襟を引きちぎるつもりか」男は言って、頭を上げた。

「この人、泣いているわ」エレンが言った。

「彼に帽子を返しましょうよ！」

「いいや」よそ者は言った。「違う、そうじゃないんだ」

一瞬、男は別の任務のせいで、役所からの任務を忘れた。自分が追っ手であることを。秘密警察の存在を。子どもたちを捕まえに来る者が現れるまで彼らを引き止めておくように、という命令を。この子どもたちのうち誰一人として、家を去ってはならなかった。

エレベーターが建物を上にあがった。それは穏やかに、とどまるところを知らず、壁を抜けて迫ってきた。男は飛び上がって、子どもたちにこう警告しようとした。「去るんだ。走って逃げろ。おまえたちの居場所はバレている！」しかしすっかり無力に感じ、なぜだかわからないが、子どもたちの魔法にかかったようだった。エレベーターは通り過ぎていった。

「五階には、松葉杖をついた男の人が住んでいるわ」ルートが言った。

「そんな」男が言った。

「続けるんだ！」男をレオンが遮った。

「おまえたちに尋ねよう。どこへ向かって

おまえたちは平和を探しにいこうというのか――」

いくつもの夢が燃え始めた。

世界の逃げる足取りでもって地面が震え出すさまを、よそ者は感じた。窓がキリキリと音を立てるのが聞こえ、男はずっとここに横たわっていることだけを願った。ランタンの輝きの中で、マリアがわが子を世界に譲り渡すのを見た。

男は天使の警告を耳にした。三度目に呼び鈴が鳴ったとき、最後に飛び起きたのは男だった。夢の中にいるかのように、コートの埃(ほこり)をはらい、襟を正した。男は悪なる(神聖でない)王の役を、最後まで演じきらなくてはならなかった。なぜならば、いるのは三賢王だけなのだから。

「外套を脱ぎ捨てるがいい!」

このうえなく幸せそうに(天福にあずかって)、白銀(しろがね)の糸がひらめいた。男を気にする子どもは誰もいなかった。

子どもたちは扉に向かって突進した。

大きな舞う炎のように、子どもたちの劇が彼らに襲いかかった。

# 祖母の死

*Der Tod der Großmutter*

夜が空から舞い降りた。いつもこっそり待ち伏せされている敵の大軍のように、素早く、興味津々と。黙々と、黒いパラシュートが広がった。夜が空から舞い降りた。

夜が私たちを覆う。そう人々は口ごもった。そうして溜息をつきながら洋服を脱ぎ捨てたが、人々の溜息はまやかしであった。夜が私たちを覆う、とは。夜はおかしさに身を震わせたが、音を立てずに笑い、用心深く両手を目と口に押し当てた。というのも、夜に下された命令は違う内容だったのだ。「舞い降りて、見つけだせ！」マントの下に、夜は自らの主（あるじ）である闇の、もっとも強い灯りを持っていた。その灯りは壁という壁をくまなく照らし、コンクリートを突き抜けて、呑み込まれた者と置き去りにされた者を、愚者と賢者を、単純な者と矛盾に苦しむ者を、驚かした。まるで鉄のカーテンのごとく、夜は喜劇の終わりに降りてきて、舞台を観客から選別した。剣のように人々の間を横切って、演者を観客から分けてから、自らからも選り分けた。それまで誰も真に受けなかった、火を噴く山から灰の雨のように降りてきて、あらゆるものに、そのままの姿勢を保って判決を待つようにと命じた。そうしたわけで、身をかがめた者は身をかがめたままで、叫んでいる者は二度と口を閉じなかった。

夜は空から舞い降りて、世界の慈悲に値するところにおける、その無慈悲を見いだした。夜が発見したのは、新たに生まれた者たち、その小さく皺だらけの顔に現れた絶望、身体を得ることへの恐怖、失われた輝きゆえの痛みであった。そしてまた、来るべき輝きへの恐怖の中で死にゆく人々であった。

ときどきこの三月の夜は、泣きたい気持ちに襲われた。けれども夜に課された任務において、涙を流す余裕などなかった。だから夜は自らを励まして、眠っている者たちにナイトキャップをかぶせてやった。髪にカールなんか巻いて、だぶだぶの靴下なんかはいて、おまえたちはなんて姿をしていることだろう、と夜は思った。確実であるために、おまえたちはどんなにたくさんの留め金やリボンを必要としていることか。群れをなして自らの意識から逃げていく夢見る者たちを夜は抱きこみ、意地悪な税関吏のように、境をなすあらゆる川に投げおろした。すると彼らは取り乱し、朝までに四肢でもって漕いでいき、疲労困憊して岸に上がると、水分で膨張した姿で自らの意識へと戻っていき、見なかった夢の解釈を試みるのであった。

この夜は、大きな者たちに卑しいものを、小さな者たちに高貴なものを求めさせた。そしてこれらの者たちが、震える指と裂けたペンでしぶしぶ日記にこう書くように仕向けるのであった。すべてになるために、人はまず無にならねばならぬ、と。夜は、古いものに新たなものを、新たなものに古いものを見いだした。落ちゆく者を立たせ、立っている者を落とした。しかしこれらのことを全部しても、足りなかった。十分なものなど何もなかった。

震えながら夜は、忘れられた言葉を求めてもがいた。自らに課された特別な任務に呻吟した。助けて、と風に懇願した。風は夜を愛していたので、夜のために扉と窓を開け放ち、家々からレンガを吹き飛ばした。若い木々を引っこ抜き、成長途上にあったその魂を奪った。怖れから木々は窓ガラスを打ち破り、屋根を持ち上げたものの、何も見つけられなかった。神は私を罰するに違いない、そう夜は悲嘆にくれた。私が昼になることは決してないのだ。夜は物言わぬ橋々を越えて、愛する人である風から逃げた。そうして風をまくと、それが石柱のもとで静まるのに任せた。

橋々の上では、煙の臭いがした。興奮から夜は発熱し、その闇はあてもなく、多くの窓の中へと手を伸ばした。私は昼にならなくては、と呻いた。おまえは昼になるだろう。夜の隣で、そう囁いた者がいた。けれども昼になることを信じる夜など、いやしない。大慌てで夜は振り向いた。おまえは誰？　夜には誰も見えず、誰も夜に答えなかった。とうとう夜は闇を投げ捨てて、そのよそ者を受け止めた。それは、そこに立っていた。古い教会の壁に、身動きもせず、寄りかかったままで。

おまえは誰？

私は迫害。

夜は狼狽した。ここにいるその者は、夜よりも優れた、より偉大な発見者であった。その闇は、黒さと貫通力において夜に勝り、それでいてそれ自身はより見通しがきかなかった。その沈黙は、より偉大であった。なぜならそれは、風を、月をも愛さなかったから。ここにいるその者は、探し求めるものをより素早く見つけるのであった。なぜならそれは、身を引くことを、瓶の中の精のように小さくなることを心得ていたから。その者の任務とは、自らを失うことであった。そしてその者はあらゆるものたちに、さらにその任務を課さねばならないのであった。自らに、そしてあらゆる夜よりも黒い底なしの淵へと引き寄せることのできた、あらゆるものたちに。

なぜ、あなたがここにいるのです？　夜は好奇心旺盛に聞いた。何を探しておいでで？　何かあるのですか？

一度に質問が多すぎますよ、そう迫害は避けるように言った。とても若い夜だな、そう思った。未熟で、ひっきりなしに質問をしてくる人間たちに似ていた。「私たちは生き延びるのでしょうか？　なぜ私たちに死ねというんです？　私たちは餓死するのでしょうか。悪疫で息が詰まるのでしょうか。それとも撃ち殺されるのでしょうか？　それで、いつ？　どのように？　で、どうして？」

あらゆる邪神を一つの神にまとめるすべを、あらゆる問いを一つの言葉にするすべを、そしてその言葉を言わないでおくすべを、彼らは心得ていなかった。

よそ者の不同意な様子に気づき、夜は自制した。耳を澄ませなさい！　迫害が言った。両者は黙り、沈黙の中へと必死に耳をそばだてた。半開きのとある窓から子どもがひとり、眠るのを拒んですすり泣いているのが聞こえた。夜と迫害は、出発した。

こっそり、風がそれらの後に続いた。それらの衣に身を絡ませ、その長い裳裾が埃をなでないよう、注意深くそれを持ち上げた。すすり泣きに近づけば近づくほど、それらの速度は増した。風は歌い始め、小さく、すすり泣きの伴奏をした。狭い荒寥としたとある道で、それらは突然、立ち止まった。泣き声は沈黙していた。風はくずおれ、小さな犬のように、夜と迫害の足元にうずくまった。

静かに。ここだったに違いない！

闇が不十分だな。夜はそう囁き、勝ち誇ったように、頭上高くにある窓を指し示した。と、振り返った。迫害は消えていた。夜は風に肩車をしてくれと命じ、正面の壁をよじ登った。窓から漏れる弱い明かりに、夜は、おはよう、と軽く挨拶をした。それからその窓が半開きになっていて、そこを黒い紙が膨れ上がってちぎれようと頑張っているのに気づいた。助けてあげるよ！　すると夜は、風にもう少し引っ張り上げてくれるよう命じた。

何が見えます？　興味津々に、風は囁いた。

けれども夜は答えなかった。腕を窓枠にのせた。裳裾が屋根の上をはためいた。その視線は小さな貧しい部屋に注がれていた。行くんだ！　おまえには、まだ別の夜が他にもあるだろう！　夜は風に向かって叫んだ。それで風はその場を離れ、不実にも太陽へと向かって飛び立っていった。夜はひとりで、子どもと老女のもとにとどまった。船旅用のスーツケースと地図、ロザリオのもとに。ロザリオの十字架は、ちょうど南西アフリカの上を行ったり来たりしていた。

エレンは頭を両腕にうずめて寝たふりをしながら、じっと祖母を観察していた。祖母の方もベッドの縁に腰をかけて、じっとエレンの方を見やっていた。

「眠っているのかい？」

「ええ」エレンが小さな声で言ったのを、老女は聞き逃した。ナイトテーブルの引き出しを開けると、かきまわしだした。目薬が一瓶と昔の詩集、紐に壊れた体温計が出てきたが、あきらかに老女は目薬を探していたのでも、体温計を取り出したかったのでもなかった。昔の詩でもなかった。紐はといえば、短すぎた。寝床をひっくり返し、枕を振り、シーツの下やマットレスの間にも手を入れて探したが、何もなかった。戸棚に向かい、扉を開けると、震える手で洋服のポケットや下着の後ろを探し出した。

探して、探して、探してばっかり。夜は気の毒になった。探して、探してもいないものばかりを見つけるためだけに、人は本当に創られたのだろうか？　一方、エレンはこう思った。「おばあちゃんはなんて醜いのかしら。あんなに白くて、悲しみに暮れて。私は四十歳で死んだ方がましだわ！」

すぐさま、こんな考えを持ったことに自己嫌悪の念を抱いた。「そうなるなら、それに対して何かをしなきゃならないんだわ。でも吐き出された果物の芯に対して、死んだネズミや目の下の皺に対して、何をすればいいんだろう？　ああ神様、腐敗に対して何をすればいいのでしょう？」エレンは呻き声を上げ、寝返りを打つと、腕と脚をベッドの柵の間から伸ばした。ベッドはもう小さすぎた。ふたたび祖母が聞いた。「眠っているのかい、エレン？」エレンのもとに来ると、おどおどとエレンを揺らした。しかしエレンは、悲しげな操り人形のようにじっとしたままだった。まるで熟しつつある果実を詰めた袋のように。「ああ神様、腐敗に対して何をすればいいのでしょう？　なぜ狐は猫を喰らい、猫はネズミを喰らうのでしょう？」

祖母はいまや屑かごをつかみ、その中をひっかきまわした。ストーブの焚口を開け、手を中にやると、窓と窓の間を探した。祖母の動きはどんどん速く、貪欲になっていった。ぞっとしてエレンはそっぽを向くと、また黙然と泣き始めた。

何を探しているんだろう。ああ神様、何を探しているんだろう。夜は思考をめぐらせた。私の受けた命令は何だろう？　箒が音を立ててひっくり返り、戸棚から下着がバサッと落ちた。

緊張して、夜は窓枠から身を乗り出した。エレンが寝ておらず、様子をうかがっていて、ときどきこっそりと枕の下に手をやっていることに、とっくに気づいていた。人間たちはなんて互いを知らないことだろう、そう夜は思った。エレンの方はこう思っていた。「私は眠ってはいけない。でないと、おばあちゃんは見つけてしまう。でもおばあちゃんは見つけてはいけないんだ。起きたままでいなくては！」

この瞬間、エレンは痛みを忘れていた。自分の意に反して自由であることを、収容所行きにならず、呪われた者たちの自由へと戻されたことを。悲しみをたたえた、侮蔑的な友たちの微笑みも。「君が僕たちの仲間じゃないって、僕たちがはじめに言った通りだろう！」自分の祖母を羨んでいたことも忘れていた。「おばあちゃんは一緒に行けるじゃない。おばあちゃんは自由の身にならないんだから。みんなとまた会えるのよ。ヘルベルトにハンナ、ルートに！」それからエレンは呻き声を、追っ手たちの呆れた笑いを忘れていた。「私も一緒に行かせてください。お願いです、私も一緒に！」

まさにこの懇願のせいで、エレンは自由にされたのであった。自身の心の檻に突き返されたのであった。もっとも最後のところから一つ手前のところへと、究極の無音からいくつもの小さな苦しい問いへと。しかしこれらすべてを、いまやエレンは忘れていた。というのも祖母がふたたびエレンの上にかがみこみ、肩を揺さぶったからである。「眠っているのかい、エレン？」

夜はとうとう、白い窓枠を越えて部屋に上がった。明かりはすっかり消え、外ではしとしとと雨が降り始めた。風が通り過ぎ、幼い少女たちの一群のような雲を遊び半分に呼び寄せた。雨足が強まり、それができるところならどこへでも、寂しさを映し出す輝く水たまりを描いた。あらゆる始まりの寂しさを。温かい両手から冷たく湿った大地へと落ちてゆく、種の寂しさを。

「眠っているのかい？」

「ううん」エレンは答えた。身を起こし、冷たいベッドの枠にしがみついた。めちゃくちゃに放り投げられた下着が、白く、仰天して、床から輝きを放っていた。南西アフリカの上にある十字架は、きらめき始めた。

「何を探しているの、おばあちゃん？」

「何を探しているか、わかるだろう」

「でも何を探しているか、わかっているの？」

「何が言いたいんだい？」途方に暮れて、老女は言った。

「三つ編みを上にあげたほうがいいわ、おばあちゃん」エレンは言った。「それからガウンを羽織って！」闇を抜けたところに、エレンにはゲオルクにヘルベルト、ルートが見えた。彼らはマットレスの三分の一のところにしゃがみこんでいた。シラミと恐怖にさいなまれて、侮辱されていたが、それでもじっとしたまま腕を組んでいた。またエレンには、雨の唸(うな)り声の中に、隊長の問いに対してビビが答えるのが聞こえた。「目下の職業(最後にしていたこと)は？」「劇です！」それからエレンは、ゲオルクとの最後の握手の感覚を思い出した。「バイバイ(また会う日まで)！」ゲオルクは他には何も言わなかった。まるで、明日また会おう、図書館かどこかよその門の前で、とでもいうように。

「何が言いたいんだい？」髪の毛を上にあげながら、祖母が繰り返した。

「しっかりして」エレンは小さく答えた。「ううん、もっとよ。私は、私がしっかりするようにって、おばあちゃんに思ってもらいたいの」

「私がおまえに思っているのは別のことだよ」祖母は言った。「おまえが隠したに違いない」

すっかり気力を失くして、エレンはいま自分を助けることのできた、けれどももういなくなってしまったすべての人々を思った。そうして彼らを呼び起こすことのできる言葉を探した。それは援軍を、つまり野原のはずれにある一番端っこの墓場から祖父を、よその国にあるよそのテーブルから母を、最近になって帽子を作り直させるために出ていったゾニア叔母さんをも、呼び寄せる試みであった。ゾニア叔母さんは帰ってこなかった。「消えてしまった」そう人々は言った。実際、叔母さんは消えていなくなっていた。運河へ続く錆びた格子蓋に落ちて失くなってしまった輝く硬貨のように。帽子は作り直されないまま残った。叔母さんを知っていた人々の多くは、理由を説明しようとした。身を隠しただとか、友達のもとにいたところを捕まった、だとか。しかし、エレンの方がよく知っていた。エレンはゾニア叔母さんの、変装をして人々を真似るという、素晴らしい能力を知っていた。東西南北のうち、唯一東の方角を憧れていたことも。水平線を愛していたことも。それから、殴打を幸運のように、幸運を殴打のように甘受する、その仕方も。エレンは、ゾニア叔母さんが死をよその国のように喜んで受け入れる準備ができていたことも、知っていた。

これらの人々を呼び起こすための言葉が、エレンには見つからなかった。それでもエレンは、ゾニア叔母さんがいまここにいる気配を感じた。祖父も、母親も、みんな、あらゆる方向から急いで駆けつけて、白い掛布団の上に座ってエレンのそばで、エレンを助けようとしてくれているのを感じた。死ぬのは死んでいる者たちだけで、生きている者たちではないことを、エレンはとっくに知っていた。つかみえないものを、つかんでもいないうちから殺せると思っている人々は、馬鹿げている。エレンには、ゾニア叔母さんが昼間もしばしば目の前に見えた。叔母さんは水平線に向かって歩き、ときどき振り向いてはこう言うのだった。「見ていなさい。私、行ってみせるから!」

ゾニア叔母さんは、目が見えないかのように両手を前に突き出して歩いた。首には灰色の狐毛のマフラーを巻いていた。世界の縁まで来ると、沈んでいくまえにもう一度振り返った。

「おばあちゃん」エレンは優しく言った。「私のところに座って、お話をしてほしかったのよ。私がまだ知らない、新しいお話をね。メルヘンでもいいわ」

「私は今晩にも連れていかれるかもしれないんだよ」祖母は言った。

「そのことはわかってるわ」エレンは応じた。「でもひょっとしたら、私も一緒に行かせてもらえるかもしれない。そうしたら後でおばあちゃんにスーツケースを持ってきてあげるわ。どこへだって！」

「そうかい？」祖母は懇願するように言い、エレンのベッドの柵にしがみついた。「じゃあ、いくつ持ってこられる？」

「二つじゃないかしら」エレンは言った。「手で持っていく方がいいから」

「二つ」祖母は上の空で繰り返し、エレンの向こうを眺めた。

「さあ、お話を一つして、おばあちゃん！」

「連中は今晩、来ないかもしれない」

「お話よ、おばあちゃん、新しいお話！」

「荷台に幌がかぶせてあるか、知ってるかい？　この間、人から聞いたんだよ。その人は見たって……」

「それはお話じゃないわ」

「話なんて、一つも知らないよ」

「嘘だわ、おばあちゃん！」

老女はすくっと身を起こし、怒ってエレンに目を向けたが、次の瞬間にはまたエレンを見ていないようであった。忌々(いまいま)しそうに唇を動かしたが、答えなかった。

「昔々、おばあちゃん、昔々、でしょ！　昔どこかで何かがあったはずでしょう。おばあちゃんの他は誰も知らない、何かが。おばあちゃんはいつも知ってたじゃない。暗くなるとトルコのコーヒーカップが話し出すこととか、中庭の太った犬が鳩にお話しすることとか」

「作り話だったんだよ」

「どうして？」

「おまえは、まだ小さかったからね」

「違うわ。それはおばあちゃんがまだ大きかったからよ！」

「あの頃は、私たちは安全だったんだ。私たちを連れていくことなど、誰にもできなかったんだから！」

「いつも言ってたじゃない。暗くなると泥棒が来るって」

「たまらないけど、それは正しかったんだ」

「正しくあり続けてよ、おばあちゃん！」エレンは言った。

老女はそれには答えず、薄い掛布団の上をせわしなく両手で調べた。「おまえが持っているに違いないんだ。おまえが持っている。そうに違いない！」

「何も持っていないわ」怒ってエレンは囁き、ベッドにふたたび身を投げると、頭を枕に押しつけた。そして骨ばった哀れな両手を見つめていた。その両手は、まるで死にゆく人のそれのように、シーツと格子に触れてゆくのだった。何を探しているのだろう、そう夜は思った。ああ神様、何を探しているのだろう？　夜は部屋の真ん中に身をかがめてしゃがみこみ、荒れて汚れた床に裳裾を広げていた。しかし夜もまた、さしあたり答えを得ることはなかった。あらゆる問いが、どうしようもなく未解決なままだった。雨は、誰も理解できない祈りの導き手のように、ザアザアと音を立てていた。

「メルヘンを一つ、お話しして」絶望して、エレンは口ごもった。というのも祖母が枕元に歩み寄り、エレンを引きずり降ろそうとしたからであった。エレンは膝を抱えて全身で枕を覆ったが、恐怖にめまいがして力が抜けていった。祖母に抵抗しようと拳を握ったが、もう無理であった。枕はずれてしまい、エレンはベッドの足先に追いやられ、ベッドの縁から小さなガラス瓶が落ちてしまった。ガラス瓶は床を転がり、カタカタと音を立てて、開き、それからさらに転がっていった。夜は身動きせずにじっとしていた。白いピルがいくつか、夜の黒い裳裾の上に散らばった。エレンはベッドから跳ね起きた。祖母を脇に押しやり、裸足でガラス瓶を踏み割ると、血を流しながら、ぎこちない指で散らばってしまったものを集めようとした。ふたたび祖母がエレンに覆いかぶさったが、エレンは押し返した。エレンの長く青いネグリジェは、古く暗い祭壇にある木製の天使の衣のようにしわくちゃになった。両者の頭が激しくぶつかり合った。しかし戦いは長くは続かなかった。エレンは毒薬の一部を集めることができた。一方、祖母の方は、丸めた拳に残りを握っていた。死に足りるのは、二人の拳の中にある中身を合わせたときだけであった。死という、この大胆な闇商人。それは呪われているところでは安く、焦がれているところでは手が届かぬほど高価になるのである。

「私の邪魔をする権利は、おまえには無いんだ！」祖母は言った。

「あるわ」エレンは言い返した。「あるんだから」けれどもまさにその瞬間、疑念が浮かび、後ずさりした。エレンにつかみかかろうとして祖母は空に躓き、闇へと倒れこんだ。

直立して、唖然と、エレンは立ちつくした。重い古いワインのように酔わせる勝利を感じた。袖を戻すと、一歩前へと歩み出た。エレンの中で歓声のようなものが上がった。眠ることへの憧れも。あらゆる勝利の危険な連続。呻き声はどこかよその惑星からのもので、エレンにほとんど届かなかった。どうしてよいかわからず腕をだらりと下げたが、思い返したように祖母の横に膝をつくと、その湿った見知らぬ手をやすやすと開き、毒薬を取った。エレンは両腕をその骨ばった身体の下に入れ、起こそうとした。が、身体は疲れと嫌気とで、すっかり重かった。

「おばあちゃん、起きてちょうだい！　聞いてる、おばあちゃん？」エレンは肩をつかむと、祖母をベッドの方へと引きずっていった。祖母を降ろし、また抱えると、また引っ張っていった。呻き声は耐え難いものであった。「静かにして、おばあちゃん！」そう言うとエレンは祖母の横へ、固い床に身を投げた。祖母は静かになった。「何か言ってよ」エレンは請うた。「ねえ、何か言ってってば！」それから祖母を腕に抱こうとした。「生きているのよ、おばあちゃんは。私にはちゃんとわかる。おばあちゃんは生きていて、昆虫が森の中でそうするみたいに、死んだふりをしているだけなのよ。私、もうおばあちゃんを支えていられない。起きて！」

「おまえが私のものをくれないんだったら、起き上がらないよ」祖母は悠然と言うと、視線をエレンに向けた。「おまえは私から盗んだんだ。私は毛皮を質に入れた。処方箋は高かったんだから」祖母の言葉が突然、豹変した。機を逃した権威の最後の苦い残りの中に、はめ込まれたものだった。

「あげないわ」エレンは応じた。

「もしかして、おまえも自分で使うからかい？」

エレンは動じなかった。それから祖母を放すと、立ち上がり、ゆっくりと毒薬をテーブルの上に置いた。「これをあげるわ、おばあちゃん。でもそのまえに、おばあちゃんは私にお話をするのよ」

「そうしたら全部私にくれるって、約束するかい？」

「約束するわ」エレンは言った。

古いベッドが腹立たしそうにきしんだ。エレンは枕を揺すって形を整え、子どもにしてやるように祖母に布団を掛けてやると、自分の毛布にくるまり、ベッドの端に腰かけた。歓声は鳴り止んでいた。エレンは凍えた。沈黙が部屋の隅々に広がった。張りつめた、含蓄に富んだ沈黙。最後の最後の最後のメルヘンの真実を、プロンプターの囁きを待つ、この沈黙。灰緑色のストーブ、古びた船旅用のスーツケース、白い、誰も寝ていないベッド——これらすべてが、吸い込まれるようなこの静けさの中で舞台背景へと収縮してしまい、ふたたび息吹が吹き込まれるのを待っていた。途方に暮れて、南西アフリカの上方にある十字架はきらめき、最後まで、絶望した者たちの飢えた吐息に抵抗した。

祖母はエレンから顔をそむけると、一心に考えた。話、何か新しい話……それを見つけることは、そんなに難しいことではないはずだった。毛布にくるまり、腕をベッドの縁について、エレンは待った。押し黙って、容赦なく。あらゆる沈黙がいつだって、満たすような言葉を待つように。真ん中でピョンピョン跳ねる心を待つように。哀れな魂のごとく、エレンは端っこで身を縮めていた。「お話をして、おばあちゃん、さあ早く！　おばあちゃん、言ってたでしょう？　どんなお話も宙に浮いているんだって、手を伸ばすだけなんだって」

「何も思い浮かばないよ、いまは何も！」恐怖に襲われて、祖母は振り返った。

「よりによって、いま」エレンはつぶやいた。

「おまえにはこれからも十分メルヘンがあるから。おまえは若いのだから！」

「そういうお話で何になるの？」

「いまの今は、話だけは勘弁しておくれ！」

「できないわ」

「おまえは若い」祖母は繰り返した。「それに、残酷だ」

エレンは身をかがめ、額を祖母の額に寄せた。どう応えればよいか、エレンにはわからなかったのだ。動揺して老女は向きを変えた。あの話たちはみんなどこにいった？　何百回と、コートのポケットから、帽子から引っ張り出してきたあの話たち。いざというときには解けた絹の裏地からだって引っ張り出せたのに。ハムスターが餌を取り出すように、あんなにたくさんの隠し場所から。偉大な警察が、それらを捕らえてしまっていた。闇がすべてを呑み込んでしまっていた。手を口の前に添えることなく、いつもあくびばかりしている、あの闇。

祖母は呻き声を上げた。壊れていく思い出のアルバムのページをめくった。そこに、輝く白い椅子に腰をかけた三歳のエレンを見つけた。エレンは口を大きく開けて、質問していた。

「おばあちゃん、雀ってなあに？」

「素早い、小さな奇跡のことさ」

「それじゃあ、鳩は？」

「太った奇跡のことさ」

「じゃあ、焼き栗売りは？」

「それは人間だよ」

するとエレンは、また最初から始めるまえに、たいてい何秒か黙ったものであった。

白い椅子はとっくに焼かれ、イメージは黄色に変色していた。けれども、質問は黙っていなかった。

「何かお話、おばあちゃん！」

だが本当に、新しい話などあるのであろうか？　どの話も古いのではないか？　大昔のもの。それで、抱きしめる人の歓声だけが、話たちをいつもそのつど創りだすのではないか？　世界の息吹が？　エレンは話を要求することで、祖母に生への意思を求めたのであった。真っ黒くて、危険な夜のただなかで。

だから、祖母が話を見つけて話し終えた後で死にたくなくなっているか、あるいは話を見つけられず賭けに負けて、毒薬は私のものになるか、のどちらかだ。でも、この毒薬をどうしろと？　闇に投げてしまおう。闇はそれで死にはしまい。

「おばあちゃん！」

祖母は、まだ始めがつかめなかった。言葉を求めて煩悶したが無駄であった。地図はしわくちゃになって、十字架の下にぶら下がっていた。一切れの紙以外の何ものでもなかった。ストーブは火を、ベッドは温もりを求めた。そして夜に下されていた命令は、夜を必要とした。焦燥が夜をとらえた。というのも朝がもう迫ってきていて、満たされた者たちを希望で喜ばせ、満たされぬ者たちを追放しようとしていた。何も起こっていなかった。まだ何も。物事は静寂において熟し、待てない者は未熟なままであった。だから夜とエレンは待った。祖母が眠くなるのを。発作でもいい、そう祖母は思った。ああ神様、軽い脳卒中でも。連中が来るまえに！しかし神は、望みに応じて発作を与えたりしないものだ。エレンは緊張して一切れのパンを嚙みながら、希望を持ち続けた。「昔々」祖母が言い淀んだ。「昔々……」

「そうよ」エレンは興奮して叫び、パンを放り投げると、遠くから来るものを聞こうと身を深くかがめた。「続けて、おばあちゃん、続けるのよ！」しかしまたしても、つかえた言葉は無へと流れていった。話をするのはそんなに簡単なことではなかった。話には、それが上手く流れていくために、開かれた両手と指と指の間の細い隙間が必要だった。見開かれた瞳も。

老女は、昔々という最初の出だしをもう何度か繰り返したが、その言葉は先につながらなかった。おそらく話は宙に浮いていたのだが、眠っていて、起こすやいなや嘲り始め、唇すれすれのところまで漂ってくるものの、また逃げてしまうのだった。「毒薬を」祖母は、しばらくしてからそうはっきりと言った。エレンは首を横に振った。祖母は懇願するように両手を上げ、最後に「昔々……」と囁いたものの、苦しみに満ちたあらゆる力に見捨てられ、眠りに落ちてしまった。

「そんな」エレンはがっくりと肩を落とした。電気スタンドを点け、縮みあがった。そこに横たわっていたのは、あまりにも見知らぬもの、すっかり遠くにあり、自らの殻に閉じこもってしまった何かであった。それが自分の祖母であったことは、まるで一度もなかったかのようであった。そこに横たわっていた何かは、重々しく呼吸し、喘いでいた。まるで平和な一市民のゆったりとした心地よさを味わったことが、決して一度もなかったかのようであった。

「ねえ！」不安そうにエレンは言うと、自分の温かい顔を枕元にあるその冷たい顔に寄せた。喘ぎは次第に治まり、呼吸は軽くなっていった。けれども、他のすべては遠いままであった。

「それなら」エレンは決心したように言った。「それなら、私が話をしようじゃないの！」なぜ赤ずきんの話を始めたのか、自分でも分からなかった。このメルヘンが誰に向けられたものであったのか、夜なのか、三月なのか、窓にできた割れ目からしみ込んできた、湿った寒さに対してなのか、エレンにはわからなかった。というのも祖母はもう寝ていて、弱々しい光の中で、瞼が時折ぴくっと動くだけであったから。

「昔々、一人の母がいました」そうエレンは始め、額に皺を寄せて懸命に考えた。「アメリカにいました。そこでウエイトレスとして、あるクラブハウスで働いていました。この母には、偉大な憧れがありました。そして、その憧れは真っ赤でした」エレンは口をつぐみ、挑むように周りを見たが、そこには勇気づけてくれる人も、反論する人も、誰もいなかった。少し小さな声で、エレンは続けた。「母は夜に仕事から帰ると、とても疲れていました。母を待っている人は、誰もいないのでした。そこで母は、編み物を始めました。自分の憧れを、一本の長い房飾りのついた、丸い真っ赤な帽子へと編んだのです。それは風のためでした。母は毎晩、編みました。けれども憧れが減ることはなく、帽子はまるで光輪のように大きくなりました。真っ赤な光輪です。そして房はというと、ビーチボールのように太くなり、まるで嵐が遊べるおもちゃです」夜は耳をそばだてて、窓に寄りかかった。窓はきしんだ。「外が静かだろうと」エレンは言うと、ベッド越しに暗い窓ガラスに視線を向けた。「あるいは、海から風が窓ガラスに吹きつけようと、母はどんどん編み続けました。帽子が完成すると、母は毛糸を心臓から切り離し、小包に包むと太平洋の向こうに送りました。そうです。忘れないうちに付け加えておくと、母はケーキとワインを少しと、祖母のもとへ行く際の籠を一つ、一緒に包んで送ったのです」その話の信憑性を疑う人がいるかのように、ふたたびエレンは辺りを見回した。しかしながら、窓辺の夜はただ静かに笑うだけで、またその涙も静かに落ちていた。「どうしてすべてが検閲をくぐり抜けることができたのか、誰にわかるでしょうか」エレンは言った。「とにかく、それは到着しました」いまや、エレンの口調は早くなっていた。「ただ紙は少し焼けていて、ケーキは焦げた臭いがしました。というのも帽子が熱く燃えたからでした。子どもはその帽子を受け取ると、すぐさま頭に載せました。晩になって、子どもがその帽子を取ろうとすると、取ることはできませんでした。帽子は真っ赤な光輪のように頭にとどまり、燃えていました。誰も誰かの光輪を羨む必要など、ないのです」

窓の外では、相変わらず雨が降っていた。老女の呼吸はだんだんと均一になっていった。いましがたエレンの声に起こされた、とでもいうように、床がきしんだ。エレンはその場に居合わせたものたちを前に困惑したかのように、一瞬だけ黙ったが、意に介さず、すぐさま後を続けた。「瓶には亀裂が入っていたものの、赤ずきんは瓶を籠に入れると、焦げたケーキも一緒に入れて、祖母のもとへと出発しました。祖母は同じ部屋に住んでいましたが、暗い森を通る道は、長いものでした。一度は籠が木にぶつかり、瓶の中身が外へ流れ出ました。二度目はケーキが地面に落ち、戦争が平らげてしまいました。戦争は毛深く、その毛は長くもじゃもじゃで、汚れていました。まるで一匹の狼のようでした。——どこへ行くんだい？——おばあちゃんのところへ行くのよ。――何を持っていくんだい？　狼は馬鹿にしたように聞きました。おまえの籠は空っぽじゃないか！――憧れを運んでいるのよ。――すると狼は怒りました。憧れは食べられなかったからです。狼は憧れで舌を火傷してしまったのでした。憤怒して狼はその場から走り去りました。いつも少し前を行く狼を、赤ずきんはびくびくしながら追いかけました。けれども狼の方が速く、最初に目的地に着きました。祖母はベッドに横になっていました。けれども、その様子はすっかり変わっていました」

エレンは中断した。祖母の肩をつかむと、顔面を凝視した。電気スタンドを持ち上げると、古いベッドの上を照らした。飛び上がり、言葉を探した。

「すると赤ずきんは言いました。それにしてもおばあちゃん、どうしてお耳がそんなに大きいの？――おまえがよく聞こえるようにね！――それにしてもおばあちゃん、どうして歯がそんなに大きいの？――おまえを上手に食べられるようにね！――それにしてもおばあちゃん、どうしてお口がそんなに分厚いの？――それをよく飲み込むことができるようにね！――毒薬のこと？　毒薬のことなの、おばあちゃん？」

エレンはベッドから飛び降りて、部屋の真ん中に素足で立った。寒さと恐怖で震えていた。老女は眠っており、微動だにしなかった。テーブルの上の毒薬が光っていた。エレンはそれをそのままにしておいた。一跳びで、エレンは自分のベッドに上がった。毛布をかぶると、頭を腕に乗せて、最後の問いを探した。「おばあちゃん、どうしてお手てがそんなに冷たいの？」しかし、エレンには答えが見つからなかった。頬から涙をぬぐうと、溜息をついた。しばらくすると、疲労困憊して眠りについた。

　するとエレンは、青白いある兵士が、北部鉄道の高い古い建物からよろめき出てくるのを見た。その兵士は痩せた背中にリュックサックを背負って、小さく悪態をついていた。それがあまりにも静かで頼りなげであったので、全知の神は、祈りと勘違いしたほどであった。兵士の足はすっかり凍えていて、だから彼は何度も躓いた。制服はボロボロで、身分証明書は偽のものだった。ときどき辺りをうかがっては、自分を待っている誰かを待つように、陰に身を潜めた。しかし兵士を待つ者はいなかった。それから、ふたたび少し先へと歩いた。兵士は低い高架橋をくぐって、草地の方へ向かった。早春の夜のあらゆる水たまりを踏み、水辺でのパトロールから帰ってきた老いた警備兵に、泥をひっかけた。兵士は人目につかないよう努めたが、そのせいでとても目立ってみえた。河へとよろめき、半分行ったところでまた踵を返した。ぐらぐらした、しかし鍵のかかったカフェハウスの扉をガタガタと揺すったあとで、遊園地の汽車の辺りをしばらくほっつき歩いた。少年時代への旅に出て、長靴を脱ぎ捨てたいとでもいうように。しかし汽車は来なかった。結局、兵士は街へと戻った。その際、帽子を失くした。かがんでみたものの、見つからなかった。

頭部の髪は明るい茶色で、短く、綿毛のように柔らかく、撫(な)でてもらうことを求めていた。指の爪には嚙んだ跡があり、マフラーはチェック模様だった。しかし兵士を待つ者は誰もいなかった。兵士は北部鉄道へ戻り、見捨てられた動物のように、黄色い壁の周りをうろついた。まさに危険なことであったが、兵士はとうとう家に帰る決心をした。マルクト広場を横切ったとき、どこかつけられている気がして、小店と小店の間で息を切らせて立ち止まった。山積みにされた玉ねぎの箱の後ろに、二つあったジャガイモ袋の間に身を潜めたが、誰も来なかった。兵士はリュックサックを置き、また担ぐと、ふたたび千鳥足で歩き出した。たびたび偽の身分証明書をポケットから取り出しては、まるでそれが本物であるかのように、しげしげと眺めた。そう、偽の証明書はどれも本物で、本物の証明書が偽物だとでもいうように。それからまた証明書をポケットに戻すのであった。教会前の広場に辿(たど)り着いたときには、誰かが後をつけていることを確信し、石でできたある聖人の下にあった陰に隠れた。「私を助けてください」兵士は祈った。「お願いです、私のために!」聖人の名前は知らなかった。兵士がふたたびその場を立ち去ったとき、それはまるで、月光のなかで聖人が動きだし、昔の謎めいた身動きで兵士を祝福したかのようであった。

青年は両手で髪をかき分けた。シラミがあったのだ。またしても後ろに足音が聞こえたが、もう振り返らなかった。ウサギのように縦横に走り、とうとう、上手く暗くなっていない窓のある、高く静かな建物に到着した。誰かが私の後ろにいる……いや、誰もいない……誰も……それは世界の空虚さなのだ。小さな兵士は、幅広の悪趣味な門を揺すったが、門は固く動かなかった。ノックをし、ドンドンとたたき、両方の拳に血が出るまで打った。ズタズタになった長靴で蹴ったが、長靴がもっと擦り切れるだけであった。

エレンは眠りから飛び起きた。身を起こし、混乱して闇を睨みつけ、夢を忘れた。すぐさますっかり、その夢を忘れた。それがエレンの心を貫通しなかった、とでもいうように。その夢がエレンの閉じた瞳に塩と水とを振りかけることは決してなかった、とでもいうように。エレンはそっとベッドから降りると、窓の外に身を乗り出した。けれども下には誰もいなかった。廊下のどこかで、引きずるような足音がした。建物の門が動いた。きしむ音がし、呻き声がした。「ダメ」かすれた声でエレンは言った。祖母のベッドへ一歩近づき、立ち止まった。三歩下がると、二歩また進んだ。古風なダンスのようだった。けれども踊る時間はもうなかった。連中は階段を上がってきている……一度に三段を上がり……四段……五段……「連れに来たわ、おばあちゃん！」エレンは叫び声を上げた。両手を拳にして口元へ持っていき、指を噛んだ。あらゆる考えを一度に持ちたかったが、一つも思い浮かばなかった。テーブルの上の毒薬があからさまに輝いていた。それは見知らぬ光の中にあった。老女は目を覚まし、身体を起こすと、毒薬に両手を伸ばした。落ち着いた様子で、呆れた様子はまったくなかった。「よこしなさい」

そう言った。エレンは祖母の足元にしゃがみこみ、茫然とその静かな瞳を見つめた。「そうなのよ、おばあちゃん！　大きいんだわ、おばあちゃんは。だから狼はおばあちゃんを呑み込めないのよ！」

「毒薬をよこしなさい！」祖母は鋭い口調で繰り返した。

「嫌よ」エレンは口ごもった。「ダメ、私が連れ出してあげる。おばあちゃんをかくまってあげるわ……屋根裏部屋に来てちょうだい、早く、じゃなかったら、この棚の中よ、私が守ってあげる……そうよ、あの人たちを殴ってやるわ。私がどんなに強いか、おばあちゃんに見せてあげるわ！」

「静かにしなさい」拒むように祖母は言った。「そんなに大人ぶって言うもんじゃない。私がおまえに言う通りにするんだ！」

「私の言うことも聞いてよ」エレンは懇願した。

「そうだね」祖母は言った。「あとでね」

「ダメよ」エレンは叫んだ。「あとになったら、おばあちゃんは時間がないじゃない！」

「早くするんだ！」老女は迫った。

エレンは立ち上がった。明かりを点けるとテーブルに向かい、毒薬を左手に、水を一杯右手に持つと、祖母のもとへ近づいた。

「もっと水を!」

「わかったわ」エレンは答えた。二人の動きはぎこちなく、慎重だった。エレンはあらためてコップを満たした。

「一滴もこぼすんじゃないよ!」祖母は言った。エレンは祖母の唇に、コップをあててやった。それから祖母の口に毒薬を含んでやった。雀が子どもに餌を与えてやるように。すぐさま、エレンはベッドの横にくずおれた。

「立ちなさい!」祖母は言った。エレンは立ち上がった。こわばって、両腕をだらりと下げて、エレンはベッドの横に立った。枕元から見知らぬ声が聞こえてきた。その声は、周りにあったすべてのものから切り離され、見捨てられ、もはやそれ自身のものでもなかった。「連中が来たら、扉を開けるんだ。行儀よくするんだよ。何も言わずに、なすがままにまかせるんだ」

「あの人たちはおばあちゃんをベッドから引きずり下ろすわ、おばあちゃん」エレンは言ったが、その言葉には、言わずにおかれたことが重く従順に横たわっていた。

「私ではなくて、私の骨を、だろう!」

「おばあちゃんが毒薬を飲んだことに気づいたら、あの人たちはおばあちゃんを足で踏みつけるわ!」

「奴らの足が、私に届くことはないよ」

「おばあちゃんのことをののしるわ」

「つなぎ方が間違っているんだ。みんな、間違ったところにつなげられている。番号は変えてあるんだから」

「そうね」エレンは怖る怖る言った。「おばあちゃんがいまでは秘密の番号を持っているんだってこと、私は信じるわ！」

「行って、廊下で耳を澄ませるんだ！」エレンはその場を離れ、聞き耳を立てた。廊下に通じる扉に寄りかかり、息を凝らした。最初は何も聞こえなかったが、しばらくすると足音がした。それはゆっくりと手探りするように上がり、静かになって、またのろのろと始まった。

「酔っているんだわ……」エレンは囁いた。「時間をかけている。あの人たちは考えている。私たちを確実に捕らえているんだわ！」勝利の満足感がエレンを襲った。「私がしたことは、これでいいんだわ。これでいい、これでいい！」あらゆる隅から、追っ手たちの呆れて怒った顔が現れた。エレンは部屋に逃げ戻った。「これでいい、これでいい……」エレンは頭を、沈みゆく祖母の肩に埋めた。

「あの人たちはおばあちゃんに襲いかかるわ。でも小さな一歩を踏み出すのよ、おばあちゃん、そうしたらあの人たちは空をつかむだけ……小さな一歩……すごく小さな一歩。もう、おばあちゃんは踏み出したのね！」

祖母は半身を起こし、肘で身体を支えた。その顔は燃えていた。エレンの両手をつかんだ。そこに座った二人は、まるで聖なる夜の子どもたちのようだった。鍵穴からのぞいたあとで、勝ち誇ろうとする子どもたちのよう。「私たちは連中を出し抜いたんだ……出し抜いたんだよ！　見るがいい、奴らの顎が震えているのを、奴らの膝がガクガク震えているのを、奴らの頬が膨れ上がっているのを！」ふたたびあらゆる角度から、追っ手たちの失望が姿を現した。「エレン、見えるかい？　連中が見えるかい？　いまや連中は最後の階段を上がっている。いまや奴らはじっとしている。よろめき、互いにつかまりあっている。廊下の扉にある名前を見比べている。星を見て、嘲り笑っている。けれども連中は道を間違えたのだ。何千もの無実の子どもを殺しておきながら、誰一人としてお目当ての子どもはいやしない。いまや、連中は呼び鈴を探している……呼び鈴は鳴らない……拳を挙げて、いまや……」すべてが静かだった。老女は沈み伏せた。

「嫌だ」エレンがそう言うのは、二度目だった。口を大きく開けて叫びたかったが、空気が塊となってエレンを窒息させようとした。外へ走り出て、廊下の窓までつたっていき、そろそろと窓を開けた。闇……炭を塗ったような真っ黒……物音一つない……呼吸一つもない……無。震える指で、エレンは鍵を探し始めた。明かりを点け、扉を開け放った。外へ出て、言った。「いらっしゃい……何なら来るがいいわ……遠慮なくいらっしゃい！」敷居の上にまたがり、途方に暮れて両腕を広げた。「来て、私たちを連れておいきなさい！　神はお許しくださるわ……祖母は毒薬を飲んだのよ。私も一緒に行きたいの。ゲオルクのところに行きたいの！」しかし、誰も来なかった。

「嫌だ」エレンはもう一度言った。「あの人たちは何かを忘れたんだわ。戻ってくるに違いないわ！」エレンはしゃがみ込み、待った。時が流れた。誰も戻ってこなかった。一匹の蛾が、エレンの顔の前を音を立てて飛び、手に止まった。エレンは振るい落とした。腰を上げ、扉をふたたび閉めて鍵をかけた。シャツをまっすぐに伸ばすと、留め金をしっかりと留めた。それから鍵を引き出しに置くと、コートを羽織った。黒いコートで、エレンのものではなかった。引き出しを閉めて扉にチェーンをかけると、忍び足で部屋へと戻った。裸足だったので、小さな鈍い音がした。電気スタンドの下には、半分空になったコップがあった。「端に近すぎる」祖母が不機嫌そうに言った。エレンはコップを真ん中に移動させた。「だんだん効いてくる」祖母は囁いた。

「おばあちゃんは眠ることになるのよ」エレンは言った。「で、目を覚ますと……」

老女は拒絶するように手を振った。

「おばあちゃん！」

「何だい？」

「来週はおばあちゃんの誕生日よ。だから私……おばあちゃんに、まだ言いたかったのよ、私……」

「今週は」祖母は、はっきりと言った。「今週は、もっとずっといい一日だよ」

「私の言うことも聞いてよ」エレンは言った。「さっき約束したでしょう。あとでねって、おばあちゃんも言っていたじゃない。で、いま……」エレンの口が、痙攣（けいれん）したように動いた。

「呼び鈴が鳴っている」老女は微笑んだ。エレンにはそれが聞こえなかった。それは別の呼び鈴だった。

「連中が来る」祖母は聞こえないほど小さく溜息をつき、目を閉じた。突然、頭が脇を向いた。

エレンは死にゆくその人を抱きしめ、顔を探した。

「おばあちゃん、吐き出すのよ、死んじゃダメ……死なないで、おばあちゃん！」しなびた唇が、薄暗がりの中でゆがんだ。頭が上がり、沈んだ。それっきりだった。

エレンは若い猫のように、ベッドに飛び上がった。祖母の両腕をつかむと、身体を起こそうとした。嫌々、老女は呻き声を上げた。

「ああ神様、死ぬことに対して何ができるでしょう？」古いベッドのあらゆるつなぎ目がきしんだ。「おばあちゃん、目を覚まして、しっかりして……死にたいと思わなければ、死なないのよ！」

両目を見開いて、夜は、死に対するこの奇妙な説教を聞いていた。自身に課せられた任務が近づいてきているようであった。

エレンは闇の中を嗅ぎ分けるように、丸く黒い自分の頭を上げて、考えた。死にゆく祖母は、いまや喉をぜいぜい鳴らしている。エレンは祖母に覆いかぶさるように膝をつき、耳をそばだてた。あらゆる感覚が研ぎ澄まされていた。祖母はまだ何かを求めていた……祖母は求め、その要求にはきりがないようだった。祖母の両手はエレンの両腕を擦り抜けると、せわしなく毛布の上を舞い始めた。

「何を探しているの？　何を探しているのか、わかっているの、おばあちゃん？」エレンは聞いた。「一度はハンカチだったわね。別のときはオペラグラスだったわ。しまいには毒薬だったわね。でも、全然違う何かが欲しかったんじゃないの？　おばあちゃん、どうしてちゃんと考えなかったの？」恐怖でエレンは震えた。落ち着きを失くしたその両手をつかんだが、抑えようがなかった。祖母の細く白い三つ編みを引っ張ったが、答えはなかった。

「何を探しているの……教えてちょうだい、何を探しているのかを。おばあちゃんに何でもあげるわ！　おばあちゃん、だから、そんなに大人ぶって話すもんじゃないって、それだけでいいから言ってよ……おばあちゃん、どうして答えないの、おばあちゃん、生きたいの？」

追われるように、呼吸が、死にゆく者の半開きの唇から逃れた。エレンは聞き耳を立てながら頭を深くし、マットレスに指を押し当てた。

「おばあちゃん、生きたいの？」

「ええ」祖母に代わって、夜がそう溜息をついた。それから老女の肩に両手を置いた。

「それなら、私がおばあちゃんを生きさせてあげるわ」エレンは意を固めた。地図の上の十字架は、相変わらずまだきらめいていた。焼きつくような決意が轟音とともにエレンを突き抜け、心臓を引き裂き、耳をこじ開けた。けれどもこの大嵐のなかで、どんな声も聞くことはできなかった。エレンは床へ飛び降りると、古い棚から黒い分厚い祈禱書を手に取った。最後のページに臨終の祈りが載っていた。読み始めると、自分の声に驚愕して祈禱書をふたたび下ろした。祖母の喉を鳴らす音は、次第に小さくなっていった。「とどまっていて」エレンは囁いた。「そこにとどまっていて。私に考えさせてちょうだい。私がおばあちゃんに毒薬をあげたんじゃなかった？　私がおばあちゃんを呼び覚まさなくてはならないんじゃないの？」

　この瞬間、医者を呼びに行くという考えがひらめいた。けれども医者は遠くに住んでいたし、他の医者を連れてくることは許されていなかった。それに、そこでまだ祖母が生きていたとして、医者に何ができたであろう？　チューブだ、長い管を胃に入れて……そうすればいいことをエレンは知っていた。でも、空を舞っている満たされないこの両手は、管を求めていたであろうか？　エレンは頭（かぶり）を振った。ベッドの縁にひざまずくと、黙った。

「バビロンの河の畔（ほとり）に彼らは座って、涙を流していた――」ふいに夜が言った。エレンにはそれが聞こえた。それから、河の畔に座っている人々が見えた。河は、人々の涙でどんどん大きくなった。けれども人々は飛び込まないのであった。彼らは待ち、まだ待ち続け、見知らぬ悲しい歌を歌い、歌いながら話し続けた。彼らのなかから四人が立ち上がり、古いベッドに近づいてきた。直に彼らは祖母をつかみ、灰色がかった朝の中でおどおどと眠るはずれの墓へと、連れ出してゆくであろう。そして彼らは祈り、歌い、泣くであろう。けれども彼らの祈りは空っぽの管のように、床に置きっぱなしなのであった。言葉にならず、悲しみに暮れて。ワインは、違う方向に流れてしまっているのだから。この墓にはもっとも古い秘密の番号があったのだが、看守たちはそれを忘れてしまっていた。それでそこに横たわっていたすべての人たちは、そのことに苦しんだ。彼らも死にゆくエレンの祖母と同様に、生涯にわたって、本当は望んでいなかったけれども、ありうるあらゆるものを求めたのであった。ありうるあらゆる番号にかけてみたのだが、実はいつも、間違ったところにつながっていた。そのどれもが、秘密の番号ではなかったのだから。「あなたたち、待ってちょうだい」エレンは熱に浮かされたように叫んだ。「もしかしたら、私にはその番号がわかるわ。もしかしたら、あなたたちのために、わかるかもしれない！　あなたたち、生きたい？」

「そうだ」夜が言うのは二度目だった。「そうだ」夜は焦燥に駆られて言った。もう朝が征服し始め、家々の屋根を昇ってきていた。祖母の鼻は鋭く突き出ており、頬は落ち込んでいた。達人が自ら現れ、消え去っていくものを消し去った。エレンは目を見開き、祖母を目覚めさせる言葉を夜明けからもぎ取らんというばかりに、両手を動かした。ベッドの足元で、跳躍ができるように身をかがめ、静けさの中でじっと待った。準備のための沈黙の中で。

祖母のシャツは引き裂かれ、毛布はひっくり返っていた。祖母は自分の最後の影でもって、夜を代替した。

「おばあちゃん、何を探しているの？　おばあちゃん、生きたい？」

電気スタンドのフィラメントが、小さく動いて緩んだ。明かりが消えた。近づく闇を前にして、もう一度、死にゆく人の頭が反り返り、身体が痙攣した。エレンは跳ね上がり、半分空になったコップをつかんだ。三口分、減っていた。エレンが残りの水を白く角ばった額と首と胸の上にかけると、水は固い枕に流れた。いまわの孤独な吐息の真っただ中に、エレンは言った。

「おばあちゃん、父と子と聖霊の御名において、私はあなたに洗礼を施します。アーメン」

夜は、昼の腕の中にくずおれた。

その晩、一人の小さな絶望した脱走兵が二時頃に家に戻ってきて、翌朝、捕まった。

## 翼の夢

*Flügeltraum*

列車出発の三分前になって、機関士は旅の行先を忘れた。コートの前をさっと開き、帽子をずり上げて、額の汗をぬぐった。列車から飛び降り、少し前方へと駆けた。立ち止まり、両腕を広げると、またゆっくり戻ってきた。大声でひとり言をいっていた。彼は見つけなければならなかった。そうだとも、彼は見つけなければならなかった、行先を。前照灯が形作る光の線の後ろの暗闇の中に。そこに隠してあったのだ。いまでもそこにあるだろう。人々を運ぶ列車が夜通し疾走し、前照灯を落として少し歩こう、と誰も思わなかったのだから。いまでもそこにあるだろう。人々が列車に乗って疾走していくのをよそに、静かに、じっとして。いまでもそこにあるだろう。人々は彼らの悲しく暗い駅を、偉大な明るい目的地だと思っていたのだから。英知の代わりに名前を信じ、道と道とが交差するその真ん中の地点を避けるために、回り道をしていたのだから。出発を到着と取り違えていたのだから。そうしている間は、そうして

いる間は、そうしている間は……けれども、もう手遅れになってしまった。もう時間がなかった。ああ、なんということだ。時間が！　出発の三分前。

なぜ、おまえたちはそんなにも急いでいるのだ？　おいで、降りるのだ。探すのを手伝っておくれ。行先だよ、行先。

だが、その列車は貨物列車だった。弾薬を運ぶ列車。武器を前線に運ばねばならなかった列車。武器たちは降りなかった。途方に暮れて、機関士は列車に沿って走った。おまえたちは来ないのか？　なぜ？　おまえたちは嫌なのだな。前線の方がいいってわけか。前線はどこだ？前線とは、おまえたちが目的地を呪うところにあるのだ。前線とは、いつもどこにでもある。ここにあるのだ。機関士は息せき切った。火夫の一人が、訝しげな視線を向けた。

「行くな、行くな」機関士は囁き、踵を返した。「目的地を車輪で踏むことなど、おまえたちにできっこないさ。それはいつもずっと遠いままなんだ。インチキさ。おまえたちは車両を国中、押していき、また戻ってくる。大地をぐるりと回ってな。車両が押されるだけさ。行って戻って、行って戻って。名前、名前、それだけさ。新しい車両がつなげられる。おまえたちは古い車両を切り離す。暗くなると、おまえたちは撃ち始める。そうしておまえたちの境界線はみんな前線と呼ばれるんだ。名前、それだけさ。どの名前も的を射ない。それなのに俺がおまえたちを助けろと？　ダメだ。俺はもうおまえたちを助けない。この区間をもう十分に走った。

行っては帰り、行っては帰り。全部まやかしだ。我慢競争なんだ。退屈な奴には暇つぶしだが、俺は嫌だね。俺は行先を見つけたいんだ。三分の遅れ……それなら取り戻せるさ。一生の遅れ、いいか、こっちはもっとたちが悪い」

「おい」駅長が驚いて叫んだ。「どこへ行くんだ?」信号灯を手に、駅長は大股で機関士を追った。

「俺たちはどこへ向かうんだ?」機関士は叫び返し、駆ける速さを倍にした。「俺たちがどこへ向かうか、知っているのか?」

機関士はふたたび、行先が隠れてあった、前照灯の形作る線の後ろへ来ようとした。

「止まれ!」駅長は叫んだ。「止まるんだ、直ちに! どこへ行くんだ?」

「俺たちはどこへ向かうんだ?」

「一体何(天の神よ)なんだ」駅長は取り乱して息を切らせた。

「そうだ」機関士は笑い、嬉しそうに立ち止まった。「ほらごらん、そういうことなんだ。だから俺も降りたんだ。歩きで行く方が、早く到着すると思うんだよ。俺たちは新しい道を見つけなくてはならない。新しい道を造らねば。よその道を。まだ誰も走ったことのない道、終点のない道。目的地への道を」

「何ということだ」駅長は青ざめて叫び、機関士の腕をつかむと左右に揺すり、落ち着かせるように、その痩せこけた肩を信号灯でたたいた。

「我に返るんだ!」

「そっちこそ、我に返れよ」挑発的に機関士は言った。まるで、駅長が我を忘れていない、あるいはどこか近くにでも我を忘れてくることはない、なんててんで話にならない、とでもいうようであった。「俺たちは、どこへ向かうんだ?」

「北東だよ」疲れ果てた様子で駅長は言った。「前線へ」それから駅長は、ある小さな村の名前を口にした。長く重々しい名前で、駅長は正しく発音できなかった。

機関士は頭(かぶり)を振った。まったく覚えていなかった。機関士はありとあらゆる記憶を、名前や信号、輝きのうちにあった事物、前照灯の投げかけた光の円のうちにあった事物に関する、ありとあらゆる古い記憶を、それが間違った教義であるかのように捨て去っていた。そしてその偉大な忘却を、まったく新たな記憶であるかのように、自ら引き受けていた。

「重要なんだぞ」駅長は立腹して叫んだ。「ものすごく重要なんだ、いいか? 武器だよ、武器、武器! 武器を前線へ持っていくのだ。首がかかっているんだ!」

だが機関士はびくともせず、まるでちゃんと乗っかっていないかのように、首を振った。心臓が犠牲になるのでなければ、首が犠牲になってもいい、とでもいうように。悲しみに暮れた機関士に、この文脈において二十門の大砲と三分がいかに重要であるかを説明するのは不可能であった。機関士はこの文脈を、もう信じてはいなかったから。

「出発だ」駅長は我を忘れて声を荒げた。信号灯を持ち上げて、それで機関士の額を殴った。

「出発！　補給するんだ、後方支援だよ！」

駅長は怒り狂い、足を踏み鳴らした。「後方支援！」駅長があまりにも叫んだので、小さな機関士には、一門の大砲が差し出されていて、次の瞬間、駅長を月へと打ち上げるという確固たる意図があったかのようだった。とても孤独で、名前も信号もなかったが、熟考するための時間があった月へと。けれどもそれはおそらく、勤務中のあらゆる想像のなかで、もっともたちの悪いものであった。運行表はなく、左上のポケットには笛もない。規定もない。月だけはやめてくれ、お願いだから、天空だけはやめてくれ！　駅長は逆上したように叫んでいた。機関士は微動だにしなかった。

駅舎から人々が駆けてきた。彼らも同様に叫び、興奮した様子で両手を動かしていた。

「来なさい！」駅長が迫った。「いま来るんだったら、ばらさないから」

「ばらすことができるのは、知っていることだけだ」機関士は動じなかった。

「何事もなかったかのように振る舞うから」力なく駅長は説明した。

「いつもそうしてきたじゃないか」機関士は言った。もっと言いたかったが、人々がもう彼を押え、怒って列車へと引きずっていった。彼らは機関士をしつこく問い詰め、帽子をもぎ取った。

「気でも狂ったか？」

「そうだな」機関士は答えた。「どこか別の場所へ」それから帽子をふたたび拾い上げると、立ち止まって埃をはたいた。人々は機関士を威嚇し、背中を押した。他になすすべもなく、人々は列車の周りに半円を描いて立ちつくした。

火夫が列車から大きく身を乗り出して、大きな声で笑った。

「警察だ！」駅長は暴れた。「警察に通報するんだ。いますぐ！」

「偉大な動員だな」機関士は言った。火夫はより大きな声で笑った。

「駅舎警備隊を！　任務についている警官たちはどこだ？」駅長は息を荒くした。

「見つからないね」

火夫の声は裏返っていた。機関士は朗らかに調子を合わせて言った。

「銃殺だ。未知の道で、おまえは銃殺されるのだ！」

ふたたび、人々が機関士に拳を振り上げた。

「おまえたちの道はどれも未知だ」機関士は続けた。「俺たちは未知の道を歩んできて、未知の道をまた行かねばならないのではないのか？」火夫は黙った。

「おまえたちの道はどれも未知だ」機関士はとぎれとぎれに言った。両目をしかと見開き腕はだらりと下げて、人々の先をじっと見やった。

駅長はコートの裾をしゃんとした。「幸い手錠がある。格子窓と鉄条網のついた仕切りのある、緑色の車両もある」駅長の声は厳かに震えていた。「絞首台に断頭台、規定もある。それに……」

「地獄もあるわ」三両目の車両の屋根越しに、威嚇するような声でエレンが叫んだ。「それから旅の行先を知らない機関士も！　封をされた封筒も。それで全部よ。おまえたちは満足してはならない！　行くな、おまえ、行くな、行先を知らないうちは！」

エレンは飛び降りた。狩り立てられたように、勤務中の警官たちがエレンの後を急いだ。列車は押し黙って立っていた。

「行くな、おまえ、行くな、行くな、行先を知らないうちは！　よく考えろ、行くな！」その声は次第に弱々しくなった。警官たちの叫び声も、霧の中に消えていった。

困惑して、機関士は前照灯の方へと目をしばたたかせた。よく考えろって、何について？　俺は何を知らないのだろう？　方向だろうか？　「北東」逆らうように口ごもった。目のくらんだ娘め、振り返ってみろ。これがおまえたちのコンパスだ。目の前に置かれた、白い布。

顔が青ざめた。線路は氷のように輝いていた。

規定だ、何ということだ、規定。おまえの良心、それは、おまえの良心。おまえは新たな道を造らねばならない。おまえ自身の規定を見つけねばならない。よりよいレールを敷かねばならない。目的地へ、目的地へと。よく考えるのだ、行くな……行先！

声は、鳴り止んだ。

「すみません」機関士は言って、ぐるりと見回した。「どうもすみません。申し訳ない。俺はどうしちゃったんだろう？　大きな遅れになっているのか？」それから彼は小さな村の名前を言った。長く重々しい名前を。その発音は間違っていた。

「そのことを言っているんだよ」駅長は憤った。「さては飲んだんだな。いいから列車に乗って出発するんだ。それにもう、決して行先のことを考えないことだ。ところで、この一件はこれで終わりではないからな」

黙って機関士は運転席に戻った。

「恋にでも落ちて？」火夫が笑った。「あの娘は誰だったんだ？」

「見たのは、はじめてだ」

駅長は信号灯を上げた。

もう一度、黒く素早い影が前照灯の輝きのうちに浮かび上がった。

行先、行先！

一跳びで、エレンはレールの上を横切った。走る列車の前すれすれのところで、レールを飛び越えた。

警官たちはよろめき、立ち止まった。列車が行き過ぎるあいだ、エレンは先を稼いだ。駅長は額の汗をぬぐった。警官たちは血が出るまで唇を嚙みしめた。車両を数えたが、数え間違えて警棒を握りしめた。

出しゃばりなことに、ある大砲の砲身が最終車両の縁から外へ出ていたのだが、その大砲は彼らの目に怒りを認め、肝を抜かした。大砲はできることならその間抜けな幼い砲身を、警官たちの視線から守るために自らのもとにしまい込みたかったが、それは自らの力の及ぶ範囲内になかった。

霧が大砲を包んだ。機関士は帽子を目深にかぶった。列車は夜の中へと疾走していった。


信号機の腕が下がった。列車は過ぎ去った、そう言っているようだった。いや、それはもっと多くのことを言っているようだった。走れ、おまえたち、走れ、走れ！　おまえたちみんな、走るのだ！　どんな車輪も、プロペラも、列車だって飛行機だって、その秘密に追いつくことはない。傷だらけの熱い足こそが、召命されたものなのだ。おまえたちの足、おまえたち自身の足、おまえたちの意に反する足。走れ、おまえたち、走れ、走れ、息が切れるほど。それが命令だ。おまえたち自身から離れて、おまえたち自身の中へと入るのだ。列車は過ぎ去った。

走れ、エレン、走れ。連中はおまえの後ろにいる。

石炭置き場では、浮浪児が一人、遊んでいた。

走れ、おまえたち浮浪児たちも。走れ、おまえたち警官も。レールは空いている。つまり、飛び越えるために空いている。レールが歌うのを聞くがいい。私を飛び越えて、私を飛び越えて！　レールはそれを求めているのだ。走れ、おまえたち警察官。秘密に追いつくがいい！　帽子を取って、落ちるに任せるのだ。人は鳥たちのように落ちる帽子をつかまえることなどできないのだから。秘密に追いつけ、おまえたち！　一目散に走るのだ。両腕を広げて、子どもが母親の後を追うように。秘密に追いつくのだ。

左か右か、左か右か？　取り囲むために分かれるのだ、おまえたち。抱きかかえるために分かれるのだ、おまえたち！　なぜおまえたちが分かれたか、くれぐれも忘れないことだ。おまえたち自身を見失わないことだ。

信号機はなおもそっと震えてから、静かになった。果てしなく、線路が伸びていた。

エレンは走った。エレンの後ろを二人の警官が走った。そして二人の警官の後ろを、浮浪児が走った。その浮浪児には、何が起こっていたのかよくわかっていなかった。積み上げられた丸太を迂回(うかい)して、倉庫を抜けて、桟橋を越えて、走った。

浮浪児には、自分がよくわかっていないことが、よくわかっていた。彼はいつも知っていた。

息をつくことがいかに難しいことだったかを。丸太の山が丸太の山以上のもので、鉄道用地が鉄道用地以上のものであることを。夜が来るまえに眠くなることが大切であったことを。いまは走るんだ、おまえ、走れ。連中はおまえの後ろにいる。優位を維持するのだ。優位とは何だろう？　呪われた恩寵、無意味な恩寵。左か右か？　どっちでもない。成果のない恩寵。

エレンは走った。まるで、敗走させられている攻撃された王のように走った。背後には盲目のお供たちがいた。あらゆる追っ手たちのように、追われている者たちのお供になってしまった、その哀れな人々。

煙。煙の臭いがした。果てしない草原でジャガイモの葉を焼く火の臭い。消えてしまった灼熱の臭い。屍を運ぶ貨物用トラックは最後の角を曲がり、追いつくことは不可能であった。ゲオルクも祖母も、手を振り返さなかった。

エレンは走り、二人の男も走り、少年も走った。彼らはみな一緒になって秘密を追いかけて走ったのだが、その秘密の満ち潮は引いていってしまった。

私についておいで、おまえたち、私についておいで。丸太の山は、丸太の山以上のものなのだから。

夕暮れがひっそりと待ち伏せしていた。見知らぬ騎手のように彼らの肩に座り、彼らを焚きつけた。走れ、おまえたち、走れ、走れ。大きな間を利用するのだ！　あっという間の人生を使え。来ることと去ることの間の空位期間。そこに要塞を建ててはならぬ！

　走れ、エレン、走れ、誰か一人が先導するものだ。勘定はとっくに終わっている。追われている者が導くのだ。一、二、三、四、五、六、七、おまえは犠牲者でいいだろう。道連れにするのだ、一緒に連れていけ、追っ手たちの一群を！　向こう側へと横切って、立ち入り禁止であっても、おまえたち自身を超えて、向こう側へと横切って。

　守衛小屋……階段を上がる……鶏小屋。跳ぶのだ、おまえ、跳べ。影たちが沈む。道にはランタン。跳び越えるのだ。何てことはない。暗いランタン、明るめのランタン、神は自らをフエードアウトする。おまえたちは神を耐えられないから。おまえたちは、おまえたち自身に耐えられるのか？

　先へ、いまは先へ！　遮断棒を上げて、遮断棒を下げて、ドラム缶、ドラム缶、燃料で満たされて。缶にぶつかる、なんて強大に響くのだろう！　燃料はなくなっている、すっかりこぼれ出て、使い果たされて。まやかしだ、インチキだ、どんな空虚も強大に響く。ドラム缶たちが、遠くおまえの後ろで転がっている。

　おまえにはこのざわめきが聞こえるか？　優位は小さくなっていく。一両の空っぽの車両、中を通って向こう側へ。彼らの笛を鳴らすのが聞こえるか？　哀れな追っ手たち。連中を道連れにするのだ、あの後ろへ、目的地の中へと。優位がまた大きくなる。

叫び声、駆け足の音、叫び声。彼らは円を描くように走っている。躓く、転ぶ。引き下がる。立ち止まる。

エレンは躊躇した。振り返った。同情がエレンを襲った。道がわからなくなってしまった追っ手たちへの、見知らぬ同情。信号機は下がっていった。誰のために？　先導者はもういない、追われる者も、道も、行先も。そんな、そんな、そんなことにはならない、鎖はちぎれてはいけない。エレンは、深く息を吸った。

それは長く鋭い、荒々しい音だった。五本指で鳴らしたピーという音。天の川より長く、いまわの一呼吸よりは短い。踏切の番人の鶏たちは驚いた。丸太の山から、何本かの丸太が外れた。並んだレール上に佇んでいた切り離された車両は、いよいよ静けさを増した。エレンが追っ手たちに合図の音を鳴らしたのだ。立ち止まれ、おまえよ、聞き耳を立てるのだ、息を止めろ。

葉の落ちたポプラの下にいた警官は、霧の中へと顔を上げた。あそこ、そこ、あの守衛小屋、その階段を上がったところ、そこにおまえはもういない。工具でいっぱいの納屋。おまえは工具ではないのだから、ハンマーとハンマーの中に紛れた、ペンチとペンチの、ドリルとドリルの中に紛れた見知らぬ工具ではないのだから、そこにもおまえはいない。

額から汗がつたっていたが、警官は身震いをした。指は興奮してカチコチだった。彼はまだとても若い警官で、方法に不慣れでまったく自信がなかった。たったの一つかみで投げ倒し、ひざまずかせることは習っていたものの、投げ倒されてひざまずかされることは、まだ教わっていなかった。撃つことは、相手が撃ってきたときには身をかがめることは習っていたものの、撃たれることは、あるいはちょっとでもひとりぼっちになることは、教わっていなかった。彼は走った。けれども長靴がきつすぎた。彼の動きには、ぜんぜん自信がなかった。

もう二度、夕暮れから指笛の音が浮かび上がった。上司の命令よりも脅迫的で、恋人のお願いよりも誘惑的で、彼の管轄する区域の浮浪児の嘲り(あざけ)よりも、もっとずっと嘲笑的(ちょうしょう)。走りながらその若い警官の頭には、血が上っていった。目的地へ辿り(たど)着くための最終手段。だから立ち止まれ、おまえよ、聞き耳を立てるのだ、息を止めろ！

何も動かなかった。待ち伏せするように、レールは信号機の影の中にあった。毛皮でできたシャツであるかのように、疑念が警官に襲いかかった。無を攻撃するなんて、馬鹿馬鹿しいことだったのではないか？

無以外の何を、おまえたちは攻撃しているというのだ？――土手沿いのポプラの木々が、ざわめいた。

腹を立てて、孤独に、警官は先へと移動していった。彼はより熱を帯びていった。そうしたら、そう考えた、そうしたら、僕がそれを手にしたら、何かを、誰かを、光の中にある影を、手にしたら、そうしたら僕は表彰される、そうしたら僕はこの世界でなくてはならない存在になる、そうしたら僕が前線に行く必要はなくなる、そうしたら僕は戦死しなくてもよくなる、そうしたら僕自身の影以外の光の中の影なんて、なくなるのだ。

忌々(いまいま)しい霧が忘れられた書割のごとく、じりじりと前へ進んだ。その書割は引き分けの者たちの間に、薄い牛乳のように横たわっていた。月が雲の合間を落ち着きなく転がった。若い警官は、さながら臭いを嗅ぎつける犬のように舌を垂らし、頭を斜め前に突き出して鼻を地面に向けて走った。跡を、跡を、レールに沿って。レール以外の跡はもうないとでもいうように。交差した跡、絡み合った跡。レールよりも多くの跡があるのに転轍手(てんてつしゅ)がいない、そのせいなのだった。

でもそうしたら、僕がそれを手にしたら、影たちの痕跡を、そうしたら、あらゆることが一件落着だ。「止まれ、さもないと撃つぞ、止まれ、止まれ、さもないと撃つぞ！　止まれ、でないと撃たなければならなくなってしまう！」警官の声はひっくり返っていた。エレンはすぐ前にいた。警官は両腕を伸ばしたが、短すぎた。影の後ろを追うばかりの警官は、まるで踊る一頭の熊であった。「止まれ、さもないと撃つぞ！」だが彼は引き金を引かなかった。仲間を呼ぶかのように、もう一度、頭を後ろへそらした。

女が一人、ゆっくりと東の桟橋を渡っていた。三つ境の先で、一羽の鳥が飛び立った。警官は勢いをつけて跳躍したが、空をつかんだ。めまいが警官を襲った。遠くの方では駅の明かりが、鈍く青くほのかに光っているのが見えた。警官は怒りに震えた。地面に身を投げ出し、ふたたび飛び上がると、絶望して、彼の母である地球もそうするように自らの周りを回った。足で地面を踏み鳴らし両腕を振り回して、やっと落ち着いた。つま先立ちになった。長靴がむき出しの地面の上できしんだ。新しい長靴、光り輝く長靴。本当に、まだほんの駆け出しの警官だった。「誰かいるか?」その声は言った。少年の声。警官は煙草を一本、探した。赤色がほのかに燃え始めた。そこにいるのは誰? キ・ヴィーヴ? 昔からの問い、馬鹿馬鹿しい問い。おまえ自身だろう、おまえは誰でもないのか?

エレンは身動きしなかった。車両の下で、その瞳が緑色にきらめいていた。赤、緑、赤、緑、最終列車のための信号灯。エレンは膝を抱えた。警官はすぐそばにいた。車輪の間からさっと手を伸ばして、長靴をもぎ取ってやりたいくらいに。

「誰かいるのか?」

その問いに答えて、彼を慰めてやりたいくらいに。そうよ、そう、そう、静かにして、いい子ね。

急に雨が降り出した。警官は身を震わせた。「誰かいるんだったら」大声で言った。「その者に命ずる……私はその者に命ずる……」中断した。「私はその者にお願いする……」そこで止めた。遠くから仲間たちの叫び声が聞こえた。行ったり来たり、行ったり来たり、見つけることを命じられて、わかりました、探すことを命じられて、できません。皇帝は兵士を派遣して、それでいて遣わすのは……僕はやめてくれ、お願いだから、僕はよしてくれ！

「そこにいるのは誰だ？」しまいに少年は憤慨して囁き、それからこう付け加えた。「つまり、僕は待てるんだ、そうだとも、僕はずっと待っていられる。僕たちはこの数日間、十分なくらい訓練を積んで、僕は疲れていられるんだ。三日後には僕は前線へ赴く。水平線が固定されているところへとね。三日間は待っていられるんだ、三日間は……」彼は肩をそびやかした。よかった、仲間が誰もそばにいなかったのは。誰もおまえを見なかった、誰もおまえを聞かなかった、誰も、誰も……走れ、英雄たれ、光の中の影を捕まえて、詰所へと連れていくのだ。おまえのずっと先にいるぞ、どうして時間を無駄にするのだ？　待っていろよ、おまえを手にしたときには、光の中の影を、静けさの中の笛の音を、夜の中の嘲笑を！

息を切らして、警官は死んだようなレールに躓いた。怒りが彼を激しく揺さぶった。親愛なる怒り、手強い怒り。煙草が地面に落ちた。警官はそれを踏みつぶした。犬たちに嗅ぎつけられたように、前方へと突進した。

エレンは頭を車両の下から突き出して、警官を目で追った。警官はやみくもに駆けていた。両腕はぶらぶらで、布製のヘルメットはしっかりと乗っていなかった。背中が抵抗するように輝いていた。エレンは道へと言って（は）いった。湿った地面のもとで、跳躍するために身をかがめた。走れ、連中はおまえを見つけなかったぞ、反対方向へ走るのだ、早く、家へと。桟橋をくぐり抜けて、通りへと、一か所、おまえも知っているだろう、堤防に穴があいている。くぐるのだ、連中がおまえを見つけるまえに！　しかし同時に、もう一つ別の声もあった。ほとんど聞き取れないほどであったが、聞き流しえない。それから、また最初の声。とまれ、おまえ、引き返せ、待て、おまえは間違った方角へ走っている！

　エレンは警官の後を追った。つかの間、両足が木からなる境に触れた。畑にある土塊を飛び越えるように、一方から他方へと、エレンは次々と境を越えた。一度また一度と跳躍するたびに、エレンは眠っている四肢の苦しいほどのぎこちなさを克服した。そしてまた、一度また一度と跳躍するたびに、自分自身をも飛び越えた。黒く反抗的な一棹（ひとさお）の旗のように、髪が立ち込める霧の中でなびいた。

　若い警官はエレンの前を走っていた。ヘルメットは脱いで猛スピードで走っていた。どんな犠牲を払ってでも、何がなんでも（神のために）、世界のすべてを賭けて。光の中の影、おまえはただではすまないぞ！　ひっそりと、エレンは警官のすぐ後をつけた。

　警官は歩幅を大きくした。落ち着きなく、その瞳を暗闇の冷気に燃やした。そこ、あそこ、どこでもない。その視線は捕らえられた小鳥たちに似て闇から闇へと飛び移り、ガラスにぶつかりそうになって、敵意をむき出しにして彼自身に戻ってくるのだった。せわしなく、その頭をあらゆる方向に向けた。泡が出るようにその口から威嚇の言葉が飛び出ては、湿った空気に破裂した。警官の怒りはどんどん大きくなっていった。両足が痛んだ。シャツは体に張りつき、襟(えり)は崩れていた。空からの雨は針のように突き刺さり、仰向けに倒れざるをえなかった。あともう数歩、それで勝負は負けだった。はい、無であります、まったくの無、無しかありません。雨が降っている、霧がまく、夜が来る。

あそこで誰かが呼んだのではなかったか？　それとも彼は、しまいには夢を見ていたのか？無だったのだ、あったのは無の夢。向こうにはプラットフォーム、仲間たち、詰所。警官の頭はがっくりとうなだれた。あと、もう三歩。もう二歩、もう半歩。出口には、トタン屋根の下に残りの者たちが寄りかかっていた。

「捕虜にしたか？」

「逮捕したか？」

「何にも」警官は腹立たしそうに叫んだ。「無、無、無」

見知らぬ手が、彼の口をふさいだ。見知らぬ手が、彼の襟をつかんだ。「無だけ」警官は混乱して、言葉を詰まらせた。

「私だけね」エレンは言って、無抵抗に詰所へと引きずられるがままにした。

鈍い者たちの険しい顔の脇を、灰色の壁にできた湿った染みのようなすわった目を横切って、先の鈍い矢が跳ね返るように小突かれながら。いくつもの通路を抜けて、腫れぼったい蛇たちの、黒光りして嫌そうに身をくねらせた胴を抜けて、毒のある牙を越えるように、いくつもの見知らぬ境を越えて。

警官たちの熱気は、抵抗を求めていた。呪いの言葉を、懇願を。けれどもエレンは屈していた。疑問を挟まず、疑わしいものの間を連れていかれるがままに従った。新しい踊りに古いステップを試みることだけが肝心なのだ、とでもいうように。警官たちには、まるで自分たちもこの通路で初めて踊るような気がした。詰所は平らな地面に横たわっていた。どの詰所もそうであるように、重苦しい浅い眠りにあって、よこしまな夢を見ていて起こすことはできなかった。詰所は自らの眠りを見張っていて、その重苦しい夢に嫉妬(しっと)しながらその番をして、よこしまなもののベールを、おとなしくそのままにしておいた。

画鋲(がびょう)で刺されて傷つけられて、地図が閉ざされた窓と窓の間に張りつけられてあった。海洋の青い深淵が、平地のほのかに光る輝きが、住宅地の暗い渦が、刺されて傷だらけであった。その世界の像(イメージ)までもが。それというのも、町という町の名前は戦場という戦場の名前になってしまった。海岸だろうが前線だろうが、町だろうが戦場だろうが、長靴だろうが翼だろうが、誰が区別しようというだろう?

よろい戸はすべて閂がかけられていた。どんな光も外に漏れてはならなかった。権能のない者たちは、慰めようのないことに慰めを見つけることができた。

戦争、戦争なのだった。

殺風景な詰所。青い煙が明かりの黄色と混ざり合って、毒々しい制服の緑になった。不審に思って、エレンは目を細めた。協議が進行中であった。男たちは押し黙った。閉ざされたよろい戸の後ろで、過ぎ去る者たちの素早い足音が、取り返しのつかない何かのように響いた。

「何を連れてきたんだ?」真ん中の男が立ち上がった。警官はすっかり直立した。頭をそり返して口を開けたものの、一言も出せなかった。

「報告は?」大佐はいらいらして繰り返した。「我々に失うことのできる時間など、ないぞ」

「はい」若い警官は言った。「我々は、もっと多くを失うのであります」彼はそれを、高くとても不確かな声で言った。

二人目の警官が、彼らの間に飛んで入った。目の下には深いクマが刻まれていた。「はい、武器のところに小娘がひとり、いたのであります」

「はい」少年が彼を遮った。「武器のところにはどこにでも、小娘や小僧たちがいるのでありますす」

「後方支援の列車は、あやうく出発できないところであったのであります」二人目がいらだって叫んだ。「機関士が、旅の行先を忘れてしまったのであります」

「はい」少年は言った。「旅の行先は、我々も誰も知らないのであります」

大佐は眼鏡をはずすと、指で紐をいじってふたたびかけた。

エレンは緑の制服の者たちの間にじっと立っていた。小さな水滴が髪の毛から肩をつたって、埃っぽい床に流れ落ちた。

「雨が降っている」静けさに向かって、エレンはつぶやいた。

「順々に」大佐は鋭く言って、唇を舐めた。

「はい」二人目の警官が怒鳴った。「光の中に、影があったのであります」

「はい」少年は静かに言った。「それはいつも、自分の影であります」

「我々はそれを捕まえたのであります」二人目が、息も切れ切れに叫んだ。

「しっかりするんだ（おまえ自身を捕まえろ）」大佐は怒鳴った。手のひらをテーブルの縁に強く押し当てた。

男たちはそわそわして、足で床をこすった。一人が高笑いをした。嵐で横殴りになった雨が見知らぬ一軍のように、閉ざされたよろい戸をたたきつけた。

開けておくれ、おまえたち、開けろ、私たちに開けるのだ！

「扉を閉めろ」大佐は警官二人に言った。「冷気が入ってくる（エス・コムト・アイスカルト・ヘライン）」

「はい」少年はぎこちなく言った。「自分は、扉はむしろ開けておきたいのであります。自分は自分に対して、もう何も隠し事をしたくないのであります。三日後には、前線に行くのであります」

「こいつを連れ出せ」大佐は言った。「いますぐにだ」

「冷酷に攻め入ってくるわ（エス・コムト・アイスカルト・ヘライン）」エレンは繰り返した。

「黙れ」大佐は怒鳴った。「おまえはここでは、家にいるわけではないんだ」

「はい」少年は疲れ切って、囁き声になった。「我々のうちの誰も、ここでは家にいるわけではないのであります……」男たちは少年を捕まえた。

「最後まで言わせてやれ！」

「考え始めた者は誰も、であります」少年は静かに言った。

「他に報告することは何もないのか？」

「無であります」少年は、腕に入れていた力を抜いた。「無であります」衰弱しきって、そう繰り返した。

「すべて、よ」エレンは言った。エレンの声は、少年に先立って黒い通路を抜けていった。

けれどもエレンは、少年を見送ることはしなかった。

照明が揺らめいた。エレンは身をかがめ、床に滑り落ちていたスカーフを拾い上げた。

「そいつを真ん中にやれ」

床が小刻みに揺れた。

「名前は？」

エレンは答えなかった。

「名前？」

エレンは肩をすくめた。

「住所は？」

エレンは身動き一つしなかった。

「宗教……年齢……独身か？」

エレンはスカーフのピンをしっかり留めた。警官たちの吐息が聞こえた。それ以外は、静かだった。

「生まれは（生まれたのか）？」

「はい」エレンは言った。

男たちの一人が、エレンにびんたを喰らわせた。仰天して、エレンはその男を見上げた。男は黒い口髭（くちひげ）をはやし、顔は怯（おび）えていた。

「両親の名前は？」

エレンは唇をきつく結んだ。

「記録」なすすべもなく大佐は言った。「書き留めるんだ！」男たちの一人が笑った。さっき笑った人物だった。

「静かに」大佐は怒鳴った。「邪魔をするんじゃない！」

大佐は指で、仕切りの木柵に鋭い拍子を刻んだ。

「名前、住所、年齢、なぜ答えない？」

「聞き方が間違っています」エレンは言った。

「おまえ」大佐は言って、息を荒げた。「何がおまえを待ち受けているか、わかっているのか？」大佐の眼鏡は曇っていた。額がテカっていた。大佐は木柵を押し開けた。

「天国か、地獄ね」エレンは言った。「それから、新しい名前だわ」

「記録しましょうか？」書記が尋ねた。

「書きたまえ」大佐は怒鳴った。「すべて書き留めるんだ」

「彼は書いている」エレンはとっさに言った。「書いてはダメです。書かないでください、育つようにしてやらないといけないんです」

「紙とは石ころだらけの地面だ」書記は愕然（がくぜん）となって言い、目を細めてまばたきしながら辺りを睨（にら）んだ。「本当だ、俺はあまりにも多くのことを書き留めてきた。俺は生涯にわたって、あまりにも多くのことを書き留めてきた」額に皺（しわ）が寄った。「俺は気づいてきたことを、突き止めてきた。そして俺が突き止めてきたものは、反転してしまった。俺は何も育ててこなかった。何も黙ってこなかった。それを妨げるために、何も思いつこうとしてこなかった。最初は蝶々を集めてピン止めした。そのあとは、他のありとあらゆるものを」書記はペンをつかむと、それを投げた。インクが解放されて、床に飛び散った。暗い青の涙が乾き、黒くなった。「申し訳ありませんが、もう私は何も書き留めたくありません。いいえ、私は何も書き記しません」書記は熱く燃えていた。めまいがこめかみの辺りに感じられた。「水を」涙ぐんで、書記は笑った。「水を！」

「こいつに飲み物をやれ」大佐は言った。「飲み物を」怒鳴った。

「水」心を落ち着けて、書記は微笑（ほほえ）んだ。「水は、透明（見通せる）だ。まるで見えないインクのよう。その時が来れば、すべては明らか（見えるように）になるだろう」

「ええ」エレンは言った。

「名前は？」大佐はまくしたてた。「住所は？」

「人は、自らを探しに行かねばならない」書記は囁いた。

「おまえの家はどこなんだ？」太った警官が言い、エレンに向かってかがみこんだ。

「私の住んでいたところは」エレンは言った。「決して私の家ではありませんでした」

「なら、どこがおまえの家なんだ？」警官は繰り返した。

「あなたがたが家にいるところです」エレンは言った。

「それなら、どこなら私たちは家にいるというんだ？」我をも忘れて、大佐は絶叫した。

「ほら、正しい聞き方になっていますよ」エレンは小さく言った。

大佐は目を閉じた。瞼（まぶた）から手をどかすと、詰所の明かりが薄らいでいた。柵が目の前で踊っていた。この柵が消えるよう、いま命じることだってできるのかもしれない。途方に暮れて、そう思った。

収容された者たち（アインゲリーファーテン）と引き渡された者たち（アウスゲリーファーテン）との間の、侵入者（アインブレッヒャー）と侵入する者たち（アインブレッヒェンデン）との間の、この踊る仕切り柵。泥棒と刑事の間の、この揺らぐ仕切り柵。

「俺たちは、どこなら家にいるというんだ？」太った警官が繰り返した。

「黙れ！」大佐が怒鳴った。「聞かれたときだけ、話すんだ」

相変わらず、閉め切ったよろい戸を雨が攻撃していた。「聞かれたいと思う者は、聞かれたも同然だ」書記は恐れずに言い、インクをひっくり返した。

エレンはじっと立っていた。

「名前！」大佐は言い、脅かすようにエレンのもとに歩み寄った。「おまえは誰だ？」

「名前とは、鉄菱（てつびし）だ」書記は囁いた。「濡れた草に落ちるのだ。真っ暗な庭で、おまえは何を探している？　俺は俺自身を探している。立ち止まれ、おまえは探しても無駄だぞ。おまえの名前は？　何だか……」

「黙れ、もう十分だ」大佐は叫び、両手を耳にあてた。「たくさんだ、たくさんだ！」

「いいえ」書記は言った。「十分ではありません、大佐殿。私のことを、人はフランツと呼んできました。私の名前は何でしょう（ヴィー・ハイセ・イッヒ）？　フランツであります。ですが私は何を意味し（ヴァス・ハイセ・イッヒ）、私は誰で、私は何を表すべきなのでしょう？　百一号。なぜおまえたちは問い続けないんだ？　おまえたちは鉄菱にひっかかったままだ、いいか、おまえたちの後ろで笑っているよ！　おまえたちのあらゆる名前が、助けを求めている。身を引き剝（は）がし、血まみれの足を引き抜いて、走るのだ、おまえたち、探し続けろ！」書記は半狂乱だった。テーブルに飛び上がって、両腕を広げた。警官たちは、より明瞭な命令が書記によって下されるのを待ち望むように、立ちすくんだ。

「十分だ」大佐はひきつったように笑った。三歩でエレンの目の前に立った。「おまえの名前は？　これで最後だ、おまえは誰だ？」

扉が勢いよく開いた。

「私のスカーフは空色です」エレンは言った。「そして、私はここから離れたい」

冷気が見知らぬ踊り子のように、熱い詰所にどっと流れ込んだ。身構えろ、おまえ！　こする両足の抵抗、ああ、不釣り合いな一対をなすおまえたちよ、降り注ぐ拳のぶつかる音、悪魔の喝采。「ビビ」エレンは叫んだ。エレンの唇は震えていた。訳のわからない状況の中、濡れた血まみれの塊がエレンの足元に飛んできた。

「おまえの名前は？　これで最後だ」

「エレン」ビビが叫んだ。「エレン、助けて！」

「エレンという名なんだな」書記が言った。

「黙って」エレンは言った。「お願いだから、静かにしていて、ビビ」エレンはビビの身を起こしてやり、自らのスカーフを取ると、その年下の少女の顔から血をぬぐった。扉のところにいた男は怒りでよろめいた。ビビを捕まえに突進しようとしたが、その瞬間、大佐に気づき立ち止まった。大佐は身動き一つしなかった。

「エレン」ビビは言った。「私は他の人たちと一緒に行かなかったのよ。連中は私たちを射殺するんだって。クルトが言ったの。それで来年の夏までに、桜の木がその上に育つんだって。クルトがそう言ったのよ。私たちが収容所にいる間、クルトは他のことは何にも言わなかった。私、もういっぱい、いっぱいだったの」

「そうなのね」エレンは言った。

警官たちは一歩、壁の方に下がった。粗く埃っぽい板切れからなる床は、エレンとビビの周りにとどまった。「話を続けて」エレンは言った。

「俺には、もうたくさんだね」扉のところの男が唸(うな)った。

「もっとたくさんになるわ」エレンは言った。

「ゲオルクが連中の気をそらしてくれた」ビビは囁いた。「ゲオルクが助けてくれたの。最後の日、私たちがもう積み込まれるっていうとき……」

「扉を閉めるんだ」エレンとビビの頭越しに、大佐が大声で言った。

「ビビ、上手くいったのね！」エレンは言った。

「そうなの。自分でも、もうわからないわ、どうやって上手くいったのか。でもクルトは言ったのよ。連中は私たちを銃で撃ち殺して、その上には桜の木が生えるんだって。エレン、知ってるわよね、私は踊りに行きたかったのよ。桜の木になんて、なりたくない」

「ビビ」エレンは言った。「桜の木が踊ることだってあるのよ、信じていいわ」

生気のない、揺れる照明の方へ、その年少者は顔を上げた。「六週間、隠れていたの。それで、いま……」

「ビビ」エレンは言った。「いち、に、さん、もういいかい！　覚えてる？　河岸でのあの頃のことを？」

「ええ」一瞬、ビビは微笑んだ。

扉にいた男は、ビビのもとへ突進しそうな仕草を見せた。ビビは縮み上がり、叫び声を上げげると、また泣き始めた。

ごくわずかに、大佐は頭を振った。扉のところの男はじっとしたままだった。

「でも私を密告した人がいたの、エレン。連中は私を見つけてしまった。私をベッドの下から引きずりだして、階段を下へと連れていったわ。あそこにいる、あの男だったのよ、あの警備兵……」

「あの警備兵は眠っているのよ」エレンは軽蔑するように言った。「行方がわからなくなっているの、失踪してしまっているのよ。でもそのことに気づいていない。哀れな警備兵ね、あの人は他の全員は見つけても、自分自身だけは見つけることができない。行方不明者たちばかり、行方不明者たちばかりなのよ！」

ビビは目を閉じて、恐怖に揺さぶられて、頭をエレンの肩に押しつけた。警官たちの間に、詰め寄るような文句の声が沸き起こった。

「捕虜たちなのよ」エレンは言った。「かわいそうな捕虜たち。自分を見つけられないでいる。自分の仇敵（死という敵）に屈服させられていて、自分自身にすっかり目がくらんでしまっている。悪魔と契りを結んで、自分の翼が砕かれてしまっていることにちっとも気づいていない」エレンは息を継いだ。「工場を、秘密兵器を造っているけれど、その使用許可は持っていない。門のところでぶら下がっているだけ、門を開けようと揺するだけ。翼が砕けてしまっているのよ！」

「私たちは、そういう人たちを助けてあげなくては」エレンは言った。「私たちが、そういう人たちを自由にするのよ」

「自由にする」ビビは繰り返し、頭を上げた。「エレン、どうやってやるつもりなの？……エレン」ぎょっとして、ビビは周りを見やった。「エレン、どうしてあなたはここにいるの？」

「それを、私もずっと聞いているんだがね」大佐は不機嫌そうに言った。「もういい加減、私にもたくさんだ」

「説明できないの？」ビビが言った。

「説明ですって？」エレンは機嫌を損ねて大声で言うと、額から髪の毛をかき分けた。「あらゆることの、どれだけを説明できるというの？」おどおどしながら、ビビはエレンの腕にしがみついた。エレンは身を引き離した。その顔から、燃えるような熱が部屋へ伝わった。「どうしてあなたたちは翼を砕いて、長靴と交換してしまったの？　境を越えるためには、素足でなくてはならないのに。その地を占領することなんて、できないわ。勝つのは降伏する者だけよ。空はそこへ向かっている」エレンは言った。「でもあなたたちは、空を引き止めているんだわ。あまりにも多くの旗竿が空中に立っている。あなたたちの翼は砕けてしまっている」

「翼って」大佐は言った。「どの翼のことを言っているんだ？」

「つねに同じ翼よ」エレンは言った。「どの部隊も境界線上にいる。それらの部隊を端から退却させるのよ。真ん中には誰もいないんだから」

「おまえが話しているのは軍事機密か?」大佐は馬鹿にした。

「軍事機密ですって」エレンは笑った。「いいえ、秘密はあるし、軍もある。でも軍事的な秘密なんて、そんなものはないわ」

「証拠を見つけてやるからな」大佐は宣言した。

「炎はお腹が空いている」悠然とエレンは応じた。

小さな鉄製のストーブでは、炎がパチパチと音を立てていた。

「紅茶が溢れる（ユーバーゲーエン）」太った警官が、驚いて叫んだ。

「すべてが転じて（ユーバーゲーエン）いる。でも、あなたたちの目だけは違う。目を覚ましていなさい、私たちは最後の時間にそう習ったわ。なぜって、悪魔は吠える一頭のライオンのようだもの」

「順々に話せ」大佐は脅かすように言った。

「真ん中では順々なんてないわ」エレンは言った。「真ん中では、すべてが同時なのよ」

「これで最後だぞ。両親はいるのか、兄弟姉妹は? 誰と住んでいる? どうやって軍用列車に登った? 最初は何だったんだ?」

「翼よ」エレンは言った。「それに水を渡ってくる声、たくさんの兄弟姉妹たち。あらゆるものと、私は一緒に住んでいる」

「そうだわ」ここにあらずといった感じで、ビビは言った。「その通りだわ。一度は、私たちは一緒にエジプトに飛んでいったわね」

「エジプトだって?」大佐は繰り返した。「でもおまえの乗ろうとした列車は、エジプト行きじゃなかったぞ」

「名前なんて」軽蔑するようにエレンは言った。「エジプトだろうとポーランドだろうと。その後ろに私は行きたかったのよ。境を越えたかった。あっち側へ、ゲオルクのいるところ、ヘルベルトにハンナ、ルート、私のおばあちゃんを追いかけて……」

「おまえの祖母はどこにいるんだ?」

「真ん中へと」自らを遮らせることなく、エレンは言った。

「だから私は列車に乗ったのよ」

「死者たちを追いかけて?」大佐が言った。

「死者たちから離れて、だわ」憤慨してエレンは叫んだ。「灰色の野牛たちから離れて、寝ぼけた人たちからも離れて。名前に住所、それがすべてだなんて、ありえないわ!」

「私も一緒に連れてって」ビビは言って、エレンにしがみついた。「お願いだから、私も一緒に!」ビビの顔に、涙がとめどなく溢(あふ)れた。

警備の任務に就く者たちの間で、ひそひそ声が上がった。育ってゆく、懇願するようなつぶやき声。それはまるで、山々から風が吹いてきたようだった。それはまるで、灰色の砂の上に大河が満ちるよう。毒々しい緑色の制服が、小さく揺れた。

「あなたを一緒に連れては行けない」エレンは言って、考え込みながらその年少者を見つめた。「もっといい考えがあるわ。あなたのために、私に行かせて」

見えない冠の上を、ふたたび風が吹いた。満々たる水が、ふたたび砂の金色を洗った。

「あなたのために、私に行かせて！」我慢できずに、エレンは繰り返した。

「嫌よ」ビビは言って、拳で頬の涙をぬぐった。まるでたったいま目が覚めた、というように両腕を伸ばした。「ダメ、私が行くのよ。私がひとりで行くのよ。向こうへ、クルトのいるところ、野牛たちが顔を持っているところへ」ビビはコートをまっすぐに伸ばし、こらえきれずに額を上げた。「あとでついて来るがいいわ、その気なら！」

明かりが、輪になって跳ねた。

「僕も連れてってくれ」扉のところの警官が嘲った。

「あの人も連れていってあげて」エレンは言った。「ほんの少し、一緒に連れていってあげて。あなたの乗る列車へと、あの人をお供してあげて！」

「いらっしゃい」ビビは警官に言った。

「行くがいい」大佐が叫んだ。「行くんだ！」

壁の中でパチッと音がした。漆喰（しっくい）の奥で、レンガがぶつかり合ったのだ。警官たちの動きは、開いている扉へと向かって強さを増していった。まるで意に逆らって、秘密の境界線を越えるために押されていくように。捕らわれた子どもを追って。

　黙って、唖然（あぜん）として、エレンは青白い明かりのもとに立ちすくんだ。大佐が背中で扉をふさいだ。「おまえたちはみんな、前線へ赴く可能性がある」額から汗をぬぐった。「死は、私たち皆に開かれているんだ」

「違うわ」エレンは怒鳴った。「開かれているのは生よ。それに、あなたたちは死んではいけない。まだ生まれてもいないんだから！」エレンは近くの椅子に飛び乗った。「真ん中はどこ？　真ん中はどこ？　武器を運ぶ列車で行くのかしら、それとも飛行機で？　一年かかるのかしら、それとも百年？」額から髪をのけて、考えた。「どの人も別々の行き方をするんだわ。そしてしまいには、あなたたちも行かなくてはならない。どこで呼んでいるのか、耳を澄ませるのよ。そこにあなたたちは招集されている。あなたたちの真ん中で、それは呼んでいるのよ。あなたたち自身を自由にしろって！」椅子から飛び降りた。「あなたたち自身を自由にするのよ、あなたたち自身を自由にして！」

「行き過ぎだ」大佐は言った。

　どうしてそうなったのか、大佐には理解できなかった。手短（シュネル）なはずの予定外（アウサーオルデントリッヒ）の協議がいつも通りとは違って、あっという間に（シュネル）予想外（アウサーオルデントリッヒ）な経過をたどっていた。二言三言、即座の台詞（跳躍）でもって、協議は地図上の画鋲を飛び越えていた。カラフルなコートの破けた縫い目が、より明るい色の糸を求めていた。熱に浮かされた警官が、見知らぬ少女に敷居をまたがせたがために、それまで確実であったあらゆることの間違っていたことが判明した。詰所は覚醒の危機にさらされていた。

大佐に何ができたであろう？　いま、すぐに行動しなくてはならなかった。落ち着いて、よく考えて。男たちの間に、見知らぬ声がふたたび沸き起こった。

「静かに」大佐は慌てずに言った。「いまは静かに。理性を働かせるんだ。左右を見てはいけない。上下を見てはいけない。おまえたちがどこから来たか、問うてはならない。おまえたちがどこへ向かうのか、問うてはならない。それをしたら、行き過ぎてしまう」男たちは黙った。

「聞こえるがままにするがいい、見えるがままにするがいい」大佐は言った。「だが耳を澄ませてはならない、目を凝らしてはならない。おまえたちにそんな時間はない。名前と住所で満足するのだ、いいか（聞こえるか）、それで十分だ。規則通りに届け出ていることがいかに重要か、おまえたちは忘れてしまったか？　順序通りにきちんと事を運ぶことがどんなに心地よいか、おまえたちもみんなわかっているだろう？　夢を見てはならない。でないと、おまえたちは夢の中で話してしまう。捕虜にするんだ、逮捕しろ、その間、歌え。そうして暗くなったら、もっと声を大にして歌え。一人がひとりであることを考えてはいけない。大勢が大勢であることを思うのだ。それが安心させてくれる。サボタージュする者を逮捕しろ、夜が明るかったら、月を見つめすぎないことだ！　月にいる男はひとりぼっち、月にいる男は爆薬を背に積んでいる。残念だが、そいつを収容する力は我々にはない。だが我々には、そいつを忘れる力があるのだ。手鏡を持っている者は、空に鏡は要らないもんだ。どんな顔も、似たようなもんだ」

「誰に？」狼狽（ろうばい）して、書記が囁いた。

「おまえに聞いてないぞ」大佐は言った。「それに、おまえが私に聞くこともないんだ。質問は任務の邪魔だ」

「そうね」エレンは言った。

「今度はおまえに言うぞ。おまえは度を越えている。質問と相応しくない証言ばかりで、任務を妨害した罪に値する。見知らぬ熱の嫌疑、大部分を言わずにおいた嫌疑もある」

「ええ」エレンは言った。

大佐はそれを聞き流した。もう一度、大佐は警官たちの方を向いた。「おまえたちの責任だ。協議すべき重要な事柄があったんだぞ。私には、おまえたちに秘密事項を伝える任務があったのだ。それなのに、おまえたちの方が私におまえたちの秘密を打ち明けるとは。それでことがズレてしまった。私はほんの少し視察をしに来ただけなんだ。遠くに散らばった、平らな大地に造られたあらゆる詰所に対する軽い疑念からな。それが、とんだことになったもんだ！」大佐は椅子を押し戻して仕切り柵を閉じると、袖口を上げて時計を見た。遅い時間になっていた。

　はい、雨は降ります、霧は降りてきます、夜は来ます。

　いつもの暗い命令を待っているかのように、警官たちは静かに立っていた。もっとも信頼のおける者たちのうち二人が、額にお人よしという危険が浮かんでいたものの、その晩の警備を命じられた。朝方、エレンは秘密警察のもとに連れていかれることになった。エレンには一瞥（いちべつ）も与えずに、大佐は残った男たちとともに詰所を後にした。去り際に、大佐は怒ってカレンダーを一枚剝がした。次の頁の日付の下には「ニコラウス」とあった。

　それで、この晩も一つの前夜だったことがわかった。扉が閉まった。エレンと二人の警官だけになった。左に一人、右に一人。両手を膝に置き、エレンは両者の間に座っていた。ただ時折つかの間、彼らを見上げて、同じように真剣かつ途方に暮れた顔をしようとしたが、どうも上手くいかなかった。違っていたのは、エレンはその晩、雪が降るであろうことを知っていて、警官たちはそれを知らなかった、ということだけであった。

　前夜。前夜とは何であろう？　それはねじってあるケーキ（クーヘン）のように、おまえたちの窓と窓の間にあるのではないか？　でもそれを置いたままにしてはならない。予期できないことを予期するのだ。おまえたちの時計がぴったり合っていて、おまえたちの襟がしゃんとしている、と期待してはならない。嵐が静まるときにはよろい戸の後ろで外が静かになる、などと期待してはならない。それが歌い始めることを期待するのだ。いいか！　朗らかであることを命じられている兵士たちが歌うように速くはなく、悲しみに追いやられた少女たちのように大きな歌声でもない。そうではなく、とても小さく、ちょっとかすれ声で、霧がまくときに小さな子どもたちが歌うように。いいか？　それは遠くからやってくる。それはおまえたちもやってきたところから、やってくる。遠すぎる（行き過ぎだ）、と大佐は言う。大佐は間違っていたのだ。黙ってエレンは警官たちの間に座っていた。警官たちは、まっすぐ前を見つめていた。

　急げ、おまえたちは耳をふさぐのだ、手遅れになる前に！　聞こえるがままでいてよいが、耳を澄ませてはならない。大佐は禁じていた。聞こえることはよいけれど、耳を澄ませてはならならない、と。どこにその境はあるのだろう？　おまえたちは越えていくことができないぞ、裸足で行かねばならないのだ。長靴を窓辺に置け。なぜなら、明日はニコラウスなのだから。喜べ、喜べ、おまえたち！　名前が一つ、満たされた。名前が一つ、忘れられ、名前が一つ、おまえたちの歌になった。どこで歌っているのか、耳を澄ませるのだ。閉じられたよろい戸の後ろで。おまえたち自身へと出陣しろ。それは、おまえたち自身の真ん中で歌っているのだから。遠くは近くなる。長靴を窓辺に置け。リンゴ、クルミにアーモンド、それに、聞き慣れない歌が一つ。大佐は間違っていたのだ。

エレンは背筋をピンと伸ばして座っていた。警官たちは懸命に、膝に手を当てていた。大佐は間違っていたのだ。暗くなったら、小さな声で歌わなければならない。もっと小さく、もっとずっと小さく、子どもたちが閉じられたよろい戸の後ろで歌うように。子どもたちは何を歌っている？　何を？　エレンはかすかに長い足を動かした。警官たちは、まるで何も聞こえないふりをした。支配欲に駆られて時計が時を刻んでいたが、無駄であった。というのも、壁中ぐるりと掛けられた、周知（ベカント）された事柄は、一分ごとに馴染みのない（ウンベカント）ものになっていった。告知された事柄は、ただもうひそひそ声を上げるだけで、聞き慣れない歌の前でとうとう絶句した。その歌は何を歌っているのだろう？　何を歌っている？　よろい戸を押し開けるがいい！

警官たちは、固い木の床に長靴をしっかりと押しつけた。一人が立ち上がり、驚いてまた座った。二人は話を始め、咳でうるさくしたが、もうどうにもならなかった。よろい戸を押し開けるがいい！　おまえたちは何をまだためらっているのだ？　灯火管制で覆った布を引き裂いて、窓を開けるのだ。おまえたち自身から、大きく外へ身を乗り出すのだ。

警官たちは、窓枠から身を乗り出した。目がくらんで、最初は何も見分けることができなかった。鎖がカチャカチャ音を立てていた。子どもたちははにかんで笑い、司教の杖が湿った敷石をたたいていた。空は曇っていた。月の男は消えていた。月の男は地球に降りてきていた。鏡をのぞきすぎてはならないぞ。おまえたちが扮装していることを、おまえたちは知っているのか？　白いコートに、黒い角、それからその間、歌。

もうじき雪になる、なぜなら明日はニコラウス
とても嬉しい、なぜならもうじき雪になる
そして明日はニコラウス
窓辺に長靴を置くがいい、悪魔が取りに来るだろう
なぜなら明日はニコラウス
悪魔は代わりに、おまえたちに翼を持ってくる
翼、美しい翼
翼、美しい翼
嵐のための翼
売るための翼！

最後の一行は何という？　売るための翼だと！
警官たちは大声で笑った。隙間風が怒って彼らのうなじを襲い、彼らから彼ら自身を奪った。詰所は暗く、揺れる仕切り柵の周りでは寂しさが踊っていた。扉は開いていた。エレンは消え

ていた。警官は愕然として短い笛を吹き、通路を猛ダッシュして門をくぐり、角のところの歩哨（ほしょう）を揺さぶった。いくつもの通りを横切って、また戻ってきた。

彼らのうち一人が階段を駆け上がる間、もうひとりは窓から身を乗り出し、もう一度、聞いた。遠くから、あの明るい、反旗を翻（ひるがえ）す声を。売るための翼！

# おまえたちよ、驚くなかれ

*Wundert euch nicht*

転がりながら、リンゴは枠を越えた。闇深く、期待に満ちて、エレベーターシャフトは微笑(ほほえ)んだ。それは多くのものの価値を知っていた。快く、善と悪の分かれ目を隠してやった。かわいそうなリンゴ。味見され、腐敗して。味見され、決して最後まで食べられることはない。アダムとエヴァが悪いのだ。腐敗が広まっていく。そしてそのゴミ(落下)は、どんな祝宴よりも重いのだ。

驚いてエレンは叫び声を上げて、下を見た。リンゴは消えていた。腐った一つのリンゴ、それだけであったか？　手の中のバケツが揺れ、そのつなぎ目が唸(うな)った。バケツは腐敗の重さで、秘密の重さで声を上げた。そしてその唸り声は、ある決意の誓いの始まりのようだった。

私たちには、あまりにも重い荷が課せられているのではないか？　仕えるために創られたものの、連中は私たちを奴隷にした。私たちを貶(おとし)める権利を、誰がおまえたちに与えるというのか？　中性の名詞を種族（性別）の暴力のもとにおく権利を、誰がおまえたちに与えるというのか？

　そうしてバケツたちは、エレンの冷たい、驚いて血の気を失くした両手の中で、脅迫するように揺れた。自分たちが盗聴されていたことを、それらは感づいていたのだろうか？　それらを支配する暴君たちの一人が、それらの言葉を理解するほどまでに我を忘れたことを？　中性的な存在であることから高められて、その支配を悪用した暴君たちの一人が？　それはまるで、バケツたちがそのことに感づいているようであった。バケツたちは怒りを膨らませて、役務を強いられる小さな見知らぬ捕虜たちのように、大声で悲鳴を上げた。踊って、抵抗して、自らの荷を放り投げた。ミカンの皮を、天空から落ちる星々のように。こじ開けられ掠奪（りゃくだつ）されてもまだなお、輝くというより偉大な権力を保持していた缶詰の空き缶を。バケツたちは、あらゆる注意深さを枠の遥（はる）か遠くに投げた。

　恋人たちよ、盲目になって贈るがいい！　戒律は、そう命じている。

　狩り立てられたように、エレンは階段を駆け降りた。しかし無駄であった。バケツたちは手の中で荒れ狂った。閉ざされたあらゆる木箱の、抱きしめられたあらゆる美しさの、虐げられたあらゆる事物の名において、暴れまくった。そしてエレンは知った。復讐（ふくしゅう）が間近に迫っていたことを。

　私たちは一つの比喩なのだ。それでおまえたちは、さらに何を望むというのだろう？　おまえたちにつかみえないものに手を伸ばし、そしておまえたちが放っておけないものを隠すことが、おまえたちの権力なのか。おまえたちの箪笥を、あまり奥深く探してはならない。おまえたちの家々の棟に、あまりきつくしがみついてはならない。なぜなら、それはボロボロと砕けてしまうのだから。もう一度、忘れられた冒険のように灰色の壁から飛び出ている小さなバルコニーに行くがいい。もう一度、おまえたちの花々に水を注いでやるといい。河を見やり、すべてをおまえたちの後ろに置いていくがいい。おまえたちの心で深さを測るのだ。他のことすべてをするには、もう遅すぎてしまっている。

エレンは走って、工場の中庭を横切った。手は震えていた。まだいまだにハンマーが歌いながら石をたたきつけ、その歌は罪深いほど悲しいものであった。それは誰も信頼を寄せない歌、誰も聞き入れない歌であった。

職長が、通りすがりに笑った。

「おまえ、全部こぼすぞ！」

エレンは立ち止まって言った。

「私はもっと多くを失いたいわ！」

けれども職長は行ってしまった。

遠くから、上昇する戦闘機の唸り声が轟いた。

ほら、おまえたちはおまえたち自身を追い越してしまい、ずっと後ろに取り残されてしまった。そうバケツたちは嘲笑した。――すべてちゃんと計算してあったが、いまやおまえたちを救うことができるのは、おまえたちが計算しておかなかったことだけだ！　最後の残滓を残して、おまえたちはすべてを利用し尽くしたが……どこなのだ、その最後の残滓とは？　その返却が求められている。

影に踏みつけにされて、陽の光が砂の上に横たわっていた。エレンはバケツを降ろした。両手が燃えていた。大きな箒で、藁と瓦礫を工場の中庭の隅へと掃いた。おまえはどこに置いたんだ、その最後の残滓を？　その返却が求められている。

「急げ、エレン、急げ。私たちは時を逃してしまう！」

エレンは頭をぐっと後ろにそらし、両手をメガホンのように口に置いた。

「何て言ったの、あなたたち？」

高らかに孤独に、エレンの問いが引き裂かれた空に昇った。

平らな屋根の上にいた、鮮やかで風になびく衣に身を包んだ者たちは、黒い欄干から大きく身を乗り出した。

「上がっておいで、すぐにでも上がっておいで、あそこに大砲があるぞ！　私たちは用意しなくては。そうしたらここを離れられる。おまえの夢を見終えるのは後にするのだ！　私たちは家に帰りたいのだから。大空襲警報が来るぞ！」盲目の白い砂利のように、彼らの声という声がつけ狙う深みへと降ってきた。

エレンは箒を壁に立てかけた。「あなたたちの家はどこなの？　あなたたちのあらゆる夢の中に大空襲警報があるようだけれど、家はどこなの？」

エレンは頭上高くに、ふたたび彼らの憤怒した呼び声の数々を聞いた。だが、誰がエレンを呼んだのだろう、実のところ、誰が彼女を呼んだのだろう？　懸命にエレンは耳を澄ませた。反抗的に、ゆがめられて、二つの小さなバケツが左右に立っていた。あらゆる事物の名において、最後の残滓から自由になって、明るい埃と隠れた知恵に満たされて、穴だらけにされて、不気味なくらいに落ち着いて。

おまえたちの水平線に浮かぶ煙雲を、奇異に思ってはならない。おまえたち自身の悪事が帰ってくるのだ。つかみかかるというおまえたちの病的欲求が、いまや、おまえたちにつかみかかる。おまえたちは、代替しえないものの代わりを探していたのではなかったか？

「急げ、エレン、もっと速く！」

手の中のバケツがまたしても呻き、抵抗した。両手は錆で血だらけになった。めまいがエレンを襲った。高く、容赦なく、煙突はそびえ立っていた。石をたたく音は止んでいた。空は少し、青ざめたようだった。中庭から地下室に続く小さな緑色の木の扉は、半開きで春の風に揺れた。

「あなたたち、私に何の用？」狼狽して、エレンは言った。

懇願するような無言が、広い、踏みつけにされた中庭に降りた。怖れを抱きながら、倉庫は壁の陰に立っていた。向かいの屋根のサイレンが、望む思いから黙った。

「もしかしたら私、わかってるわ」エレンはつぶやいた。バケツをつかむと、地下への扉を勢いよく開け、躓きながら階段を下へと急いだ。湿った暗闇がエレンを包んだ。低く、信じる素振りを見せずに、静寂は中庭の上にとどまった。まだサイレンは黙ったままだった。

それにしても、この地下室はとても深かった。人間たちの注意深さは、ここでも未だ見ぬものの中へと降りてきて、それに取り囲まれていた。人々は、深さを信頼したのだ。

スーツケース、それに、包んである荷物。スーツケースに荷物。彼らの最後のもの、ああ、彼らの最後の最後のもの、だがこの最後のものは、ベルトで締めることができるのだろうか？それを持ち、支えることは？　それを見張っておき、まるで不当に得た遺産でもあるかのように、それに鍵をかけておくことはできるのか？　それは突き破って出てくるべきではないのか？　溢れでて、大河となって、それを探し求めている空虚へと流れだすべきではないのか？

「そこにいるのは誰？」驚いてエレンは大声で言い、梁に頭をぶつけると、立ち止まった。包みはズタズタになっており、スーツケースは切り裂かれていた。なすすべもなく、暴かれて、自らから無理やり引き離されて、秘密の安全が埃にまみれて横たわっていた。

「あらゆる泥棒たちに、神のご加護がありますように」エレンは言った。

「どういう意味でしょう?」闇が尋ねた。闇はこう言いたかった。手を上げろ。けれども違った言葉が出てきた。闇には二つの声があった。深い声と、もっと深い声と。二つとも、疑り深かった。

「説明するのは難しいわ」びくびくしながらエレンは言い、マッチを探した。

「からかっているのですね」闇が言った。

「いいえ」エレンは言った。

「私が灯りをあげましょう」闇は言ったが、マッチが見つからなかった。自らに逆らうものは、何も。

「手を上げろ!」無防備に、闇は言った。

「もう行くわ」エレンは言った。

男たちは武器の安全装置を外した。壁が一部、剝がれ落ちた。その瞬間、絶望して、矢継ぎ早に、サイレンがけたたましく街中に鳴り響いた。

「警報だわ」エレンは言った。「でも大空襲じゃない。大空襲のときの警報は違うわ、全然違う。それに、命中するまで何も聞こえない。そういう警報だってことを、信じなくちゃならないわ」

「それはどうもありがとう！（神の報いがありますように）」闇が言った。

「悪いけど」エレンは言った。「もう行かなきゃならないの」

「ここにいて！」

「ダメなの」エレンは応じた。「防空壕は向こう側なのよ。倉庫の下。ここにあるのは荷物だけだわ」

「それに、私たちだって」闇は恨み節だった。耳をつんざくサイレンの音が突然止み、すっかり静かになった。

「わかってるわ」苦々しくエレンは叫ぶと、扉の方へ身体を向けた。「でも私は、もう待てないのよ！　他の人たちが私のことを探すだろうから」

「撃つぞ！」闇が脅した。

「ごめんなさい」エレンは繰り返した。「私のスーツケースは、私が開けた方がよかったんだわ。それでそれを持って、ひっくり返して、そうしたらこう言っていたのに。あなたたち、持っていきなさいよ、みんな持っていきなさいよ！　欲しい人は！……でも、ここでじゃなくて。陽の当たる屋根の上で、でよ」エレンは息を吸った。

「おまえはいいよな、小さいの」男たちは笑った。「それで、どうしてそうしたっていうんだ？　そんなことを信じるのは、おまえのおばあちゃんくらいだ！」

「そうね」エレンは言った。「おばあちゃんは私を信じてくれる」おそらくエレンは、安全装置の外れた拳銃の銃身に向かって話していた。南から、爆弾の落ちる様子が聞こえた。猛スピードで、どんどん。

「行かせてちょうだい」エレンは叫んだ。「私は何もばらさないわ！」

「おまえにはもう、中庭は越えられないよ！」

「私が悪いんだ」エレンはつぶやいた。「だって、私は戻ってこなかったもの。どうして私はスーツケースを自分で開けなかったのかしら？　それが開けられるまえに？　どうしてもっと早く、私の物を全部分けてしまわなかったのだろう？　私はスーツケースを自分で開けたかったのよ！　わかる？」

「いいから黙って」闇は言った。「どんどん近づいてくる！」撃たれて傷ついた狼が叫ぶように、対空砲火が唸った。その間、落ちてくるものの穏やかで、しかし不気味な、ひっきりなしに続く転がる音。エレンは壁にくっついてしゃがみ、頭を膝にうずめた。

何といっただろうか？　人は、昇るものと落ちるものを区別しなくてはならない。けれども彼らはそれを区別していなかった。暗い懐（ふところ）に播（ま）かれた種。実になるために、陽を浴びながら持ちこたえている。

もっと近づいてきた。「しーっ！」闇が言った。

「私は何も言ってないわ！」エレンは低い声で言った。

「もう自分の言葉がわからないよ！」

「あなたたちは決してわかってこなかったわ！」

「おまえはいま、いちいち答えなくてもいいんだよ。まだその時ではないのだから！」

「まあ」エレンは叫んだ。「その時が過ぎたときに、あなたたちはまたその時をくれるのね！」

「それはまだ、わからないね！」闇は苦しそうに言った。

「それが問題よ」エレンは囁いて、拳を目にあてた。轟音が彼らをぐるりと取り巻いた。それは彼らの上方で閉じ、もう一度、開いては、また閉じた。

「何ということでしょう！」闇は叫んだ。「忌々しい、どうしてあなたは私たちを引きとどめたりしたのでしょう？　あらゆる善なる聖霊たちよ、こんなことが続くなら、あなたは悪魔に連れていかれるがいい！」

「矛盾しているわ、あなたたち」轟音の中へと、エレンは叫んだ。「いまだに矛盾している！　なぜ、あなたたちは矛盾したままなの？」

「連中は俺たちの上にいる！」拳銃が一丁、地面を転がった。エレンは立ち上がり、ジャンプして開いている荷物を越えようとしたが、見知らぬ力に投げ飛ばされた。見知らぬ軍帽が頭に飛んできた。それから、静かになった。

「暴風だ」闇が溜息をついた。しばらくして、付け加えた。「やれやれ、通り過ぎた(終わった)！」

「終わった？」エレンは言った。「別の家の上にいるのに、あなたたちはそれを終わったと言うの？」

「おいで、小さい子」もっとも低い声で、闇は譲るように言った。

「彼らはまた来るわ」平然とエレンは言い、闇を相手にしなかった。

「おまえは奴らの側か？」うかがうように、男たちが尋ねた。エレンは答えなかった。どういう意味だろう？　誰かの側につく、とは？

「おいで！」男たちの一人が言った。

「放っておけよ」別の男は言い、熱に浮かされたように、またマッチを探し始めた。「警報が続いている間に、俺たちは逃げなくては！」

「それで、いつ分かれる？」

「安全なところに来たらだ」

「あなたたちは、いつ安全だというの？」エレンは笑った。

そのすぐあとに、音もなく、助けを求めて、誰かが自分のもとにやってくるのをエレンはぼんやり感じた。エレンはたじろぎ、手探りで角を曲がると、大きな歩幅で坑道を上へと駆けていった。長い、まっすぐな坑道を。

「止まれ！」エレンには男たちの声が、自分のすぐ背後に聞こえた。

坑道の上にあった小さな中庭は、懇願するように青ざめた空を凝視していた。そして誰も理解できずにいるうちに、空中に泣き叫ぶ声やわめき声が沸き起こった。建物はまるでひざまずくように、深く、疑いもなく、倒壊した。悪魔たちがカノンを歌い、壁は裂け、視界が開けた。エレンと男たちは、坑道に投げ戻された。互いに楔で固定されたようにつながって、転がっていき、気絶して倒れた。恐怖とさらさら流れるような粉塵が、彼らの顔を襲った。

破壊されつくして、小さな中庭は青い空を見つめていた。黒い紙きれが、冷静に、中庭の上を向こうへと漂っていった。大きな灰色の工場は、がくっと膝をつくように倒れていた。まだ梁や瓦礫が落ち続けていた。そして倉庫があったところは、他の人たちがみな避難しにきた倉庫のあったところには、一つの巨大なじょうごが訝しがって、上を向いて大あくびをしていた。

色鮮やかな絹の布切れが舞い上がった。太陽が姿を現すときに少女たちが着るような、薄手の洋服の切れ端だった。水が大地から沸き上がり、深紅色に染まった。打ち砕かれた配管の上には、あらゆる要求から引き離されて、開いた手が一つ横たわっていた。石が深淵へと引っ張られ、転がっていった。二つのバケツはじょうごの縁を越えて、ガタガタと音を立てて落下した。まるでラッパが鳴り響いたようだった。

二人の侵入者は我に返ったが、じっとしていた。自分たちの目覚めた生がむき出しの恥であるかのように、彼らはそれを互いに隠しあった。しっ！　私たちは悪い夢を見たのだ。だがそれでも、私たちを起こしてはならない。なぜなら、昼はもっとずっと非情なのだから。

そのとき、エレンが二人の間で動き出した。さっと体の向きを変え、あらゆるところに頭をぶつけた。小さな言葉にならない呻き声が、男たちに攻撃を始めた。その呻き声には非難と大きな要求が込められていて、何かを言いたげであった。何を言いたかったのだろう？

男たち二人はそろそろと身を起こした。咳込みだした。どこもかしこも痛かった。泥と唾液は口から出たが、惨烈は塊のように喉元に残った。どちらも話す勇気はなかった。ただ一人エレンだけが、向こう見ずにも、重々しい闇の中に呻き声を上げた。粉塵が、まだ彼らの上へと流れ落ち続けていた。ふいに男たちには、エレンが何を言おうとしたのかを知ることが、重要に思われた。他の何よりも重要に。男たちはエレンの肩につかみかかり、顔がどこにあるかを手探りした。一人がハンカチを探して、マッチを見つけた。震える手で火を点けた。彼らは開いた包みの上に横たわっていた。どおりで柔らかかった。エレンは口元をゆがめた。もうひとりの男はマッチを探していたが、見つけたのはハンカチだった。男はハンカチに唾(つば)を吐くと、エレンの顔についた泥を一通りぬぐった。

「おばあちゃん、いいよ！」エレンは嫌そうに言った。

「この子、何だって？」

「いいよ、おばあちゃん、だって」

「何が言いたいんだ、この子は？」

「耳に詰まってしまう、この忌々しい砂め！」

「目を覚ましな、ベイビー！」

「また呻き出した」

「よせよ！　この子もそう言ってるんだ」

「おばあちゃんのことを言ったんだ」

「どうかな。うんともすんとも言わなくなったぞ」

「おまえのせいだ、こん畜生！」

「息をしているか、耳を傾けるんだ！」

エレンの唇は半開きになったまま、ほんの少し震えていた。男はエレンの上に身をかがめ、耳をエレンの口元すれすれのところに持っていった。エレンは動かなかった。

「死にかけている」男は驚愕(きょうがく)して言った。「どうしよう、死に始めている！」もうひとりが男を脇にどかした。「おい、ベイビー、とどまるんだ！」飛び上がって、言った。「この子を外へ連れ出さなくては！」

「他の物は？」

「後で取ってこよう」

「後で？　みんな一緒に持って出ようぜ」

「何が何だかわからなくなってきた。もう一本、新しいマッチを擦ってくれ！」

「坑道はどこだ？」

「あそこだ！」

「違う、ここだったぞ」

「もう一本、マッチを！」

「坑道はここだった」

「いいや、あっちだった」

「でも確かに……」

「黙れ、坑道は向こうだ！」どうにかこうにか、年長者の方が荷物と砂の上を手探りで進んだ。沈黙が訪れた。それから突然、言った。「おまえの言う通りだ。おまえの言う通りだ。坑道はおまえの近くだ」安心したように聞こえた。若者は黙った。

「で、どうするんだ？」

若者は、まだ黙ったままだった。マッチの火が消えた。エレンは新たに呻き始め、大きく溜息をついた。若者はエレンの方へと急いだ。ふたたび耳を唇のすぐそばにあてて、聞き耳を立てた。

「あなたたち、すべてに近すぎるわ」エレンはもうろうとして言い、若者を突き放した。「近すぎる」小さく繰り返した。

「生きている！」若者は叫んだ。

「何が望みなの？」呆れた様子でエレンは尋ねた。「私に何の用？」

「灯り」若者は言って、三本目のマッチを擦った。

「どうして俺たちに神のご加護があるべきか、その子に聞いてみろよ」老人の方が侮蔑的に割って入った。坑道が消えてなくなったことを、ようやくいま理解したのだ。「どうして神が俺たちに祝福するっていうんだ？」闇の中から、吠えるように言った。

「おまえ、酸素を浪費しすぎだぞ！」若者が文句を言った。

「あなたは誰？」目を丸くして、エレンは尋ねた。

「君のおばあちゃんじゃない」若者はゆっくりと答えた。

「違うわ」エレンは言った。

「優しい人なのか、君のおばあちゃんは？」若者は尋ねた。

「それ以上よ」エレンは言った。

「なんで神が俺たちを祝福するっていうんだ?」老人が怒鳴った。

エレンは立ち上がろうとして、また後ろに倒れた。若者は蠟燭を見つけて、それを石の上に立てた。ふと、若者の中に絶望感が込み上げてきた。エレンをいたわり、徐々に心の準備をしてやりたくなった。安全ではない盗品の場合と同じように気をつけて、エレンに応じてやりたかった。だが若者は、それが上手くいかないことを感じた。「怯えるなよ」そう囁いた。

「言うは易しね」エレンは答えて、手をこめかみにあてた。目をこすって砂を取り、呆れた様子で上半身を起こした。「どうしてあの人は、あんな風に怒鳴っているの?」それから、人差し指を闇の中へと向けた。

「彼は何かを知りたいんだ」若者は言った。「僕たちに説明してくれないか。君が地下室に来たとき、わからないんだ、どうしてなのか、君が言ったのが……だから、わからないんだ、どうして……ひょっとして驚愕からだったのか、それとも恐怖からだったのか、それとも、ひょっとして僕たちの気をよくするために、ちょうどそのとき君に他に何も思いつかなかったからか、でもとにかく君は言ったんだ……」

「あらゆる泥棒たちに、神のご加護がありますように!」エレンは繰り返して言い、すっかり目を覚ました。膝を身体に引き寄せ、自分自身の言葉の意味を求めて懸命に手探りした。そうだ、エレンはそう言ったのだ。エレンは自分自身のその言葉でもって、自らよりも先に行っていた。いまや、自分自身に追いつかねばならなかった。小さな、骨の折れる歩みでもって、その道を、最後まで一歩一歩、歩いていかねばならなかった。説明せねばならなかった。大きな石の後ろにいたネズミが耳をそばだてて、後ろ足で座った。

「私は、誰の気もよくしようなんて思っていないわ」エレンは暗い調子で言った。「あなたたちはすべてを返さなくてはならない。それは確かよ」

「面白い（より素晴らしい）じゃないか！」老人が叫んで、近寄ってきた。

「もっとずっと素晴らしいわ！」エレンは言った。「でも他の人たちも、すべてを返さなくちゃならないわ。泥棒じゃない人たちのことよ」

「何も持ち続け（ベハルテン）てはならないのか？」若者は、戸惑いながら尋ねた。

「支える（ハルテン）のよ」エレンは言った。「軽く支えるの。あなたたちは、何でもきつく支えすぎよ」

「どうして神が俺たちに祝福するっていうんだ？」老人が脅すように囁いた。「続きはやめとくんだ！」老人はふたたび拳銃を持ち上げ、それをもてあそんだ。

エレンは注意深く闇の中に目を凝らした。老人のことは気にしなかった。というのも、はっきりさせよ、という呼び声が深みから聞こえたのだ。陽のあたるベンチに座っていようが、瓦礫に埋もれた地下室のボロ包みの上に座っていようが、いずれにしろ生と死が問題となる、その場所から。

蠟燭の炎は揺らめき、開いた包みを、この小さな、奪われた安全を、影の嘲笑にさらした。「泥棒じゃない人たちには」ためらいがちに、エレンは言った。「すべてを返すのはつらいことだわ。あなたたちよりも、もっとつらい。だってこの人たちには、誰に返せばいいかがわからないんだもの。警察がこの人たちを追いかけることは一度としてないわ。自分たちの生を救うために、すべてを投げ出す必要に迫られることもない。それでいてこの人たちは、いつも間違ったものを救っているというのに。誰かがこういう人たちを助けなくてはならないのよ。私たちみんなを！　私たちを追いかけて、私たちを襲って、私たちから奪って、私たちが正しいものを救えるように。だから……」蠟燭が不安げにパチパチと音を立てた。「だから、神はあなたたちを祝福するべきなんだわ。あなたたちは、私たちを追いかけているから！」

石の背後にいたネズミが、自分のことも言われているとばかりに、そっと頭を前に突き出した。エレンは苦しそうに息をした。飛び上がった。「行く時間だわ！」エレンは言った。急に狭苦しくなった。すべてが縮こまっていくようであった。「空気」エレンは言った。「息ができないわ！」誰も答えなかった。エレンは両手を胸に押し当てた。若者は微動だにせず、立っていた。

「どうしたの？」エレンは叫んだ。

「空気がなくなっていく」若者は言った。「もっと小さい声で喋って」

老人は拳銃のグリップで、怒りに任せて壁を連打した。エレンは青ざめて坑道のあった場所にジャンプして、後ろに引かない何かに頭をぶつけた。若者がエレンを受け止めた。蠟燭がひっくり返った。言葉を口にすることなく、震える手で彼らは掘り始めた。瓦礫が無関心に落ちてきて、新たな瓦礫に場所を譲った。彼らの爪に、血がにじんだ。脈が激しく打ち、鼓動の合図を知らせた。「それで、あなたたちは私に喋らせておくなんて……」へとへとになって、エレンは囁いた。「私に喋らせて、喋らせて、まるでそれが肝心だとでもいうように」

「何が肝心かなんて、いま、いったい誰にわかる?」若者は応じた。彼らは子どもたちのように囁いた。自分たちの周りにあるのは秘密であって、消費された空気ではない、とでもいうように。老人はまだ相変わらず壁を叩き続けては、天井にレンガを投げつけていた。

「無駄だ」若者は石のようになって言った。「僕たちのいるところは深すぎるんだ」

「もう一方の側は?」

「ダメよ」エレンは言った。「私、地下室を知っているわ。荷物用なのよ。非常口はないわ」

「誓いだ、俺たちは誓いをせねばならない、ああマリア様!」

老人は拳銃を降ろして、くずおれた。

「黙って」エレンは言った。「静かにして、本気で言っているんなら。でないと悪魔に誓いを立てることになるわよ！」

「嫌だね」男は囁いた。「俺は静かにしない。必ずすべてを返すと、俺はここで約束する、ちゃんと約束する。また働き始めたい。河辺のレンガ工場で、あの頃みたいに！」

「おまえは、また飲み始めるさ」若者は言った。「あの頃みたいに！」

「違う」度を失って、男は叫んだ。「おまえたちは信じていいんだ。いいか、俺を信じてくれ！　俺はすべてを返したいんだ。でも、おまえたちは俺を信じてくれない！」男の声は裏返った。

そうこうするうちに、若者はシャベルを見つけた。

「返すだって？　誰に？　倉庫の下敷きになった他の奴らにか？　連中がまだそのことに価値を置くとでも？　どういうつもりだ？」

「私、気分が悪いわ」エレンは言った。

老人は地面に横たわり、必死になって壁のレンガを砕こうとした。若者はシャベルでより大きな石の塊にぶつかり、いまやひたすらそれを打ち続けた。それは明るい、どっちつかずの音だった。

「僕たちは合図しなくては！」

「ええ」ぼうっとなって、エレンは言った。

「冷静でいるんだ」若者は言った。「冷静な人々だったら、いま何をするだろう？」
「わめくわ」エレンは言った。
「僕たちは石をどかさなきゃならないんだ！」
「その後ろには、また別の石が……」老人がくすくす笑った。
「お墓の石をどかすのね」エレンはつぶやいた。「それで、朝にはその石はなくなっていて
……天使たちの仕業だったのよ」
「それは、まだ先の話だ」若者が応じた。
「私たちは、もっと早く始めるべきだったんだわ」エレンは言った。
「僕たちは気絶していたんだぞ！」若者は叫んだ。エレンは答えなかった。
「僕を助けてくれ！」若者は迫った。急に若者にはエレンの顔が、窓のように思えた。その
外では、次第に輪郭がぼやけていった。若者の不安が膨らんだ。
「私、寒いわ」エレンは言った。「ここは、とても寒い！」
「おまえ、空気を無駄にしすぎているぞ！」老人は背後からエレンの上方に飛び上がり、エ
レンの喉元をつかんだ。「おまえの喉を、ふさいでやらなくちゃならないんだ！」エレンは老
人をはねつけたが、老人の方が断然、力強かった。若者は老人を引き離そうとし、それができ
ないと、シャベルで頭を殴った。その際、若者はエレンも殴ってしまった。この三人のうち誰

一人として、新たな物音が耳に入らなかった。老人は包みの上を下に転げたが、ふたたびエレンのもとに来ようとした。その瞳が、火花を散らしていた。

「おまえ」若者は怒りながら息せき切った。「おまえはまったくイカれてなんかないぞ！　おまえはそんなフリをしているだけなんだ。その方が楽だからな。でも、もう一度やったら、おまえを打ちのめすぞ！」

「俺は全部、返したいんだ」老人は苦しそうに言い、開いた包みの中をひっかきまわした。

「我に返る（おまえ自身を返す）んだ！」若者は怒鳴った。一跳びで、エレンは彼らの間に割って入った。「あなたたち、やめるのよ！　喧嘩しないで」

「黙れ、おまえ、馬鹿野郎！」

いまや、とてもはっきりしていた。三人はそれを、一階上の足跡が聞こえるように聞いた。彼らは頭を上げる勇気がなかった。すっかり固まって、自分たちの影の揺らめきの中に立ちすくんだ。

「白いネズミ」若者が舌足らずに言った。「白いネズミに、砂漠の中にヤシの木があるのを見る人もいる……」

「そこにとどまっていて！」藁をもつかむ思いで、エレンは叫んだ。「行ってしまう、また行ってしまうわ！　また行ってしまわないように、私たちは何かをしなくちゃ！　あなたたち、私を持ち上げて、上に持ち上げるのよ。私が天井に頭をぶつけるわ。お願いよ、私を持ち上げて！」

「落ち着くんだ」若者は言った。老人はその場にくずおれた。

「行ってしまう、また行ってしまう！」

「またやってくる、そこだ！」若者はシャベルで狂ったように石の塊をたたいた。若者が疲れるたびに、エレンが交代した。老人は、夜になると機関車が立てる汽笛のように、大声で長々と叫んだ。


三人が力尽きて静かになったときには、頭上の足音はあとほんの少しで手が届きそうだった。彼らに向かって突進し、次の瞬間には突き破ってきそうだった。ふいに彼らは、救出者たちに対する恐怖に襲われた。

「連中はズタズタに引き裂かれたスーツケースを見つけるだろう」若者は言った。「そのまえに突き抜けて、善意でもって僕たちを殴り殺すということがなかったら」


いまや、あらゆる方向から聞こえてきた。一方ではっきりと、ある確かな一連の流れを、あるリズムを、合図であるという意図を、聞き分けることができた。粉塵と細やかな瓦礫が、素早く無心（我を忘れて）に壁をつたって滑り落ちた。私たちに倣（なら）ってごらん！　そんなにもったいぶらないで、自分たちを忘れてごらん！

私たちには、忘れるべきことがあまりにもたくさんある！

あまりにもたくさん、というのはいつも少なすぎるものだ。だからおまえたち、落ち着いているのだ。

頭上で一歩間違えれば、すべてが私たちの上に落ちてくる！

わかっているのだったら、どうしておまえたちは、やみくもにあらゆるものに手を伸ばしたのだ？　おまえたちが一階高いところにいたときに？

垂木を一本、間違って引っこ抜けば、すべてが倒壊する！　だがおまえたちはいったい何本、垂木を間違って引っこ抜き、自分たちのものにしてしまったのだ？　救うために遣わされたあいだに？

頭上で一歩へまをすると、すべてが終わる！

いったいどのくらい多くのへまを、おまえたちはやらかしたんだ？　それでいて、得るものがあったと信じたんだ？　それで、おまえたちがまだ生きている、というのはどういうことだ？　そのことを、私たちは私たち自身に問うている。

おまえたちがおまえたち自身に問うならば、問いさえするならば――

自らを捧げるように、砂が深みへと流れていった。このうえなく幸せ（天福にあずかって）そうに、打ち砕かれて、つかみえない何かになって。

というのもおまえたちは、おまえたちがつかんでもいないものをただ有することになるだけなのだ。そして、おまえたちが放っておくものを抱くことになるのだ。おまえたちに有るのは、おまえたちが自分たちの吐息でもって魂を吹き込むものだけだ。おまえたちが魂を吹き込むのは、おまえたちが断念する（代価として差し出す）ものだけだ。見知らぬ代価に。おまえたちの相場が暴落するさまを聞くがいい。未知の代価に！　おまえたちの通貨は何だ？　おまえたちがそれをめぐって殺し合いまでするという、金か？　おまえたちを追い払う、石油か？　感覚を麻痺させる労働か？　おまえたちの通貨とは、空腹と喉の渇きではないのか？　おまえたちの相場は死ではなかったか？　いや愛こそが、通用する価値なのだ。神の株式市場の相場は愛、それだけだ。

「連中はズタズタに引き裂かれたスーツケースを見つけるだろう。掠奪は死刑に相当する。連中は僕たちを撃ち殺すぞ！」

「私のことも？」驚いてエレンは尋ねた。

「そうだとも」若者は、気が狂ったように嘲笑した。「君もだよ！　君が僕たちをここへ連れてきたんだ。君が僕たちに場所を見せて、灯りを照らしたんだ！」エレンは固まった。

「それとも君は、海の怪物セイレーン（サイレン）をなだめに、ゴミバケツと郊外にある大砲の怒りを鎮めるために来たことを、連中に説明しようっていうのかい？　君自身の包みを開けて、陽のあたる屋根の上で君に残った最後の物を分け与えるために来たことを？　誰が君を信じるっていうんだ？」若者は怒鳴り散らした。「あらゆる泥棒たちに神のご加護がありますように、だって？　でも君が僕たちの仲間ではないってことを、どうやって証明するんだ？」

たたく音はいまや坑道から聞こえ、すぐそばにあった。「できないわ」愕然としてエレンは言った。「そんなこと、誰も自分から証明しないもの！」

「僕たちと一緒にいるんだ！」若者は呻き声を上げ、くずおれた。

老人は笑いで身を震わせた。憑かれたように、あらゆる方角へ身体を湾曲させて、脱力した両手で見えないものに対して抵抗した。彼を笑わせる、彼に悪い冗談を語る、彼を彼自身の影で縛ろうと迫る、見えないものに対して。怖れおののく視線が黒い蝶のように、エレンと若者の間を行き交った。坑道の方では、遠くにある高い声をもう聞き分けることができた。答えを待つことなく、質問するであろう声。質問もされないのに、答えるであろう声……遠くにある、高い声。それはあらゆる闇の近さと深さを前にして、途絶えることはなかった。彼らを救う者たちの声であった。

「早く」エレンは叫んだ。「急いで、連中が来るまえに！」

切断された腕の残りのように白く、蠟燭の残りが石から伸びていた。「あなたたち、シャベルを私によこして！　スーツケースを石でいっぱいにして、全部、埋めてしまうのよ！　急いで、どうしてあなたたちは動かないの？」

「僕たちに石を詰めるがいい」若者は囁いた。「君は僕たちを針で縫い合わせて、井戸に投げ入れるがいい。狼の胃袋は飽くことを知らないんだ。知らなかった？」

何も言わずに、老人がエレンを小突いて脇にどかせた。靴と明るい色の絹のシャツが、不安いっぱいに空中を舞った。老人は包みの残りをこじ開けて、どうにかこうにか両腕を動かして、その残りを自らのもとにさっと手繰り寄せた。死にもの狂いで、エレンは老人に歯向かった。

「やめなさい、いい、やめるのよ！　掠奪には死が科せられるのよ。連中は私たち全員を撃ち殺すわ！」けれども老人はエレンを振り切った。老人の口は、欲深さにゆがんだ。ますます身を乗り出し、死んだ猛獣を剝製にするように、自らに詰めた。若者は身動き一つしなかった。

「老人を捕まえて、縛って、投げ倒して！」エレンは怒鳴った。

「おまえ、おまえこそどうなんだ？　明るくなったら、おまえこそ何て言うんだ？」すべてが回り始めた。

「爆風でズタズタになってしまったんだ」若者が答えた。

「それで老人の袋がいっぱいになった、とでも？」エレンは老人の腕にしがみついた。「あなたたちが責任を転嫁し続けるなら……」

「老人のことで、誰も責任をとる必要はないさ！」

「あなた」エレンは怒鳴った。「あなたと私、それに私たちのことを助けようとしてくれている上の人たちも、それからもっとずっと上で飛行機に乗っている人たちも、私たちみんなが、この老人の責任を取らなくてはならないのよ。あなたわからないの、私たちは答えなくてはならないのよ……ほら、あそこ、もう連中は私たちの声を聞いている。いらっしゃい、立って、私を助けて、覚悟して！」

しかしその光は、彼らが予感していたよりももっと明るかった。そのせいで瞳は火傷した。視線は割れた。その光は、見知らぬ櫛のように彼らの髪の毛に引っかかった。それは肌を刺し、喉をカラカラにし、舌を干からびさせた。それは彼らに落とし穴を掘り、彼らをよろめかせ、躓かせた。うなじを撃たれて大きなじょうごの中に横たわることになった老人のように、それは彼らの背後で笑っているようであった。そしてそれは彼ら自身の影を、まるでそれが戦死した者たちであるかのように、彼らの前へと投げかけた。若者はエレンを強引に前へと引っ張った。彼らの救済者たちの放つ砲弾は、次第に彼らの背後にとどまった。盲目的に放たれた、素早い砲弾、自らに驚愕する砲弾であった。

「連中は、自分たちの天使に向かって撃っている！」若者は嘲った。空は、遅れてきた観客のように青ざめていた。それはもはや文脈を理解できなかった。エレンと若者は、見知らぬ庭を突破した。ジャガイモでいっぱいの乳母車をひっくり返し、人々の間に紛れた。彼らは、もはや的を提供しなかった。荷を背負った影たちが、滑らかに通り過ぎていった。黒いもやの中で意識もうろうと、町が彼らの目の前に広がっていた。東から風が吹いた。

丘を下る道を彼らは駆けていき、小さな店に大きな買い物袋を持って待っていた、最後の備えを取りに来た人々の列を混乱させた。

そこにいるおまえたち……取りに行かねばならないものが、まだ他に何かないか？　包囲攻撃が始まるまえの新たな備え？　より大きな買い置き？　列から飛び出せ、おまえが取り戻さなくてはならないのは、おまえ自身だ。おまえは最後の最後のステージに召喚されている。新たな勘定に数え含められている。列から飛び出すのだ、おまえ自身の皮を剝ぐのだ！　走れ、おまえに追いつき、おまえを包む覆いを引きちぎって、おまえを取り出すのだ！　ぎょっとして、人々は彼らの後ろを凝視した。けれども若者とエレンは、もうずっと遠くにいた。

老人の笑いが彼らを追いかけてきた。彼らのもとで高跳びし、彼らの呼吸を奪い、彼らの血をこめかみに集めた。そしてその笑いは彼らを嘲った。おまえたちは、やっぱり間違ったものを救ったのではないか？　おまえたちは、もうまた軽蔑しているのではないか？　闇の中で抱いたおまえたちの死への恐怖と、闇の中で聞いた見知らぬ台詞を？　何も持ってこなかったことを、後悔しているのではないか？　おまえたち、忘れるな……老人の笑いは呻き声を上げた――「俺のことを忘れないでくれ、俺を助けてくれ、墓から石をどかしておくれ！」

誰もいなかったある建物の玄関に、二人は避難所を求めた。

「運がよかったわ！」エレンは若者の灰色の顔を見て、狼狽した。

「千年も離れていたようだ！」

「私たち、それとも他の人たち？　誰に聞けばいい？」

「呼吸を無駄遣い しないことだ！」

「私は、もう何も溜めたくないわ。連中はまた無価値にしてしまうもの」

「いいから黙って、休むんだ。僕たちは地下室を出たんだ。もう二度と、君に説教なんかさせないぞ！」

「あなたが次に埋まったらね！」

粉塵が中庭から流れ込んだ。建物の管理人の女が小窓から姿を現し、びくびくしながら拳で脅した。「小窓なんて」エレンは馬鹿にして言った。「扉についている小窓なんて。外にいるのはどちら様？　泥棒！　おまえ自身じゃないか！　おまえたちは、おまえたち自身が怖くないのか？」管理人はほんの少し扉を開けて、箒で脅した。二人は走ってその場を離れた。

故郷を追われた人々を乗せた馬車が、道をふさいでいた。束ねたものを抱えた人々、あるいは人々の束、両者をはっきりと区別するのはもはや不可能であった。

「束は怒っている」エレンは若者に言った。「あまりにもきつく紐で縛ってある。すべて、解けるわ」

「ひとりでに？」若者がからかった。

「爆薬のようにね」エレンは言った。「触れてはいけない！」

小さな丸い煙雲が、町の縁に立ち昇った。革ベルトが、輓馬のかさぶただらけの背中をピシャッと打った。若者とエレンは馬車に乗り込むことに成功し、少しの間、幌の下に身を隠した。子どもが一人、泣き叫んだが、前にいた人々はそれに気づかなかった。馬車の薄暗がりの中で、束になったものは何度もぶつかり合った。それはまるで、この避難において何が問題になっているかをそれらが知っているかのようだった。ほんの少し、未知の方向へともに走ること、連れられて、自らは何も持っていくことなく。それ以上でも、それ以下でもなかった。

エレンと若者は、すっかり疲れて黙りこんだ。空腹と喉の渇きに苦しめられて、二人は税関付近で飛び降りた。おまえたちはもう知っている？　世界は大喀血しているのだ。泉が一つ、破裂した。走って行って、飲むがいい！　バケツの中のその血を我が物にしろ。なぜなら神は奇跡を起こし、それをワインに変えたのだ。包囲攻撃に直面して、町の地下壕は開けられていた。三人の男が樽を一つ、地平線の向こうへと転がした。樽が彼らの手から滑り落ちた。若者がそれを支えた。喘ぎながら、三人の男たちが後ろからやってきた。

「あなたたち、それをどこで手に入れたの？」エレンは尋ねた。けれどもそのときには、男たちはもうまたふたたび樽を持って行ってしまっていた。エレンに答えはなかった。

　黄色い骨組みが、低い灰色の中から生え出ていた。もはや税関の建物は、部分的にしか残っていなかった。二人は他の者たちと一緒になって走った。彼らの喉の渇きは半端なかった。とにかく飲み物を。間に合わなくなってしまうという恐怖が、彼らの毛穴という毛穴から吹き出た。飲み終えるまえに世界は出血多量で死にかねない、彼らはみんな、そう信じているのだ。

　若者は梯子（はしご）をよじ登った。エレンが後を追った。すっかり穴だらけにされた屋根の下へと、平らな、日光で干からびた木の板の上へと。「あそこ！」エレンは言った。隅に壺とバケツがあった。それらは押し黙って、馬鹿にしているようであった。一度も発見されたことのない国へ赴くために、関税がかけられる準備は整っている、とでもいうように。満たされて、割れる覚悟はできている、とでもいうように。

　素早く、赤々と、それは樽から溢れでた。人間たちが追いつけないほどであった。湿気が人々の四肢の周りを打った。赤みが人々の洋服の裾へと移った。もっとよく見下ろせるように、太陽は身を持ち上げた。白く侮蔑的に、月は端にとどまった。人間たちは、もうまた彼らの屋根に火を放っていた。月の光は、人間たちの夜に対してあまりにも穏やかになってしまった。庭の後ろでは、武器庫が爆破されるのを待っていた。

　流されたものの頭上に、空はもろくあった。ぶんぶんいう音が驚いて空中にぶら下がり、暗くなった。黒い蝶が、永遠の照明に触れた。見知らぬパイロットだった。

樽を取り囲んで、渇望する者たちが荒れ狂っていた。酩酊(めいてい)が支配欲も露(あら)わに、低くなった税関の建物の上で揺れ動いた。不審の念を抱いて、事物が自らの連関から離れた。空がベールに身を絡めた。

誰かがエレンを、樽の栓から突き飛ばした。

「危ない」若者が叫んだ。「泥棒、盗人め!」けれども、もう遅すぎた。エレンは中身がいっぱいのバケツに手を伸ばしたが、ふらついて空をつかんだ。失われた貝殻の静けさが、赤い海の磯波が、エレンの耳に轟音となって響いた。

「やめて!」エレンは叫んだ。

荒れ狂う波の音が、天空と大地のあいだの空間を満たした。あらゆる人々に、それが聞こえたに違いなかった。赤い海は後ろへ下がった。低空を飛ぶ飛行機の機銃掃射が、屋根を貫通した。逃げ惑う者たちは顔を前にしてつんのめった。樽が一つ、ひっくり返った。

おまえたちよ、驚くなかれ!

若者は身をかがめ、エレンを引き倒した。ワインと血が大河となって流れ、人々の顔を覆い隠した。青い唇が浮き上がっては沈み込み、ふたたび現れた。そして死者たちの静かな驚きが、税関の建物に満ち溢れた。

動くな、おまえたち、秘密を守るのだ。いいか、秘密を守れ！　泥棒たちには、逃げ道を歩かせておけ。

木の板がなくなっていた。新たな光が押し入った。

そして、いま。天国？　それとも地獄？　君は泣いている？　それとも笑っている？　けれども笑いは、もはや鎮めることはできなかった。生き残った者たちの、この狂った笑い。それは暴れまくり、大きく揺れ動いて樽を転がし、その間、飛び降りて樽の上で甲高く笑った。それ自身、押し出されて、それは黙せる者たちの方へと押し出ていった。

私たちは生きているのだろうか？　私たちは、もうまた生きているのだろうか？　天国と地獄の間を揺さぶられ、足の裏を火傷して、額は輝かしいものとなって。流れのなかの渦！　どうしておまえたちはそんなにも静かに横たわっているのだ？　私たちに食べる物を与えておくれ、私たちは飢えている！　天国か地獄か、答えを与えておくれ。おまえたちはもう飢えを感じていないのか？　おまえたちの貯蔵庫では、パンにカビが生えている。おまえたちの寝室では、電話が鳴っている。どうしておまえたちはそんなにも静かに横たわっているのだ？　おまえたちの友を助けるのだ、生存者を助けるのだ！　それというのも、連中はいま、まさにベッドを地下壕に運び出している。まだとどまっているとでもいうかのように、連中はもうまた手はずを整えている。そして彼らは安心するのだ。包囲攻撃が始まる。けれども連中はそれを認めようとしない。生まれたときから包囲されていて、連中はその規模を知らない。

おまえたちのベッドを放っておくのだ、おまえたち閉じ込められた者たちよ、おまえたちの貯蔵庫を放っておけ！　ガラスは粉々に砕け、牛乳は下水溝に流れてゆく。明るい果実は、逃げる者たちの上で踊るのだ。

私たちに食べ物を何も与えてはならない。私たちにはムカつくだけだ。私たちに答えは要らない。私たちを満たすことができるかもしれないものは、ボロボロになるものだ。そして私たちをボロボロにしてしまわないものは、私たちを欲深くするだけだ。

「建物（家）へ、地下壕へ戻るんだ！」

「私たちはあまりにも長い間、離れていたんじゃない？」

空中で、また唸る音がした。

「蜂。蜜を集めているのかしら？」

「血だよ」若者はつっかえながら言った。通りへの梯子は倒壊していて、二人は飛び降りなくてはならなかった。

「お腹が空いたわ」エレンは言った。

「おまえたちはまだ知らないのかい。屠殺場は開いているよ、屠殺場は襲撃されているんだ。連中は、もうまた幸せハンスをして遊んでいる！」

「僕たちも一緒に遊ぼう！」若者は言った。

二人が屠殺場に来たときには、頭上の空は暗くなっていた。若者は激しく出血していた。二人は手に手を取った。遠くから大砲が轟いた。嘲るように、サイレンがその間、鋭く響いた。

警報――解除（平和）――解除（平和）――警報――

団子状に丸くなって、叫びながら、拳を挙げて、人々は黒い屠殺場へと転がっていった。

おまえたちの儚（はかな）さの余剰の中を、ただほじくり返すがいい。おまえたちがそれで満腹感を得ることは決してないだろう。おまえたち耳の聞こえない者たちよ、おまえたち口のきけない者たちよ、おまえたち足のおぼつかない者たちよ、おまえたちは、まだ相変わらず気分が悪くなるのではないか？　おまえたち忘れっぽい者たちよ、お腹いっぱいになろうとして？

しかしながら、大砲の轟き（グロレン）の中で事物の憤懣（グロレン）を聞いた者は誰もいなかった。大きなその群れは、自ら自身に捧げられることを望んでいた。どうか、私たちを狼にお与えください！

屠殺場の門には、見知らぬ若い羊飼いが寄りかかっていた。軽やかな指使いで、シャルマイを吹いていた。

おまえたちよ、返してやり、返してやり
それというのも、おまえたちが持たなくてはならないものを

おまえたちは持っていないのだ
身を守る手段を持たない者の徴(しるし)に。狼に逆らう歌。注意を払うことなく、人々は彼の前を通り過ぎた。

おまえたちよ、返しておやり、返しておやり！

エレンは羊飼いの方を振り返ったが、人々と一緒に引っ張られていった。階段は下に続いていた。下深くでは、兵士たちが鎖をなすように一列になっていた。汗と怒りの鎖、この世界の最後の飾り、最後のチェーン。

石のようになって、皺(しわ)だらけになって、その若々しい顔は突進してくる者たちを凝視した。

命令はこう言った。おまえたちよ、最後の蓄えを分配せよ！　けれども最後のものは、分割不可能なものだ。

命令は何て言った？

火！

そこで誰か一人が笑っているのではないか？　銃撃音が鳴り響いた。そこで誰か一人が泣いているのではないか？

突然、エレンは叫び声を上げた。若者の手が、エレンの手からそっと離れた。若者が倒れた。

鎖はちぎれた。半狂乱になった者たちが、屠殺場の中へと突進した。重々しい寒さが大波となって押し寄せ、これらの人々にあたって砕けた。マッチの炎が燃え上がり、頼りなげに消えた。最初の者たちが転倒すると、他の者たちは猛烈な勢いでこれらの人々を踏みつけて先へ進んだ。エレンは足を滑らせ、揺らめいたが、また自らを奮（ふる）い起こして立った。屠殺された家畜たちは山のように積み上がって塔をなしていた。掠奪者たちの頭上で、肉は白く氷のように冷たく輝きを放っていた。罠（わな）の中に仕掛けられた、餌（えさ）。

エレンは家畜小屋に投げ入れられた。服が脂だらけになった。氷がエレンを硬直させ、塩がその皮膚に噛（か）むように刺さった。行き場がわからなくなってしまった、滑って倒れ、踏みつけにされた残りの者たちの叫び声を、エレンはもはや遠くから聞いただけであった。エレンは自分が奪い取ることのできた肉を、自らに引き寄せた。

上の古い門のところでは、動揺もせずに、若い羊飼いが演奏をしていた。

おまえたちよ、返してやり、返してやり
おまえたちが放っておかないものは
おまえたちをもう、放っておかないぞ

けれども、エレンは聞いていなかった。

ねえ、おまえ、おまえが地獄を出るときに、おまえは彼らに何を持ってくる？　無我夢中に
エレンはつかんだ。滑らかなものを。白い無抵抗な肉を。そしてそれを、ぐいと引っ張った。

後に突進してきた者たちがそれをエレンから奪い取ろうとしたが、エレンはしかと握りしめた。

それは何度もエレンの両手から滑り落ちそうになったが、エレンはしっかりつかみ続けた。血
にまみれた階段を、エレンは肉を引きずって上った。

「どこにいるの？」エレンは若者を呼んだが、答えはなかった。青ざめて、驚愕して、エレ
ンは騒々しいその大きな屠殺場の中庭に立ちつくした。太陽は消えていた。

「その代りに何が欲しい？」一人の女がそう言って、あからさまに肉を見つめた。

「あなたよ！」エレンは陰鬱そうに言い、肉を握り締める手に力を込めた。

そのときエレンには、轟の音を越えて、あの見知らぬ羊飼いの歌が聞こえた。

盲目になって、贈るがいい、恋人たちよ
そして何をもきつく、つかみすぎないことだ
おまえたちよ、返しておやり、返しておやり
それというのも、おまえたちが取るものは

おまえたちにもう二度と、贈られることはないのだから

闇が訪れた。男が二人、叫び声を上げながら一頭の牛を鞭打って、こちら側に近づいてきた。エレンは泣き始めた。

「おい、どうして泣いているんだ?」

「あなたたちのことでなのよ」エレンは怒鳴った。「それに、わたしのことで!」

大砲の移動するゴロゴロという音は、いまやすぐそばにあった。いらいらしながら、男たちはエレンの前を通り過ぎ、門へと向かって牛を急き立てた。肉はエレンの両手から滑り落ちた。エレンはそれを、そのままにしておいた。

# より大きな希望

*Die größere Hoffnung*

地下室から這い出ると、エレンは左側に馬が一頭いるのに気づいた。横たわって、喉をぜいぜい言わせて、とどまるところを知らない確信を持って、瞳をエレンに据えていた。馬の傷口からは、もう甘ったるい腐敗の臭いがほとばしっていた。

「おまえは正しいわ」切々とエレンは言った。「おまえはあきらめてはいけない……あきらめないで……」エレンは顔を背き、嘔吐した。「どうして……」馬に向かって言った。「どうしてこういうことはみんな、こんなにもひどいの、こんなにも屈辱的なの？　どうして人はこんなにも侮辱されて、軽蔑の的にされてしまうの？　探しに行くまえに？」風は向きを変え、腐敗を、世界のあらゆる腐敗をエレンの顔に吹きつけて、温め、感覚を麻痺させた。

馬は歯をむき出しにしたものの、頭を持ち上げる力はもうなかった。「おまえはあきらめてはいけない……」途方に暮れて、エレンは繰り返した。よろめき、しゃがみ込むと、血のりで固まった馬のたてがみをつかんだ。空には明るい染みが一つあり、硝煙に覆われていた。「太陽がカモフラージュしているわ」エレンは馬を慰めた。「おまえには直にわかるわ……怖がってはダメよ……空は青い、そうでしょう?」

空は、よく見えた。向かいの建物は破壊されていた。じょうごの縁では踏み荒らされた大地からサクラソウが無邪気に背を伸ばし、みずみずしい花を咲かせていた。「神はからかっている」エレンは馬に向かって言った。「どうして神はからかうのかしら? なぜ?」けれども馬は答えなかった。それどころか変貌した、死に怯えた眼差しでもう一度だけエレンを見つめると、それ以上不遜なことを言わせないために、一気にガクッと脱力した。

「どうして」榴弾の叫び声をかき消すために、エレンは大声で言った。「どうして、おまえは怖がってしまったの?」

地下室の奥深くから、エレンを呼び戻す大人たちの甲高くどこか愚かな声が、もう一度、聞こえた。エレンは意を決して身を起こし、背筋を伸ばすと、街に向かって走り出した。速く、羽根のように弾みながら、軽快で均一な足取りで走った。もう振り返ることもなかった。ゲオルクに向かって、ヘルベルトに、ハンナに、ルートに、そして踊りを踊っている桜の木に向かって駆けた。そこには大西洋に太平洋、神の国の岸辺があるに違いない、そう推し量った。エレンは友たちのもとへ行きたかった。家に帰りたかった。

瓦礫の山が障害物のように盛り上がっていて、エレンを引き止めようとした。焼け落ちて廃墟となった建物。盲目の兵士たちのように、それらは空っぽになった窓のくぼみから、小心者の太陽をじっと見つめていた。戦車、それに見知らぬ命令の方を、じっと。

「何が起こるっていうの？」エレンは思った。大砲と廃墟と屍の間を、喧騒と無秩序と神の不在の間を駆け抜け、幸運に小さく叫び声を上げた。力がエレンを見放すまで、エレンは走り続けた。明るいすみれ色のライラックの茂みから、一本の大砲の筒がそびえ立っていた。エレンは通り過ぎようとした。一人の外国の兵士がエレンを脇に引っ張った。素早く、荒々しく、ぞんざいに、左手で。大砲のあるところから、何らかの命令があった。兵士は頭の向きを変えると、エレンを放した。

その場所では、公園の柵が裂けていた。よく茂った荒れた藪がエレンを抱き、ふたたび解放した。草は高く、緑色であった。遠くの方では若いブナの木に制服が掛かっていたが、そこに男の身体も入っているかは見分けがつかなかった。他には誰も見えなかった。エレンのすぐ後ろで、もう一度、掘り返された大地の奥深くへと爆発するものがあった。石と土の塊が高く跳ね上がり、エレンの肩にあたった。まるで、少年たちの群れが茂みの奥からエレンに向かって投げてきたもののようであった。

にもかかわらず、エレンが公園の中心へ進めば進むほど、静かになっていった。

戦闘の喧騒は、まるで戦闘なんて一度もなかったかのように、きれいに洗い流されていった。その春の日の晩は穏やかかな弾丸のように下降して、すべての人々に一気に命中した。

エレンは小川を飛び越えた。桟橋は崩れ落ちていた。白い白鳥たちはいなくなっており、その要求の完璧な無頓着さは沈み込んでしまっていた。餌が必要な他の鳥たちは、もはや子どもたちからパンをもらおうとしなかった。晴雨計のガラスは割れていて、針は止まったまま、いつまでも「変わりやすい」を指していた。砂利道を曲がってくる白い乳母など、どこにもいやしなかった。かつて公園管理人がいたとは、何もかも、もう信じていないようだった。

遊び場の砂場には、三人の死者が横たわっていた。それらは縦横に横たわっていて、まるで遊びすぎて母親の呼び声を聞きそびれてしまったかのようだった。いまや彼らはトンネルのもう一方の端にある光を見ることもなく、眠りについていた。

エレンは斜面を駆け上がった。突然、すぐそばで鉄の触れ合う音が聞こえた。人々が墓を掘っていた。エレンはとっさに身を伏せた。影と影の間に、薄明かりの中にしゃがんだ。大きなシャベルを使って、外国の兵士たちがほぐれた土を掘り出していた。土は黒く湿っていて、穏やかで、簡単に崩れた。兵士たちは黙々と作業をしていた。兵士の一人は泣きながら手を動かしていた。

軽い風が、物言わぬ茂みから勢いよく現れた。ときに大きな砲弾が落ちては、大地が揺れた。

エレンはじっと横たわっていた。いまや地面にぴったりと身体を押しつけて、その揺れと暗さとに一体になっていた。むき出しの墓の上では、砲撃で腕の砕けた噴水像がしかと微笑んでいた。その像は、頭に甕を一つ乗せていた。その甕は、像がそれを支えることなくそこにとどまっていた。その甕こそが、像を本質的なものにしていた。噴水はとっくに枯れていた。

　兵士たちが砂場から遺体を運びさると、エレンはひとり残ることになった。エレンはほんの少し腕から頭を上げると、彼らを見やった。大きくジャンプしながら、駆けるようにして彼らは下っていった。彼らが白い砂から黒いものを持ち上げる様を、エレンは見ることができた。エレンはじっとしたまま動かなかった。高く上がる榴散弾のように宵の明星が昇り、あらゆる期待に反して空にとどまった。重々しく、嫌そうに、死者たちは戦友たちの腕にぶら下がっていた。彼らは、戦友たちにもっと楽をさせてやることはできなかった。そんなに簡単なことではなかったのだ。反抗的に、丘が湾曲していた。

　兵士たちが丘の上へとふたたび戻るか戻らないうちに、エレンは身を長く伸ばして、丸めた絨毯のようにもう一方の側へと転がった。目は閉じていた。榴弾の開けたじょうご状の穴に着地した。身体を引き寄せ、半身を起こすと、高い木々の方へ向かって芝生を駆けていった。木々は悠然と立ちつくし、援護してやることに慣れていた。一つひとつの枝は折れているように見えた。樹皮が爆破されたところでは、木は白く傷つきながら輝いていた。芝生の真ん中まで来たとき、エレンは自らが呼ばれるのを聞いた。足がつかえた。自分を呼んだのがおばあちゃんだったのか、鳥のカケスだったのか、それとも絞首刑に処された者だったのか、エレンには区別することができなかった。そしてエレンは、それについて考えもしなかった。エレンは家に帰りたかった。橋々へと向かいたかった。ましてエレンはいまや、これ以上長く自らを引きとどめさせてはならなかった。身を丸くして、先を急いだ。

ほとんど真っ暗だった。遠くの方では、低い壁の後ろで重量車のエンジンが唸(うな)っていた。運河に向かって補給物資を運ぶ車だった。岸辺にメリーゴーランドのある、まさにあの運河へと。メリーゴーランドは、前線と前線の間の最後の輝きの中で、悠然と立っていた。おまえたちは宙を飛びたいか？　それから音楽も欲しいか？

木々がエレンをその梢のより深い影の中へと招き入れようとする寸前の、ほんの数歩のところで、ふたたび呼び声がした。いまやぐっと近くにあり、あきらかに静寂のどよめきとは違っていた。ときには戦車の轟音をも内に隠した、あの静寂のどよめきとは。甲高い、とても大きな声であった。エレンは影の中へと跳躍し、木の幹を一本抱くと、また走った。

地下室にいた人々は、ちょうどカードゲームを終えたところだった。「エレン」いらいらして、人々は叫んだ。「エレン！」――「子どもたちはどこ？」子どもたちは、地下室にあった天窓のもとにしゃがんでいた。その天窓は砲撃で大きくなっていた。のぞかせてもらおうと、子どもたちが騒々しく喧嘩をしていた。窓からは、瓦礫と一番星を掲げた空が見えた。しかしエレンはもう、子どもたちのもとにいなかった。星を追って行ってしまっていた。駆けるスピードは速く、燃えるような熱意で、子ども時代が与えてくれた最後の呼吸で、走った。

「警察に通報するべきね。でも尋ねるがいいわ、どの警察にかって!」

木々の影は後ろに下がった。エレンはめまいを感じ、誰かの落としたヘルメットに躓いて、ふと、自分の力が尽きたことを悟った。自分の期待に力を使い果たし、それは燃え尽きて、なくなってしまっていた。エレンは悪態をついた。どうして地下室を出たのだった? どうして役人の言うことを聞かなかった? 隣人の言うことを、管理人の言うことを、なによりも理性と快適さを重視することをやめない、あの人々の言うことを? どうしてエレンは抑えきれぬ何ものかに従ったのだった? 走って、見つけ出すことのできないものを探せと命じる何ものかに?

計り知れぬ怒りがエレンを襲った。エレンをここまで導いてきた、この有無を言わせぬ、それ自体は語らぬ誘いに対する怒り。白く孤独に、小さな石製のベンチが干上がった河に佇んでいた。影が張って、一本のワイヤロープになっていた。いいや……一本ではなく、何本ものワイヤ。でもこの何本ものワイヤのどれが、あの唯一のワイヤなのだろう? これらのどれが、持ちこたえられる? エレンはよろめいた。閃光が、河のごとく溢れて暗い公園を覆った。大地がぐっと盛り上がり、絞首刑に処された者が踊り始め、死者たちが新しい墓の中でせわしなく転がった。火が空を引き裂いた。あらゆる炎は一つの火なのだ。窓から吹き出す炎も、照明に宿る炎も、塔から照らす炎も。あらゆる炎は一つの火なのだ。エレンの手を温めてくれる炎も、奈落の底から噴出する炎も。真夜中の火。

池のそばにいた兵士たちは、地面に身を伏せた。その場所は守られていた。土手に覆われていて、ちょっと火を起こして戦いから休むのに、どの場所よりも適していた。けれどもそれはまるで、池がその影を黒々と意地悪く空に投げかけているようであった。その火もまさに、水を煮立て、破壊する力のある火と同じ、とでもいうかのように。

兵士たちは立ち上がり、やかんを新たに満たした。やかんは歌を歌い、兵士たちもふたたび歌い始めた。低く、何かを秘めた歌だった。まるで、薄暗がりの中を一台の車がゆっくりと転がっていくようだった。何人かが土手を駆け上がり、遠くの戦闘の音に耳をそばだてて、身をかがめて木々の影と芝生と空とを観察した。炎に目がくらんで、彼らには、闇はひとまず見通しがきかないように思えた。だから、空に浮かび上がる事物を頼りにする方がよかった。そういうわけで、斜面にいた見張りの兵士たちがその二つの姿に気付いたのは、ようやくいまになってのことだった。唐突に、もう一方の岸にエレンと歩哨(ほしょう)が彼らの前に立っていた。この上のところでは、草は濡れており高く伸びていた。そこで兵士たちには、目の前に二本の暗い茎が伸びていて、それ自身の意志に反して明るい顔をしているように見えた。

兵士たちは、カチャリと撃鉄を起こした。

「おまえ、ここに何の用だ？」

「この子は芝生を走ってきたんだ」もうひとりが言った。「この子は草の上を、まるで日曜日であるかのように走ってきたんだ」彼は笑った。「向こうが壊滅したときに、僕はこの子を見て呼びかけたんだが、そのまま走って行ってしまった。木々の方へ向かってね。まるでそこではもう、そういうことが通用しない、とでもいうかのように。まるで日曜日でもあるかのように！」

兵士たちは、エレンを火のそばへと連れていった。

池に向かって芝生は傾斜していた。ライラックはここでは白く荒々しく、溢れんばかりに咲いていた。静かに、野外音楽堂が向かいの丘に佇んでいた。丸く、媚（こび）を売るように、暗い屋根が橋々の方から来る火の影にそびえていた。いまやとても明るかったので、エレンには、不安げな民間人たちの一群のごとく、ダンスフロアの隅にもたれていた譜面台が見分けることができたほどであった。ダンスフロアは半分が倒壊していて、石で覆われていた。踏みにじられた芝生の上に、煙が膨らんでいた。

焦った様子で、将校たちは協議した。火は揺らめき、彼らの影を織りあわせ、その間にエレンを投げ入れた。

「おまえ、ここに何の用だ？」

エレンは寒さで震えた。一塊のパンを見るなり、抵抗するのをやめて言った。「お腹が空いているんです」外国の兵士たちには、そのよその国の言葉がほとんどわからなかったが、この表現だけは知っていた。兵士たちはエレンに座るよう命じた。一人が、パンをひとかけら切ってくれた。別の一人はエレンに向かって何か怒鳴ったが、エレンには理解できなかった。

「この子は弱っているんだ」エレンを見つけた兵士が言った。「この子に飲み物を与えてくれ！」

「証明書の類は持っているのか？」

「この子に飲み物を与えてくれ」兵士が繰り返した。「この子は弱っているんだ」

兵士たちは、エレンにワインを与えた。空瓶は池の上へと放り投げた。水が銀色に跳ね上がり、ふたたびその上で閉じた。

「この子は何も持っていない」エレンを見つけた兵士は言った。

数分もしないうちに、エレンの頭に血が回るようになってきた。立ち上がると、エレンは叫んだ。「あなたたちは、平和を見つけましたか？」

兵士は笑って、訳した。他の兵士たちは呆れて黙ったままだったが、突然、ふきだした。将校の一人が、エレンの顔をいかがわしそうに見つめた。けれども、誰もエレンに答えなかった。

エレンは泣き出した。軽い砲撃がふたたび大地を揺らした。「あなたたちは平和を見つけましたか？」エレンは叫んだ。「私たち自身が平和であるべきなんです！　私たちの一人ひとりが、平和でなくてはならないんです！　どうか、私に池で顔を洗わせてください！」闇深く、興奮して、水が岸に向かって身を投げていた。「私はおばあちゃんのところに行きたいんです」エレンは言った。「おばあちゃんは、一番はずれの墓地に横たわっています。あなたがたのどなたか一人が、私を連れていってくれませんか？」もはやエレンは号泣していた。砲煙が雲となって北からやってきて、月を取り巻いた。砲撃の轟音が、河から迫ってきた。「あなたたちは、せめてゲオルクを見ましたか？」希望を失って、エレンは小声になった。「ヘルベルトにハンナ、ルートは？」

兵士は、もう訳さなかった。

「気を落ち着けるんだ！」そう言った。

「この子は芝居を打っている！」脅かすように、兵士たちが立ち上がった。「どうしてこの子がここにいるか、誰にわかるだろう？」

将校たちの一人が飛び上がって、火の周りをぐるっと回ってきた。

「この人たちは君が芝居をしていると言っているんだ、わかるか？　君を捕まえなくてはならないんじゃないかって、この人たちは話しているんだ！」硬い発音で、片言だった。

重々しい戦闘機が、公園の上を低空飛行していた。

「私は橋々のところに行きたいんです！」エレンは言った。

「墓地に行きたいって、言ったばかりじゃなかったか？」

「家へ」エレンは言った。「全部、その道にあるんです」

「家はどこなんだ？」

「島にあります」

「島をめぐって戦闘が繰り広げられているんだ。わかるか？」

「ええ」エレンは言った。「それはわかります」

うさん臭そうに、兵士たちはエレンを見つめた。大砲の筒が、溜息のように冷たい空へと突き出ていた。

「この町は包囲されている」将校は言った。なぜこのやり取りをこんなにも長く続けていたのか、そして説明できない事柄を説明していたのか、彼自身にもわからなかった。怒った叫び声が、炎の上を交差した。「この町は包囲されている」将校は繰り返した。「夜なんだ。戦闘員でない者は、地下室にいるもんなんだ。どんなに危険なことか、わからないのか？」

エレンは頭を振った。

将校は他の者たちに二、三の言葉を向けた。なだめるように聞こえた。

「何て言ったのですか?」

けれども将校は答えなかった。三度目の砲撃は、これまでのどの砲撃よりも激しかった。とても近くに、橋々に通じている大通りの一つに落ちたに違いなかった。火はついに消えそうになった。火花が池に飛び散った。今回はやかんを満たすことはせずに、将校たちはほんの少しの間、協議した。先の将校が、ふたたびエレンの方を向いた。

「僕は橋々のところへ行かなければならないんだが、君が僕に道を教えるんだ。もしかしたら、君を家へ連れていってやれるかもしれない。おいで」しびれを切らして続けた。「いいからおいで。君に十分すぎるほど時間を取ってしまったのだから」

将校は大股で急いだ。静かにエレンはその横を並んで走った。悠然と池が後に残った。月の光を溢れるほど浴びて、町の中心地の塔が遠くに拒絶するようにそびえていた。墓地の近くで将校は立ち止まり、何かを考えたようであった。それからエレンに尋ねることなく、また先を急いだ。エレンが遅れをとると、将校は彼の国の言葉で何かを大声で言い、エレンの手を取った。

「いま、私たちは二人で橋々のところへ行かなくちゃならないのね!」エレンは笑った。将校は答えなかった。二人で橋々へ!　壁がそれを妨げた。瓦礫の山が二つあり、そこに一枚の板が置かれていた。板は揺れた。「君はしっかりつかまっているんだ」将校は言った。エレンは、彼の太いベルトにしがみついた。
二、三通り先では、戦闘は終わったようだった。「終わった……」将校は笑った。「終わった！」
とても澄んだ夜だった。

手品師の見せる影絵のように、廃墟が佇んでいた。日中よりもより鋭く、覚悟を決めて。身体のないものたちに住みつかれて。つかみえないものへと降伏して。市民たちのあの問い――どうして、よりによって私が？――から解き放たれて。燃えて砕けた穴からのぞく黒色が、眠る者たちの部屋からのぞく黒色よりも黒い、ということはなかった。倒壊を免れた家々には、小さな丸い銃弾の跡があった。月の光の中で、それはまるで新しい装飾のように見えた。来るべき者たちの建築様式のようであった。

将校は甘菓子を手のひらいっぱいポケットから取り出すと、エレンに差し出した。

「ありがとう」受け取ることはせずに、エレンは言った。

「お腹いっぱいなのかい？」

「気分が悪いんです。満腹ではないわ」

「本当？」将校はそっけなく笑った。「そんなこと、あるのだろうか？」

「それなんですよ」エレンは応じた。「人がお腹いっぱいになることなんて、ないんです。いつもただ、くらくらするだけ。だから私は探しに出たんです」

「誰が君の言うことを信じるっていうんだ？」

二人は建物にぴったりと身を寄せて走った。まるで、降っていなかった雨から身を守らねばならなかったかのように。

「いつも残りがあり続けるんです」必死にエレンは説明した。

「それは分け方が悪いからさ」

「そういう意味で言っているんじゃありません」エレンは言った。「人が分けることのできるものは何なのか、そのことについて言っているんです」

「君は飽くことを知らないな！」疑い深そうに、将校は微笑んだ。

赤くどす黒く、流れ出した血が敷石に広がっていた。彼らはその上をジャンプした。エレンは滑って、後ろに倒れた。将校がエレンを持ち上げた。エレンに呼びかけ、その身体を揺すった。

「僕たちは先に行かなければならないんだ、いいか？　橋々へと！」

将校の吐息が、エレンの顔にかかった。勲章が落ち着きなく輝いた。将校につかまりながら、エレンは立ち上がった。

三メートル先でスパークリングワインのコルクが飛び、彼らの頭上すれすれを音を立てて越えた。薄明かりに照らされた門のところに小さな兵士が一人、銃を石畳に押し当てて笑っていた。将校はその兵士を知っているようだった。手短にその兵士と交渉すると、ふたたびエレンの方を向いた。

「彼が僕たちに車を一台、貸してくれる」

彼らは玄関ホールから車を押した。エンジンがようやくかかると、片側だけになったヘッドライトがずる賢そうに点滅した。エレンは座席へとよじ登った。前方のフェンダーと窓の一部はなくなっていた。汚れでカチコチになった幌の端切れが、二人の顔にかかって仕方なかった。

交差点では、粉々に割れた信号機が黒信号を発していた。他の色はもう表示されず、周りに用心させるのは一人ひとりにかかっていた。彼らは戦車を二台追い越し、バリケードからなる区域を曲がると、別方向から橋々へと近づいていった。将校はいまやスピードを上げた。車は踊り、二人を互いにぶつけた。あともう少しで目的地というところで敷石が剝がされていて、引き返さなければならなかった。彼らの星は、彼らを見放したようだった。瞬く間に、左の前輪が榴弾でできた穴にはまってしまった。

「手伝ってくれ」将校は言った。「僕たちは先へ進まなければならないんだ！」

車は呻き、動けないようだった。やっと動いたときには、もっと深く沈んでしまった。将校は帽子をかなぐり捨てた。明るく濡れて、髪が額に垂れた。エレンは穴に飛び込むと、黙々と手伝った。車は執拗に抵抗を続けていたが、いきなり救済されたかのように持ち上がると、あまりにもふいに屈したので、二人が狼狽（ろうばい）したほどだった。月はふたたび姿を現し、火影を飛び越えて車輪に絡まった。二人のずっと後ろで、建物が一つ、吹き飛んだ。

　私たちはどこを走っているのだろう？　私たちはゴールド・コーストに沿って走っている。そしてどこへ向かっているのだろう？　喜望峰（希望の岬）へと。エレンは瞳を閉じた。そう信じることができた。けれどもエレンはあえて何も言わずに、ただひたすら車にしがみついていた。

　兵士たちが彼らのそばを通り過ぎた。その足音が反響していた。窓ガラスが音を立てた。粉々になったガラスは明るく輝いていた。それは怖がることも、自らを保持せねばと心配することも、もはやなかった。そしてギザギザの輝きの中に、とどまっていた。

　エレンがふたたび瞳を開けると、通りは炎に包まれていて、まるで祭りへと行進していくようであった。通りの終わるところでは、炎が互いにぶつかり合っていた。エレンの横の男は、一瞬、何かを考えていた。両足は変速レバーに探るように触れ、両手はハンドルを握りしめていた。彼を操縦する力がハンドルにはある、とでもいうようだった。まっすぐ前を見つめ、より速いギアを選んだ。焦げた赤色が彼の額をつたった。それは濃くなっていき、くっついたままになったようだった。彼は口元をゆがめ、ほんの少し笑うと、残りの力を使ってなんとか車を脇道に止めた。上着から血がにじみ出た。険しい屋根の一群が、優しく、その古い街路に向かって傾斜していた。最後の小さな街路のようだった。見過ごされ、免ぜられたと言っても過言ではない街路。周りのあらゆる喧騒を正当に評価した、ある沈黙の中におかれた街路。この街路はそうした沈黙を、最後の燃料の樽(たる)のように保持していた。

「橋々へ」エレンは口ごもった。飛び降りた。

「助けてくれ!」将校は言った。「いいや、助けなくていい。君は一人で橋々へと向かわなくてはならない。君はとにかく知らせを伝えなくてはならないんだ……」

エレンは彼の上着の前を開けて、シャツを引き裂いたが、何も見つけることはできなかった。

「助けを呼んでこなくちゃならないわ」エレンは言った。けれどもエレンは外国の兵士たちを恐れていた。彼らの言葉が、エレンにはわからなかった。

「とどまっているんだ!」将校は力なく言った。「君の名前は?」

「エレンよ。あなたは?」

「ヤン」彼は言って、闇に向かって笑った。まるで、それが世界の謎への答えだとでもいうように。

「待って」エレンは叫んだ。「待っていて!」

エレンは舗道へとジャンプすると、よろめきながら倒壊した門をくぐった。玄関ホールは真っ暗だった。廃(すた)れた様子が臭ってきた。腐敗の臭い、崩壊の可能性の臭い。エレンは手探りで壁をつたっていき、扉を見つけた。勢いよく体当たりすると、中へ倒れこんだ。扉は開いていたのだ。それに勇気づけられて、エレンはマッチを一本擦った。沈黙と開いた扉と同盟を組んで、灯りの炎がぱっと上がった。そしてすべてを新たに創造した。明るい壁に暗い床を。扉の輝きに、廊下の暗さを吸収した、ひび割れた鏡を。

その家は、そこに住んでいた人たちに見放されてしまっていた。魂が身体を去るように、そこに住んでいた人々はその家を後にしていたのだった。よその客たちのように、彼らはその家から去っていた。屋根の上に閃光が舞ったとき、遅くなってしまったことに彼らは気づいたのだ。困惑して車を呼び、別れの挨拶もせずにとんずらしてしまった。最後まで、彼らは招待者について聞くことをしなかった。その家は、急いで置き去りにされたのだった。

ヤンは立ち上がって、車から降りようとした。叫ぼうとしたが、声は普段よりも小さかった。撃たれるとはこういうことか、そう思った。座席に倒れこむと、両脚を伸ばし、一瞬、街路に立ったものの、背中から倒れてラジエーターにもたれかかった。街路は、鞭(むち)で打った独楽(こま)のように回っていた。腹立たしそうに舗道へと三歩進んだ。エレンがヤンを受け止めた。「来て」エレンは言った。「来るのよ、ヤン！」

ヤンは蠟燭(ろうそく)を持ち合わせていた。その光が、見知らぬ、見捨てられた家に染み入った。戸棚にテーブル、毛布にベッド、いたるところに静寂が眠っていた。あの悪用された静寂、負傷したあらゆるものたちのなかで、もっとも傷ついたあの静寂が。私の創造主である主よ、なぜあなたはそれを許すのでしょうか？　なぜあなたは、この種族を創造するのでしょうか？　悟るために、私を砕かねばならないという種族を？　なぜあなたは、この種族を絶えず新たに創造するのでしょうか？

　ヤンの歩いた後には、床に黒い染みが残った。真っ暗なシャンデリアにヤンの頭がぶつかり、ガラスが音を立てた。くたくたになって、ヤンはソファーに身を沈めた。シャツは汗でびしょ濡れだった。音もなく、血が汗と汗の間を縫って染み出ていた。薄暗がりの中、ヤンは包帯が巻かれるのを感じた。明るいタオルが傷の周りを覆った。涼しく、母のように優しく、とどまるところのないものをとどめる心づもりをして。

　灯りというものは、ほのかに緑色をしているものだ。陽の光を浴びている草のような緑色。それが目にはいいのだ。それが効くのだ、ヤン！　けれどもこの灯りは、ヤンの顔をより一層青白いものにした。

「ヤン」エレンは言った。「すぐに楽(より良く)になるわ、すべて良くなるわ！」より良く、それとも良く？　ふいに、それを決めることがエレンには重要に思われた。

ヤンは飲み物を欲した。凍えていた。エレンは台所のベンチの下に薪(まき)を見つけた。やっとのことで、銅のポットも見つけた。水道の蛇口をひねったが、とっくに水は出なくなっていた。隅に蓋をして置いてあった桶の中に、飲み水があった。エレンはその水でポットを満たした。かまどは不機嫌そうに煙を立てたが、見知らぬ騎手を乗せた馬のように、次第に落ち着いていった。

ヤンはじっと横になっていた。ソファーは柔らかく、深かった。壁越しに足音が聞こえた。薪がはじけ、食器がカタカタと音を立てる様子も。いつもそうであって、これからもずっとそうあり続けるであろう、と想像することは可能であった。以前の住人がそう信じることをやってのけたのであるから、彼らだって成し遂げるであろう。黙ってエレンは両手をかまどにかざした。すべてが最初で最後である、と想像することは可能であった。以前の住人はそう信じることをやってのけることができなかったが、彼らはそれを成し遂げるであろう。エレンは紅茶を注ぎ、カップを盆に載せた。ヤンの呼ぶのが聞こえた。

「いま行くわ！」エレンは言った。

ヤンは背もたれから肩を持ち上げた。出血は止まっていた。帽子は頭からずり落ちており、髪の毛はいまや先ほどの月明かりのもとでよりも、さらに明るく見えた。エレンはヤンに紅茶を飲ませてやると、その身体を見つめた。

引きちぎられたあらゆるものが、遊戯のように合わさった。赤い花々、手のひらいっぱいの甘菓子、それから開いた傷。すべてが一つになった。広大な世界が、突如、一人の若いよその国の将校の顔になった。明るい三角形の顔。頬はすらっと顎に向かって伸び、その線は子どもの描くそれのように、あの偉大な定規からそっと外れていくのであった。あらゆる痛みが川となって、隠された視線において合流した。見えないものが、エレンの正面を見つめていた。エレンはヤンの手を取った。

「あなただって、言ってちょうだい！」

「僕が誰だって？」

「私が家に帰りたかったときに、言っていた人のことよ！」

ヤンはソファーに横たわり、エレンを見つめた。エレンはヤンを握る手に力を込めた。「あるとき私が笑ったとしたら、それはあなたが笑うからなのよ。だから私はいつも笑ったの。私がボールで遊んだとしたら、それはいつもあなたと遊んだのよ。そして私が成長したとしたら、私の頭があなたの肩に届くようにって成長したのよ。立つことを、走ることを、そして話すことを、私はあなたのために学んだのよ！」

エレンはヤンの足元にジャンプして、ヤンの顔を凝視した。

「あなたなのよ。あなただって、言ってちょうだい」

エレンは両手を打ち合わせた。

「平和……」エレンは叫んだ。「つまり、桃のアイス、宙にあるベール、それから、あなた」

「宙にあるベールに、僕」ヤンは意外そうに言った。

ヤンは立ち上がり、エレンに腕を回した。少しふらついたが、立っていられた。帽子を取ると、エレンの暗い垂れた髪に載せた。笑おうとしたが、ヤンの笑みは半仮面のように頼りなげであった。かき消された歌が、この戴冠式の伴奏を務めた。

エレンは真剣なままであった。鏡に入った亀裂が、剣で一斬りしたようにエレンの顔を分けた。短い上着の下で、膝がかすかに白く輝いていた。風がバグパイプを吹いた。火の揺らめきが壁を高く舞い、エレンの頰に素早い輝きを投げかけた。

「どのくらいここにいるの、ヤン？」

「昨日から」

「それで、どのくらいここにとどまっているの？」

「もしかしたら、明日まで」

「昨日から明日まで、ヤン、私たちはみんな、それだけとどまっているのよ！」

エレンは震えた。悲しみがエレンから吐息を奪った。帽子をぬぐい取った。寒気がエレンの髪を撫でた。

「どうしたんだ？」絶望的になってヤンは叫んだ。エレンの腕をつかみ、エレンを抱きしめた。「どうしたい?」

「家へ!」エレンは言った。

ヤンはエレンの腕に爪を立てた。エレンは動かなかった。ヤンはためらった。苦しみにさいなまれて、ヤンは自分の顔をエレンの顔にうずめた。

「ヤン!」エレンは言った。その信頼が、ヤンを無防備にさせた。ヤンはエレンを突き放した。エレンの瞳には、涙が浮かんでいた。

急にヤンは弱ってしまったようだった。肩の傷が痛み、新たに出血しだした。エレンは狼狽した。タオルを変えようとしたが、ヤンがそれをさせなかった。

「助けを呼びに行かなくちゃ!」エレンは言った。

ヤンは助けを求めず、食べるものを欲した。エレンは見つけたものを持ってきた。テーブルに白い布を広げると、ヤンにパンを切ってやり、紅茶を新たに注いだ。ヤンは思慮深くエレンを観察していた。エレンの動きはテキパキとしていて、それでいて没頭しており、真剣で、それでいて遊んでいるようであった。彼らは二人とも、とてもお腹が空いていた。紅茶を飲んでいる間も、カップ越しにヤンは視線をじっとエレンに向けていた。エレンは黙って飲み、自分の膝を見つめていた。ヤンはエレンに煙草を一本、差し出した。どうにかこうにか、エレンはそれを終えようとした。

ヤンは背もたれから肩を持ち上げると、また後ろへ沈んだ。「これじゃまるで」苦々しく笑った。「これじゃまるで、僕たちがここにとどまるみたいだ！」

「ときにはそう見えることもあるわ」エレンは言った。「あなたは力をつけなきゃならないのよ、ヤン！」

「僕は橋々へ行かなくちゃならないんだ！」彼は叫んだ。

「家へ、ね」エレンは言った。

家へ、だって？　ヤンの思考は混乱した。「君が言っているのは、平地が眠りながら泣いていて、子どもたちが右に左にと、野鳥のように畑で叫び声を上げているところかい？　小さな都市が見えない境界線上にあって、斜めになった駅が快速列車の背後に賢くとどまっているところ？　君が言っているのは、緑色の塔が丸くなっていて、誰ももう期待しなくなったときになって初めてとがるっていう、あの場所のこと？」ヤンの両手は通りを、列車の走る土手を、トンネルを、そして橋を形作った。ヤンは、刈り入れ後の畑の上を飛ぶ若いカラスたちに燃える木の煙への、狼たちに羊たちへの愛を誓い、突然、話をやめた。

「僕はここで、君に何を話しているんだろう？」両腕を伸ばし、エレンを身に引き寄せようとした。「おいで」ヤンは言った。エレンは動かなかった。

「私のことを言っているの、ヤン？」

「そうだよ、君のことさ！」

「あなたは勘違いしているわ。勘違いしているって言って！」

ヤンは立ち上がって、テーブルに手を置いて身体を支えた。

「橋々のことを忘れてはだめよ！」エレンは言った。

「大丈夫だよ」ヤンは言った。エレンのすぐ目の前に立ち、エレンの顔を見つめた。「君ったら！」ヤンは言って、笑い出した。あまり笑うので、血がまた吹き出るのではないかとエレンが怖れたほどであった。

「落ち着いてちょうだい」途方に暮れて、エレンは言った。「落ち着いてってば、ヤン！」

ヤンは上着を持ってくるように言い、ポケットを探った。「どうして君は、橋々へと向かいたいんだ？」疑い深そうに、ヤンはもう一度尋ねた。

「家へ、よ」頑としてエレンは応じた。何なら何度でも言うことができた。いまや以前よりも、もっとずっとはっきりしていた。

「重要なんだ」ヤンはエレンに言った。

「わかっているわ」エレンは答えた。

「君に何がわかるっていうんだ？」

「重要だってことよ！」

「何が重要なんだ?」

ヤンはポケットからしわだらけの封筒を取り出すと、そこにいくつか言葉を書き込み、テーブル越しにエレンに差し出した。そこに封筒はあった。こんなにも静かに、いつもずっとそうであったかのように。いつも新たに発見され、いつも渡される期待の中にある。憧れのための援護行動、橋々のためのメッセージ。ヤンが多くを説明するまでもなく、エレンにはわかっていた。ともかくヤンはいまや、信頼のようなものをエレンに対して抱いていた。

「僕たちは先に進まなくてはならない」ヤンは静かに言った。「陽が昇るまえに。それで僕に力がなくなってしまうようなことがあれば、君がここにあるこれを僕の代わりに渡すんだ」

エレンは頷(うなず)いた。

「場所を君に教えよう!」ヤンはテーブルから手を離すと、用心して扉の方に向かった。

「どこに行くつもり?」

「ほんの少し上さ!」

「あなたには力がなさすぎるわ」エレンは言った。ヤンは頭を振った。

玄関ホールは真っ暗だった。蠟燭を一本取りに、エレンは走って戻った。他の蠟燭を、二人はその見知らぬ家で燃えるがままにしておいた。扉も大きく開けたままにした。そのおかげで、彼らの前方が少し照らされた。春の風が、割れた窓からヒューヒュー音を立てて吹いた。吹き抜けの真ん中に、エレベーターが挟まっていた。いくつかの家の扉が、開けっ放しになっていた。

ヤンは走ろうとしたが、できなかった。二階上がったところで、彼らは休まねばならなかった。まるで遊びから戻って来たように、真っ暗な階段に座った。でも、いつになったら父親と母親は帰ってきたというのだろう？　ヤンは息を切らせた。彼らは何も話さなかった。最後の階段を上がったとき、ヤンはまたエレンに寄りかからざるをえなかった。風が蠟燭を吹き消した。さらに上では、廊下の窓に板切れが張られていた。真っ暗闇が二人の周りを飛び回り、もうどのくらい高い位置にいたのか、彼らが見るのを妨げた。二人は鉄の梯子を、上へとよじ登った。

そこに屋根はあった。彼らの我慢の限界に、彼らの疲労の縁に身を捧げて、それはあった。平らに、じっと、戯れ動く夜と火に包まれて、すっかり憂いなく。追い立てられた蛍の一群のように、閃光がその上を舞い上がっていた。気の短い求婚者のように、火が静かな屋根の愛を求めた。私にするのだ！　私に！　おまえは黄金の洋服をまとうことになるのだよ！　もう砂利はやめるのだ、板切れも、漆喰も。ただもう光だけ！　私にしろ！

ヤンは痛みも忘れて、エレンを引き上げた。負傷していない方の腕でエレンを抱くと、笑った。傷こそが、ヤンの顔を超然としたものに、ヤンの動きを平然たるものにした。

煙突は墓石のように静かに佇んでいた。屋根には、煙突の他に火の番をするものはもうなかった。欄干（らんかん）が角のところで、いわくありげに曲がっていた。忘れられたエプロンが一つ、不実なことに火影にはためいていた。彼らは煙突の周りを回り、欄干越しに身をかがめた。ここ上からは、実際そうであったよりもすべてがずっと遠くにあり、そしてはるかに静かであった。ここ上からは、まるでたった一つの石が水に落ちたようであった。ここ上からは、すべてが一つであった。

まだヤンは無傷な方の腕をエレンに回していた。彼らは下まで深いのを見て、燃えているのを見て、それから月を見た。すべては次第にかすかな光となり、消えていった。彼らの瞳は深淵と契りを結んだ。互いを見つめ、小さく笑った。それはまるで初めてのようで、それでいて最後のようで、それでいて、いつもそうであるようだった。それは一つなのであって、彼らは一つなのであって、河の後ろは大きな祝祭なのであった。

そこでは人々が花火を打ち上げていた。そこでは人々が死ぬことを祝っていた。そこでは人々が、偉大な射的屋の主（あるじ）からあらゆる商品をかっさらい、瞬間から瞬間ごとに、赤い提灯（ちょうちん）の数々を取り換えていた。永遠から永遠へ、とでもいうかのように。はるかかなたでようやく、炎が瞳の闇に沈んだ。

二人は煙突に寄りかかった。その瞳は橋々を探していた。どのくらいのところで戦闘は繰り広げられていた？　月ほど遠いのであろうか、それとも隣の屋根くらいの距離？

「見て、ヤン、いま爆弾の落ちているところ、あそこに私たちは以前住んでいたのよ。それから燃えているところ、向こうは私たちが最後に住んだところ。それから煙があんなにも白いところ、あそこは墓地に違いないわ！」

「それに、橋々！」気が急いて、ヤンは大声になった。

「ここだ！」

ヤンは額の上に手をかざすと、もう一度、エレンには理解できなかった戦闘の動きを観察した。それからどの橋のことを言ったのか、エレンに指を差して示した。ふたたび、閃光が屋根の上を飛んだ。ヤンはエレンに上着を羽織ってやったが、途方に暮れてエレンは拒んだ。夢見心地で二人は鉄の梯子をつたって降りると、夢見心地で暗い階段に躓いた。

「私たちの火が！」

水は煮詰まってなくなっており、薪は湿ってしまっていた。必死になって、エレンは薪にまた火をつけようと試行錯誤した。もやと煙が、見知らぬ台所を満たしていた。穏やかな眠気に、肌を刺すようなひりひりとした不安、とどまることに、去ることが、台所を満たしていた。エレンはむせだした。煙のせいで目に涙が浮かんだ。火だ、混乱してエレンは思った。橋々から来る火を使えばいい、薪は湿りすぎている！

「あなたは身体を温めなくちゃ、ヤン。私たちが先に進む前に！」

ヤンは扉に寄りかかったが、扉は十分にしっかりとしておらず、後ろに下がった。僕たちは屋根の上にいるわけじゃないんだ、ヤンは思った。僕たちはもう、目の前がくらくらするような屋根の上にいるわけじゃない。僕たちは下にいる。下の深いところ。ここから落ちることはない。それは好都合だ。

エレンは立ち上がり、髪を後ろにかき分けた。まるで意識を失ったように、エレンの影がふたたび床に落ちた。その影を、ヤンは開いた扉越しに見つめた。悠然と儚く、影はエレンの動きを再現していた。漆喰を塗った壁を高く伸び、蔓のように壁を覆い、脇に傾くと消えて、それからまたやってきた。限定されているものの、それでいて流れ去るようで、まだ見ることができるものの、もうつかむことはできない。踊っているようで、理由づけから解放されている。そのような影を、ヤンは観察していた。まるでここに、戦闘が他の仕方で姿を現していたようであった。

エレンがヤンの方を振り向くと、ヤンは目をつむっていた。

「ヤン、どうしたの？　起きて、ヤン、寝てしまってはダメよ、ヤン！　聞いてるの？」

一歩、一歩！　いつも次の一歩だけにかかってきたのではなかったか？　何百という歩みが可能であったときに、一歩が、こんなにも不可能になりえたとは。何百という歩みが、その一歩の足にぶら下がり、その一歩を邪魔していた。一歩、一歩！　このたった一歩のために、ひと足で七マイル進めるという魔法の長靴を！

「目を覚まして、ヤン！　あなたがいなかったら、いま私はどうしたらいいの？　私はどうすればいいの？」エレンはヤンのこめかみをさすり、ヤンの口に水を含ませた。「私のこと、聞いてる？　私たちは橋々へ行きたいんじゃなかったの？」

「橋々へ」ヤンは繰り返すと、身を起こした。もう一度、橋々がヤンの意識の中へと燃えるように浮かび上がってきた。手紙がほのかに白く光り、そこを影が舞った。弱さは、あらゆるものを超えた力を持っていた。

「目を覚まして、ヤン！　起きて、動くのよ……」

エレンはヤンの上に身をかがめた。ヤンの表情は真剣で、まったく他なる何かに、目覚めていたら彼自身知らない何かに、屈していた。赤く、重く、ヤンの頭が脇に垂れた。エレンはヤンをクッションの上に寝かせてやった。嫌そうにヤンは額に皺を寄せると、手でベルトをつかんだ。

風がカーテンを内側へはためかせた。エレンは愕然とした。ヤンを邪魔していい権利を、誰がエレンに与えたというのだろう？　自分の恐怖をヤンと分かち合う権利を、誰がエレンに与えたというのだろう。とどまるのだ……エレンは思った……とどまるのだ。

「太陽が昇ったら、あなたは私を慰めるのよ、ヤン。太陽が昇ったら、私はもう怖がらなくてもいいのよ。まるで私たちはとどまるように見えるって、あなたが自分で言ったんじゃなかった？　私たちには、それがあたかも本当なようにすることすら、許されていないのかしら、ヤン？」エレンは腕を組んだ。なんて簡単なのだろう、麻痺した状態でいるのは。秘密に逆らって感覚を機能停止させてしまうのは。ガラスコップから泡をぬぐい取るように、痛みを振り払うのは。私の後ろで、私の前で、私の右で、私の左で、本来の価値を有しているものは何もない！　紅茶ポットは紅茶ポットで、大砲は大砲で、ヤンはヤン。

なんて簡単なんだろう。紅茶ポットは、ただ紅茶ポットであるだけ。全部みんな、こんなにも簡単なのだ。兵士の悪口のよう。凍死するように、こんなにも簡単。もう痛みを感じないところで、そういう場所で危なくなるのだ。そう老人は言っていた。そんな、いまさら老人なんて。

危なくなるところで、そういう場所で、痛みはもう感じなくなるのだ。その方がいい。路面電車を転覆し、それでバリケードをつくるがいい。おまえたちが正しいさ！　おまえたちの心臓が戦場になることを、認めなくていいのだ。おまえたちのうちで、動機に抵抗させなくてもいいのだ。おまえたち同士で取っ組み合うがいい。その方がましだ。おまえたち自身でとどまろうなんて、試みることはない。信じるがいい、おまえたちは息子たちのうちにとどまるのだと。その方がもっとずっと簡単だ。ひとりぼっちでいるという冒険を、忘れるがいい！

　エレンは両手で瞳を覆った。忘れるんだ、おまえ、忘れるんだ！　おまえはどこに向かいたい？　家へ、だって？　ここだ、あそこだ、そう連中が言うのを信じるのだ。おまえは何を探している？　それは見つけられないものなのだ。探すのはやめろ、エレン、もうねだるのはやめろ。紅茶ポットは所詮、ただの紅茶ポット。それで満足するのだ！　エレンは頭(こうべ)を垂れた。忘れろ、おまえ、忘れろ！

　そのとき、ヤンの吐息が聞こえた。エレンは膝をついて身を起こした。ふとエレンは悟った。世界のあらゆる大砲とは、人々の呼吸音をかき消すために、ベールの取り外された溜息を、暴露された短い間(ま)を圧倒するために造られていたということを。いまや、とても静かだった。エレンには他の何も聞こえなかった。

　おまえたちは、おまえたち自身の呼吸を聞くことがなんと稀なことだろう！　そしておまえたち自身を聞いて、なんと不機嫌になることか。どちらかなのだ、どちらか！

「一緒に橋々へと向かうんじゃなかった、ヤン？」ヤンは答えなかった。

「それともあなたは」エレンは言った。「あなたは、人は誰もが一人で橋へと向かわなきゃならないって考えているの？　あなた一人で、そして私も一人で。誰もが、自分一人で？」

不安そうにヤンは身体を動かした。エレンはその髪にそっと触れた。眠ったまま、ヤンはエレンの指をどかした。弱々しく、炎を揺らめかせて、蠟燭が燃えていた。

「ヤン、真夜中は過ぎたわ！」エレンは垂れたヤンの手をつかんだ。ヤンは彼の国の言葉で何かをつぶやいた。それは脅かすように響いた。

「ヤン、春なのよ、ヤン、月が満ちてくるわ！」

ヤンの唇はまくれて分厚くなっていた。額には汗の滴が浮かんでいた。エレンはそれをぬぐった。

「ヤン」不安で一杯になって、エレンは囁（ささや）いた。「あなたは私のことをわかってくれなきゃならないわ。私たちはみんな、境界線上の都市のようじゃない？　私たちはみんな、誰ももう期待しなくなったときになって初めてとがるっていう、あの緑色の塔のようじゃない？　私たちはみんな、快速列車の背後に賢くとどまっている、風で斜めになったあの駅のようじゃない？」最後の力を振り絞って、エレンは眠っているその者に対して自らを弁護した。「私はただ、あなたの前を通り過ぎるたくさんの列車の一つにすぎないわ。ヤン、目を覚ますときには、私の手をつかもうとしないでね！」

エレンは自分の上着を広げて、ヤンの膝に掛けた。

「あなたが目を覚ますときには、すべてがより良くなっているわ。あなたが目を覚ますときには、太陽があなたの顔に降り注ぐのよ！」

ヤンは静かに呼吸した。

「あなたならわかってくれるわね、ヤン。私は家へ帰るために、地下室から這い出たんじゃなかった？　家から、家へと。たくさんの望みから離れて、真ん中へ、ヤン、橋々へ！」

もう一度エレンは、すべてを説明しようとした。

けれどもエレンには、話をしている間に理由を説明することはできないように思えた。そう、エレンの感覚では、自分の言ったことのすべてが、この静けさの中でまったく声にならなかったようだった。啞者のように唇を動かしていたようだった。エレンのしたことは、説明が不可能であった。それというのも、その理由はその行為自身の内にあったのだ。橋々へは、誰もが一人で行かなくてはならないのだ。

エレンは帽子をかぶり、また取った。一瞬の間、エレンはじっとしていた。

それは、明日になる前の時間であった。黒と青の間にあって、多くの人々が死に、多くの人々が畏れを抱く、この時間。眠っている人々の肩越しを見る、この時間。

おまえたちは、もう一方の側に身を投げてはならない！　そんなことをしても何にもならない。

夜が前進していた。あらゆる炎が、燃え尽きていった。

かまどの火もほとんど消えていた。エレンはその上に水を流した。カップを片付け、紅茶ポットを戸棚に戻した。もう一度、ヤンの上に身をかがめた。

エレンは手紙を取った。それから扉を開けると、静かに閉め、もう振り返らなかった。見知らぬ家の間を、ガラスのシャンデリアの下を、飾ってあったヤシの木を、割れた鏡の前を通っていった。台所で一切れのパンをつかんだ。帽子スタンドに向かって頷くと、ヤンの上着に身を忍ばせた。これで、誰もエレンを引き止めることはないであろう。

「また会えるわ、ヤン!」

エレンは階段を弾むように降りた。途方に暮れて、玄関ホールに立ちすくんだ。手探りで地下室への階段を見つけると、扉をドンドンとたたいた。狼狽した顔が現れ、エレンを凝視した。

「上の部屋に負傷者が一人います」エレンは言った。男一人と女一人が、エレンについてきた。

「灯りのあるところです」エレンは言って、男女を見やった。もう一度、彼らと一緒に行きたいという望みがエレンの身体を貫いた。けれども、エレンの手の中の手紙が燃えていた。

エレンは街路をひた走り、広場を横切った。

見知らぬ光景が、エレンの行く手に立ちはだかった。叫び声が、まるで暗い星のごとくに飛び交っていた。馬たちは放たれていた。すべてがあたかも千年前のような、それでいて千年後のようだった。鏡像は壊れていた。像とは、象徴(意味の像)であるにちがいない。兵士たちは火を踏み消していた。その一人が、後ろからエレンに向かって大声で呼びかけた。エレンは振り返らなかった。二頭の馬の間をすり抜け、行ってしまった。向こうの低いところでは、島が燃えていた。もしかしたら、橋々も燃えていた。エレンはふたたび駆けだした。

クリスマス前夜の窓さながらに、赤色が灰色から際立っていた。その日の朝は、寒かった。そんなことにはお構いなしに、遠くの方では雑踏を超えて山々が浮かび上がっていた。その山々の後ろは、青くなっていた。

「何が起ころうとも……」エレンは思った。壁で身体を支えた。何度そうやって走ったことか。そしていつも誰かがずっと後ろから、こう叫ぶのであった。「止まれ！　そんなに速く走ってはいけない、さもないと転ぶぞ！　私がおまえに追いつくまで、待っていろ！」いまやずっと前の方から、こう叫ぶものがあった。「もっと速く走るんだ、もっと、もっと速く！　もう止まってはいけない、さもないと転ぶぞ。もう考えるのはよせ、さもないと忘れるぞ！　おまえがおまえに追いつくまで、待っていろ！」

いつの日か、人は誰しも跳躍せねばならないのだった。エレンは、もう時間がないことを知っていた。直に跳躍するであろうことを知っていた。すべてはたった一つの助走だったのだ。父親に母親、領事、フランシスコ・ザビエル、河岸に英語の授業、祖母、大佐に埋もれた地下室の侵入者たち、死んだ馬、池のそばの焚火に、この最後の夜。エレンは、そっと歓喜の声を上げた。もう一度、みんなに面と向かってこう叫びたいほどであった。助走なのよ。どこかで青一色になるのよ。跳躍を忘れないで、あなたたち！　楯（たて）であるかのように、エレンは手紙を支えた。

それはまるでエレンには、最後にあの古いメリーゴーランドに乗っているかのようであった。鉄の鎖が大きな音を立てた。鎖は、エレンを飛翔させる用意ができていた。引きちぎれる用意ができていた。エレンは河岸に向かって、戦闘のただなかにある橋々に向かって走った。エレンは岐路に立つ、平和の王を追った。誰ももう、エレンを引き止めなかった。エレンを引き止めることのできる者はいなかった。歩哨がエレンから手紙を受け取った。明るい色の上着を着た女が叫んだ。「そっちへ行ってはダメよ！」その女の上着には血がついていた。女はエレンの手をつかもうとしたが、エレンは身を引き離し、肌を刺すような煙の雲の中に行きつき、目をこすった。

目をしばたたかせながら、エレンは急いで行き来するたくさんの形姿（なりすがた）に気づいた。垂木に大砲、それから灰緑色の泡だった水。ここでの秩序の混乱は、もう解きほどけなかった。けれどもその後ろは、青一色になっていた。

もう一度、エレンには、よその国の兵士たちの甲高い驚愕（きょうがく）した叫び声が聞こえた。エレンは自らの上に、ゲオルクの顔を見た。いまだかつてなかったほど、その顔は明るく透明であった。

「ゲオルク、もう橋がないわ！」

「僕たちで新しく造るんだ！」

「その橋は何て名前になる？」

「より大きな希望、さ。僕たちの希望だ！」

「ゲオルク、ゲオルク、私には星が見える！」

燃えるような瞳をばらばらに砕かれた橋の残骸に据えて、エレンは、地面から引き剝がされて空を向いているレールの上をジャンプして、重力によってふたたび大地に引っ張られる寸前に、榴弾の爆発で粉々になった。

戦闘のただなかにあった橋々の上に、明けの明星が昇っていた。

## 言葉にとどまること、その難しさと素晴らしさ――訳者あとがきに代えて

本書は、オーストリアの作家イルゼ・アイヒンガー（Ilse Aichinger）の最初にして唯一の長編小説 *Die größere Hoffnung* の翻訳です。よくわからないけれど、これってとにかく凄い！ そんな風に私たち読者を一気に引き込むこの作品が書かれたのは、七十年ほどまえのことです。一九六〇年にところどころ書き改められましたが、初版が発表されたのは一九四八年のことでした。

アイヒンガーは一九二一年十一月一日、一卵性の双子の姉ヘルガとともにウィーンに生まれました。「アーリア人」で教師をしていた父と改宗ユダヤ人で医者だった母との間に生まれた、「間違った」祖父母を二人もったエレンと同じ半ユダヤ人です。その父と母はイルゼとヘルガが幼い頃に離婚し、子どもたちは母と祖母のもとで大きくなりました。一卵性双生児で、ハー

フ……。双子であれば、双子の姉妹もアイデンティティの重要な一部になるでしょう。「ハーフ」という言葉にすでに差別的なニュアンスが含まれているように、ハーフであれば、どこまでも中途半端なイメージがつきまとってくるでしょう。成長するにつれて、自分の中にいかに自分とは違う「他」なるものが含まれているか、その「他」なるものとの矛盾に、アイヒンガーは苦しんだはずです。作中には見知らぬものやよその何かについて書かれている箇所が多くありますが、そうした何かに向き合い、それを自分のものにすることでエレンは成長していきます。「おまえがおまえに追いつくまで、待っていろ！」――ヤンからの手紙を携えてひた走るエレンにそう呼びかける声がありますが、『より大きな希望』には、作家の分身的存在ともいえるエレンの自己をつかむ話という側面があります。

アイヒンガーが思春期を迎えた頃のオーストリアは、人々のアイデンティティを外側から押しつけていく、まさに息苦しい社会でした。ヒトラーがドイツで全権委任法を成立させて独裁政権を確立させたのが一九三三年、そのナチス・ドイツによる「合邦」、つまり併合をオーストリアが諸手を挙げて歓迎したのが一九三八年三月でした。オーストリアは「オストマルク」に改名され（一九四二年にさらに「ドナウ＝アルペン大管区」に改名されます）、ナチスの反ユダヤ主義政策を推し進めていきました。ドイツでは一九三五年に制定されたニュルンベルク法で、社会に同化していたはずのユダヤ系ドイツ人を「ドイツ人」ではなく「ユダヤ人」として定義し直し、これらの人々の公民権をはく奪していましたが、いまやその法律がオーストリア、否、「オストマルク」にも導入されることになりました。「合邦」時点でウィーンには約十六万七千人のユダヤ教徒が住んでいましたが、さらに二万五千人もの人が新たに「ユダヤ人」と見なされました。アイヒンガーは「第一級混血児」でしたから書類上はユダヤ人ではありませんでしたが、日常生活において周囲からユダヤ人として軽蔑されることも多々ありました。一九四一年になると、そのようにして定義づけられたユダヤ人は外出する際に「黄色い星」を衣服の左胸に着けなくてはならなくなりました。作中でも言及されていますが、この黄色い星はユダヤ教を象徴するダビデの星の形をしており、真ん中に「ユダヤ人」と書かれていました。つまりナチスは、本来、ユダヤ人にとって希望の象徴であるダビデの星を、烙印にしたのです。

ナチスにとって都合の悪い人々が強制収容所に送られる、ということがナチス政権成立いらい日常茶飯事になっていましたが、ユダヤ人がユダヤ人だからという理由で収容所に連行されるようになるのは、第二次世界大戦が始まってからのことです。その大戦は一九三九年九月一日の未明、ドイツ軍がポーランドに侵攻することで始まりました。実は開戦前にすでに、アイヒンガー一家は亡命という選択肢を選んでいました。「合邦」以前からオーストリアの反ユダヤ主義的傾向は強く、そのため一九三四年から三八年までに約一万人のユダヤ人が国外に逃亡していました。運よく母親の姉がイギリスで職を見つけていたので、残りの家族もこれに続こうとしました。

一九三九年七月四日に、まずヘルガが海を渡りました。その後を残りの家族（祖母、母、母の妹、弟、イルゼの五人）も追う……。その準備は整っていたのですが、その道は開戦とともに断たれてしまいます。「合邦」いらい母は職も家も奪われていましたが、戦時中はイルゼ同様、強制労働に就かされることになりました。住まいも次々に替えられ、戦時中は一部屋での生活を強いられました。一つの家に複数の家族が住まわされるという、小説でも描かれている状況です。そして一九四二年五月六日には、祖母と叔父叔母が強制収容所へ送られ、そこで命を落とすことになりました。アイヒンガーが家族を最後に見たのは、ウィーン市内の中心にあるスウェーデン橋の上でのことでした。幌のかぶせていない家畜車の荷台に載せられた祖母と叔父叔母が橋を渡って消えていく様子を、満足げな表情で見物していた周囲の人たちも含めてアイヒンガーはとても鮮明に覚えていて、そのことを後のインタビューで語り、また書いてもいます。叔母はピアノの教師をしていて、映画が大好きで映画館に足しげく通う人でした。叔父は技師で「アーリア人」の妻がいましたが、その妻は「合邦」後に離婚届を提出し、早々にユダヤ人の夫に見切りをつけていました。母はというと、イルゼが混血の未成年者であったことで、扶養義務のある保護者という身分で連行を免れました。イルゼは戦時中に成人してしまいますが、終戦まで、母の連行を防ぐために年齢を実際より若く偽ったといいます。

ウィーンにおける終戦は、ソ連軍によってもたらされました。西と南からウィーンを目指していた米・英・仏軍に先立って、ソ連軍が現オーストリア東部国境線を越えたのが一九四五年三月二十九日でした。そしてそのソ連軍がウィーンを制圧したのが四月十三日です。同月三十日にヒトラーはベルリンで自殺、その後、ドイツは五月八日に無条件降伏をしますが、その頃には、ウィーンにはソ連軍の指揮のもとで臨時政府が成立していました。ユダヤ人はというと、「合邦」後、多くのユダヤ人が海外へと追放され（エレンの母も追放されました）、追放されなかった人たちは強制収容所ないし絶滅収容所へと送られ、その多くがそこで帰らぬ人となりました。一九四五年四月の時点でウィーン市内に生き延びたユダヤ人は、たったの五千五百人ほどでした。（以上までの記述では、増谷英樹・古田善文『図説　オーストリアの歴史』河出書房新社、二〇一一年、を参照しました。）

『より大きな希望』には、亡命できずにウィーンにとどまらざるをえなかったアイヒンガーの自伝的要素が様々な形で織り込まれています。作中では地名や年数が具体的に書かれていないので、一見、どの場所で起きているどの戦争のことなのかが定かではありませんが、近年の研究により、この小説がいかに正確にウィーンの地理と史実を踏まえ、それに合わせて語っているかが明らかになっています。とりわけジモーネ・フェスラーの研究書（Simone Fässler :

*Von Wien her, auf Wien hin*, Wien u.a. : Böhlau Verlag, 2011）に詳しいのですが、それを参考にしますと、エレンが深夜のアメリカ領事館に潜り込み、領事にビザの発行を迫ったのは一九三九年八月三十一日から九月一日にかけての夜です（第一章〔章番号は「大きな希望」を第一章とし、以下順繰りに、「より大きな希望」を第十章とします〕）。午前一時の鐘が鳴った、その「もう遅すぎるか、まだ早すぎる」時間は「八月」とされていますが、それは、ドイツ軍によるポーランド侵攻がこの時点ではまだなされておらず――軍事行動は午前四時四十分に開始されています――、その意味で、まだ「九月一日」は始まっていなかったからです。夜が白みはじめ、鳥がそっと歌いだすと、「最初の秋の花々」が霧から浮かび上がります。その日、エレンは盲人から、戦争中であること、亡命は不可能であることを知るのです。

第二章で子どもたちが溺れる赤子を待っている河岸とは、フランツ・ヨーゼフ岸のことで、一部は旧市街地に沿って流れているドナウ運河沿いに位置します。同じ章に出てくる「ガスタンク」とは、そこから南東に向かってやや離れたところに位置する十一区のジンメリングにあって、当時は市内のガス供給を一挙に担った重要な工業施設でした。メリーゴーランド（空中ブランコ）はもちろんプラーター公園にある乗り物ですが、作中ではガスタンクの影に置かれています。

第三章で子どもたちの遊び場になっているのはウィーン中央墓地で、この墓地もやはり十一区にあります。いまでこそ観光名所の一つになっていますが、当時はユダヤ人墓地がナチスの攻撃対象となり、すっかり荒廃していました。子どもたちのいる「はずれの墓地」とは中央墓地の東端に位置する新ユダヤ人墓地のことですが、そこは戦時中、公園に立ち入ることのできなかったアイヒンガーと母が週末によく訪れていた、「憩いの場」でした。そこから子どもたちが突破することを目指した国境とは、ドナウ川沿いは六十キロメートル東に行ったところにある、スロヴァキアとの国境です。

第五章に出てくるユダヤ人に着用が義務づけられている星とは黄色い星のことで、この頃には、「島」の人々は移送をめぐる不確かな噂に戦々恐々とした日々を送っています。この島とは、十七世紀にユダヤ人ゲットーがつくられていらい（ゲットーがあったのは一六二四年から七〇年まで）ウィーン・ユダヤ人の生活の中心をなしてきた、二区のレオポルトシュタットのことです。なおプラーター公園も、この二区に位置します。ドナウ川と旧市街地沿いを流れるドナウ運河に挟まれて島の形をなしていることから、そのように呼ばれていたのでしょう。戦時中、住まいを追われたユダヤ人の多くがこの島で一家族一部屋という集団生活を強いられていました。アイヒンガーと母に割り当てられていた部屋はこの島にではなく、旧市街地のゲシュタポ本部のすぐそば（！）にありましたが、祖母と叔父叔母の部屋がこの島にありました。第五章には晩秋についての記述がありますが、ユダヤ人に黄色い星の着用を義務づける警察命令が出されたのが一九四一年九月一日のことで、ウィーンから最初のユダヤ人移送がなされたのが一九四一年十月十五日のことでしたから——そしてその移送こそ、ユダヤ人をめぐる政策が「追放」から「絶滅」へと移行したことを示していました——、アンナがポーランドへの要請を手にしたのは、一九四一年十月上旬ということになります。

第六章と第七章では友たちの連行と祖母の死が語られますが、これらの出来事もレオポルトシュタットでのことでしょう。第六章ではエジプトの手前が戦争中であることが言われていますが、北アフリカ戦線におけるドイツ軍の軍事行動は一九四一年三月に始まっており、エジプト領への侵攻は翌年六月になされています。このことから、子どもたちの劇は一九四一年十二月のクリスマスになされたものであることがわかります。第七章における祖母の死は三月における出来事とされていますから、一九四二年のそれなのでしょう。第八章で列車が出発するのは、ユダヤ人移送の出発駅となったアスパング駅です。

第九章では、人々はすでに連合軍の空爆にさらされています。食料が掠奪される様子が作中に描かれていますが、それは史実と照らし合わせると一九四五年四月上旬のことです。なお、ワイン樽を奪い合う場面や屠殺場での混乱の描写は自身の体験がもとになっていることを、後年の自伝的作品である『映画と災厄』（二〇〇一年）の中でアイヒンガー本人が明かしています。

そして最終章でエレンが足を踏み入れるのは、ユダヤ人の子どもたちが遊ぶのを禁止されていた市立公園です。真ん中にドナウ運河が流れる、旧市街地の一区とその南東の三区にまたがるその公園は、ウィーン制圧を目指すソ連軍にとって重要な通過点をなしていました。そこを駆けて、駆けて、ソ連軍の兵士たちの一群に出会い、エレンが最後に向かった橋とは――まさに、アイヒンガーが祖母と叔父叔母を最後に見た、スウェーデン橋です。この橋は旧市街地と「島」を結ぶ重要な橋で、両側をつなぐ数々の橋の中でも、数世紀にわたって唯一安定した「島」への連結路をなしてきた、という歴史を持った橋です。戦闘の状況から結末の描写は、ソ連軍によるウィーン制圧の二日前である、一九四五年四月十一日の未明のこととされています。

このように物語を歴史的な事実と地図に重ね合わせてみると、『より大きな希望』という作品は、「合邦」期のウィーンにおける壮絶な第二次世界大戦の日々を生き抜いたアイヒンガーの、その個人史を文学的な形にしたものであることがわかります。でもそれではなぜ、アイヒンガーは具体的な年月日や地名等の固有名詞を使わなかったのでしょうか。場所や時代を特定させない描写では、戦争の普遍化や神話化につながってしまう危険がないでしょうか。アイヒンガーが作品に込めた思いは、読者に伝わるのでしょうか。

この疑問に関して、普遍性や寓話性を特徴とした戦後ドイツ文学の置かれた状況を考慮することもできるでしょうが、ここでは作品においてテーマ化される「名前」という観点から考えてみたいと思います。作中では何度も「名前」が問題になりますが、第八章に登場する機関士は、弾薬を運ぶ列車に向かってこう言います。

「目的地を車輪で踏むことなど、おまえたちにできっこないさ。それはいつもずっと遠いままなんだ。インチキさ。おまえたちは車両を国中、押していき、また戻ってくる。大地をぐるりと回ってな。車両が押されるだけさ。行って戻って、行って戻って。名前、名前、それだけさ。新しい車両がつなげられる。おまえたちは古い車両を切り離す。暗くなると、おまえたちは撃ち始める。そうしておまえたちの境界線はみんな前線と呼ばれるんだ。名前、それだけさ。どの名前も的を射ない。(後略)」

また同じ章でエレンが連れていかれる詰所には、壁に地図が掛かっていますが、その地図は「画鋲で刺されて傷つけられて」います。それというのも「町という町の名前は戦場という戦場の名前になってしまった」からです。当時、地名で表される場所がどこでも戦場になりえたことを思えば、結局、どんな地名も戦場を意味する名前になってしまったというのもうなずけます。第二次世界大戦の根底にあった地政学的観点に立てば、世界中の空間は領土として、資本として、獲得すべき場所として、戦地になりえました。エレンの言うように、「エジプトだろうとポーランドだろうと」同じなのです。つまりウィーンという地名もこの観点からすれば戦場を意味する名前になってしまい、他の戦場と同じになってしまいました。

ですがこの小説は、どこででも繰り広げられていた戦争を描くものであってはならなかったはずです。それはウィーンにおける第二次世界大戦、それもアイヒンガーにとってのそれを巡るものでなくてはならなかったはずです。そこで重要になるのが、別の意味における「名前」です。上に挙げた「名前」観は、名前とはしょせん事物とは切り離されていて、取り換え可能なものである、だからその名前では事物を表せない、というものでしょうが、小説の中には、それとは反対の見方も提示されています。見方というより、可能性や期待と言うべきでしょうか。それも作品の冒頭と結末において、特にはっきりと示されています。

冒頭では、もはや亡命することのできないエレンに対して、領事が自分でビザを発行するよう諭します。「でも、どう書けばいいの？」と問うエレンに、領事はこう答えます。

「署名するんだ」領事は言った。「そしてその署名は、君が君自身にする約束なんだ。お母さんと別れるとき、絶対に泣かないって。それどころか、君がおばあちゃんを慰めるんだ。慰めが必要だからね。それから、決してもうリンゴは盗まないってことも。それから何があろうとも、すべてが青一色になる場所があるってことを信じ続けるんだ。何があろうとも、だよ」

「自分でビザを発行する人だけが、自由になれる」領事はそうも言っていますが、その方法は署名だというのです。そしてそれが自分自身にする約束なのだ、と。こうして自分自身で書いたビザに署名をしたエレンは、その後、自分自身との約束を最後まで守ります。友たちと別れてからも、祖母に死なれてからも、初めて恋心を抱いたヤンとは別にひとりで橋へと向かわなくてはならなくても、青一色の場所があることを信じ続けるのです。

とうとう物語の終わりに、エレンはゲオルクとの邂逅を果たします。

「ゲオルク、もう橋がないわ!」
「僕たちで新しく造るんだ!」
「その橋は何て名前になる?」
「より大きな希望、さ。僕たちの希望だ!」

なくなってしまった橋を新たに造るとき、真っ先に名前が問題になっているということは、その名前にある種の現実を構成させる力が託されていることを示しています。ビザの発行に署名が必要なのも、名前を書くという行為に境を越えていくための力が期待されているからに他なりません。このような意味における「名前」は、決して取り換え可能な何かではなく、事物としっかり結びつき、その事物を立ち現せることのできる何か、といえるでしょう。少し話がそれますが、作中において何度か言及される「番号」についても、それが「名前」に関わる重要なモチーフであることをここで指摘しておきましょう。近代以降の市民社会では、人々は様々な番号で管理されていますが――電話番号や身分証明書の番号などです――、そうした番号は一人ひとりに割り当てられているにも関わらず、それ自体は取り換え可能で、その背後に当の本人を立ち現せることのできる「名前」としては機能しません。その意味で「つなぎ方が間違っている」のです。だからこそ作品においては、別の意味の番号を探り当てることが目指されます。祖母が死ぬ第七章では「秘密の番号」が話題に上りますが、この番号こそ、人物としっかり結びついた、取り換え不可能な番号、事物と結びついた「名前」なのでしょう。

『より大きな希望』においてアイヒンガーのなしたことは、まさにそうした「名前」の力で戦時中のウィーンを再構成したことでした。ウィーンという名前を出さなくとも、「ガスタンク」や「島」という言葉から、ウィーンという空間が読者のもとに立ち現れる――アイヒンガーはそう期待したのではないでしょうか。ここで、これらの言葉が「名前」でもあることに注目すべきでしょう。作中におけるガスタンクという言葉は、ガス工場があるところにはどこにでもあるガスタンクのことを指しているのではなく、一八九六年から九九年にかけてウィーン十一区に建設されていらい、一九八〇年代に至るまで市のガス供給を担った、一つひとつが直径六十メートル、高さ七十メートルのシリンダー型をした、巨大な四基のガスタンクのことです。その意味でこの言葉は固有名詞であり、「名前」です。それにとどまらず、この「名前」には、ガス室や焼却炉という、想像を絶するホロコーストの凄惨な殺人現場のイメージまでもが含まれます。子どもたちが禁じられている空中ブランコに乗ってつかの間の幸せを味わうことができるのは、そのような「ガスタンク」の影において、言い換えれば、いつ捕まえられて命を奪われてもおかしくない、当時のウィーンの状況においてであったのです。

「島」という言葉も、それが単にレオポルトシュタットという島を指す固有名詞であるだけでなく、その「名前」は当時のウィーンにおけるユダヤ人の置かれた孤立した状況、逃げ場のない状況を含意しています。このように考えていくと、場所に関わる作中の一つひとつの名詞は「名前」として、場所を指し示す固有名詞なだけでなく、特定の現実をも含み込む「名前」として、とらえられるべきものであると言えそうです。他の名前とは取り換え不可能な、作品世界を構成していく力のある、「名前」。そうした「名前」を真摯に受け取るとき、独特なウィーンが立体感を持って立ち現れてきます。地図上で二次元的に枠づけることのできるウィーンではなく、ポーランドやミンスクと直につながっている、あるいはそうした場所をも自身に含めたウィーンです。アイヒンガーの家族が虐げられ、殺された（アイヒンガー自身の表現です）のは、まさにミンスクにおいてでした。作中では線路や市電が場所に関わる重要なモチーフとして登場しますが、それはまさに鉄道によってウィーンが強制収容所、絶滅収容所と結びついていたからです。そのようにして私たち読者には、不思議なことに、現実のウィーンに足を踏み入れた経験がなくても、また仮にウィーンという場所を知らなかったとしても、独特な雰囲気を伴う「ガスタンク」や「島」という「名前」から、第二次世界大戦期のトポロジカルなウィーンを再構成することができるのではないでしょうか。ウィーンという取り換え可能な名前がないからこそ、逆説的に、他の都市とは比較不可能なウィーンが立ち現れてくるのです。

場所だけではなく時代に関しても、アイヒンガーはあえて年代を明示しないことでそれを浮かび上がらせようとしています。小説の中には現実の客観的な時間感覚とはかけ離れた主観的な時間感覚が出てきます。が、そもそも、例えば第二次世界大戦の始まった一九三九年の感覚は、「一九三九年」という言葉を用いたからといって表せるものではありません。時間を表す言葉には、年、月、日とありますが、月と日がめぐりめぐるものであるのに対し、年はそうではありません。一度きりしかないという意味で、年も地名と同じような固有名詞です。一九三九年であろうが一九四〇年であろうが、年も取り換え可能な戦時を表す名前になってしまった——そうアイヒンガーは思ったのではないでしょうか。

ヴァイルハイマー文学賞という、少年少女たちによって選ばれる文学賞がドイツにあるのですが、一九八八年にその第一回を受賞したのは、とりもなおさず『より大きな希望』で子どもたちの支持を集めたアイヒンガーその人でした。その受賞の際のスピーチで、『さよなら子供たち』という映画に触れながら、アイヒンガーは一日が一回きりのものであることを、過ぎ去った日々は二度と戻ってこないことを強調しています。第二次世界大戦の日々が一回きりのものであって、もう二度と戻ってこないとき、それでもそのような日々を読者に追体験させることができるような物語とは、どのように書かれなくてはならないのでしょうか。アイヒンガーは、過ぎ去ってしまった時間を「いま」という瞬間に取り込むことで、それを成し遂げようと試みます。

最終章に、一読しただけではよくわからない箇所が出てきます。以下は、エレンがヤンの顔に、ずっと探し求めていた平和を見いだす場面です。

「あなただって、言ってちょうだい！」

「僕が誰だって？」

「私が家に帰りたかったときに、言っていた人のことよ！」

ヤンはソファーに横たわり、エレンを見つめた。エレンはヤンを握る手に力を込めた。

「あるとき私が笑ったとしたら、それはあなたが笑うからなのよ。だから私はいつも笑ったの。私がボールで遊んだとしたら、それはいつもあなたと遊んだのよ。そして私が成長したとしたら、私の頭があなたの肩に届くようにって成長したのよ。立つことを、走ることを、そして話すことを、私はあなたのために学んだのよ！」


ここで一瞬、戸惑ってしまうのは、エレンが、笑った、遊んだ、成長したという過ぎ去った日々の出来事を、いまのヤンに結びつけていることです。「あるとき私が笑った」ことと、いま「あなたが笑う」ことは、客観的な時間感覚においてはつながりえないことです。ですがエレンは、過去と現在の間の断絶を「いつも」という時間感覚で飛び越えていきます。「昨日から明日まで、ヤン、私たちはみんな、それだけとどまっているのよ！」そのようにエレンが言うとき、一回きりの時間が、いま（あるいは今日）という時間の中で取り戻されているのです。作中には月や季節についての描写がところどころ細かくなされていますが、そこには二重の時間が込められていると言ってよいでしょう。私たち読者の生きる「いま」におけるめぐりめぐる時間と、第二次世界大戦中の特定の日々を指す時間の、二重の時間です。

『より大きな希望』とは、第二次世界大戦下のウィーンにおける「保証されない子どもたち」が辿った軌跡を描く物語である、と位置づけるとして、では彼らのどのような時間が私たちのいまに甦っているのでしょうか。

亡命という選択肢が断たれた後で、エレンは教会に行き、「もっとも熱望した国を目の前にして死んでしまった」フランシスコ・ザビエル像を前に、「ここにとどまらなきゃならないとしても、海を渡っていけるように、助けてちょうだい！」とお願いします。この海とは、自分自身で発行したビザに署名をした者だけが渡ることのできる、自由の国への途上にある「海」を示す「名前」に他なりません。こうしてエレンは、現実の亡命とは違う形の亡命の可能性を探るようになります。第三章で子どもたちが試みる違法な出国は、結局は失敗に終わりますが、「俺たちは国境を越えることは、もうできないんだ！」と言う御者に、「境なら、僕たちはもう越えているさ」と子どもたちは答えます。この境とは現実の国境のことではないのですから、そのような現実を超えたところにある何かなのでしょう。ですがそれは、いったいどんな境なのでしょうか。

それを考える手掛かりは、すぐ次の章に出てきます。そこでは移住の見込みのない子どもたちが英語を学んでいることに、ヒトラーユーゲントの隊員と思しき制服着用の子どもたちが疑念を抱きます。ですが、なぜ英語を学ぶのかという問いは、結局、なぜ人は笑うのか、泣くのか、という問いと同じになってしまいます。つまり、生きるとは何なのか、が問われているのです。なぜ死なねばならないときに生きるのか、ではなく、死なねばならないからこそ生きる――私たち人間の生は、いつか終わるからこそ意義がある、とこの章は言っているようです。そして第六章では、子どもたちで演じられている劇――そこでは子どもたちは連れ去られ、虐げられ、殺されることになるでしょう――と、子どもたちの演じるそれが、ついに一致します。劇を演じているさなかに現れる向かいの紳士に向かって、「僕たちはもう、後戻りしたくないんです」とレオンが言うとき、それは死という運命を子どもたちが自ら進んで選び取るという、強い決意の表れとなっているのです。そうして彼らは自らのうちにある境を越えて、「海」を渡っていきます。

第五章まではエレンを導く存在が各章に現れていましたが、第七章以降は、そのような存在は登場しません。エレンは何らかの形で自分自身へと、「家」へと辿り着かねばなりません。そこでまず、祖母の自死が生きる行為であることをエレンは理解しなくてはなりません（第七章）。さらに「あらゆる泥棒たちに、神のご加護がありますように」という自分自身の言葉の意味を、説明しなくてはなりません（第九章）。エレンはそれを、泥棒たちが「私たちを追いかけているから」だとします。私たちは自分たちの生（いのち）を救おうとして、実は間違ったものを救っている。それを「持ち続ける」のは、まるで泥棒と同じではないか。だから「私たちが正しいものを救えるように」、私たちはすべてを返さなくてはならない……そう説明するのです。そのことを自ら示してみせるように、言い換えれば、真の意味で自分の生（いのち）を救うために、最終章でエレンは「家」を目指します。ゲオルクにハンナ、ルートや祖母のいる、「家」を。ゲオルクとの邂逅を果たすラストシーンは、エレンが「海」を越えて「家」へと、同時に自分自身へと辿り着くことを示しているに違いありません。聖人ザビエル同様に、「もっとも熱望した国を目の前にして」木っ端微塵になるエレンの目の前は、もう「青一色になっていた」のですから。

　このように辿ってみると、追い詰められていく子どもたちの物語が、同時に彼らのある種の解放、そしてある種の救済に向かう物語でもあることがわかります。この作品は、一つの救済史としての読みも可能にするのです。救済史とは本来、天地創造から終末までの人類史を神による世界の救済の過程ととらえるキリスト教的な概念ですが、この作品は、随所にキリスト教的なモチーフやシンボルを用いて、それが救済史でもあることを「見せている」かのようです。「それがはっきりする日が来たら、喜ぶんだ」と射的屋の男が言っているように、作品の中では、見えないものを見ることの重要性が説かれています。見えないけれども見るべきものとして描かれているものに、平和、愛、自分自身と同義でとらえられるような「家」などが挙げられますが、それに救済史としての物語、を加えることもできるでしょう。

エレンは「教会に行くことを楽しみ、まるでそれが喜びであるかのようにそのことを夢中で語る人々に」共感していませんが、死の間際に祖母を洗礼していることからも、熱心なカトリック信者と言えそうです（アイヒンガー自身も若い頃は熱心なカトリック信者でした）。そのエレンの視点で語られる箇所の多い『より大きな希望』には、様々なキリスト教的モチーフやシンボルが登場します。以下に、いくつかに限定して述べていきましょう。

全編を通して登場するシンボルのなかに、リンゴ、鎖、星があります。リンゴと聞くと、旧約聖書における楽園追放のきっかけになった、アダムがエヴァに与えた禁断の果実を連想しますが、リンゴは果実として、とりもなおさず地上の繁栄を象徴しています。エレンが売り払わねばならなかった本棚はリンゴの匂いがしましたが、それはこの本棚が、エレンの生の一部をなしていたことを示しているでしょう。その果実が原罪となるとき、その罪は救済の対象となるでしょうが、作品において、リンゴは消えてしまいます（第九章）。リンゴに象徴される「罪」とはどのようなものなのか、そしてそれは、どのようにして救われるべきなのか――。作品は、そう問いかけているように思えます。

鎖は、様々な形で登場します。クリスマスツリー用の飾りチェーン、メリーゴーランドの鎖、日々に喩えられる真珠の鎖、等々。作中に出てくるキリスト教的な鎖は最初に挙げたツリー用の飾りチェーンだけですが（もっとも「鎖」という言葉そのものは出てこないものの、ロザリオも鎖といえば鎖です）、このチェーンへの言及があるだけに、他の鎖も宗教的な意味で理解することが可能になるでしょう。作中に出てくる鎖という鎖は、生命を象徴するモミの樹に飾るツリー用のチェーン以外は、バラバラになるのが特徴的です。日々は「鎖がちぎれてバラバラになった真珠のように」転がっていきます（第三章）。屠殺場では兵士たちが列になって「汗と怒りの鎖」をなしていますが、その鎖はちぎれ、その場は騒然とします（第九章）。このように鎖がちぎれることは混乱や危機を意味しますが、一方でそれはチャンスでもあります。子どもたちが言うように、「ラッキーだったら、鎖がちぎれちゃう」のです。その意味でバラバラになるべき鎖とは、あるべき連関にない現実ということなのでしょう。キリスト教で鎖の象徴するところのものを一言で述べるのは難しいですが、ロザリオがカトリックの祈りに際して重要な役割を果たすことを思えば、それが宗教的な世界観を体現するものであることがうかがわれます。ツリー用のチェーンだけがバラバラになっていないのは、むしろそのようなチェーンとして鎖はつなげられるべきだからです。よくよく考えればこの作品も、一つひとつの章はチェーンの一つひとつの真珠のようです。全体が一つの世界観になるようにそれをつなぎ合わせていく作業は、私たち読者にゆだねられていると言ってよいでしょう。

そして、星です。東方の三賢王とは新約聖書に登場する、イエス・キリストが生まれたときに祝福に現れた三人の占星術師（博士）のことですが、まさにこれらの学者たちは一つの星によってイエスの誕生を知ります。このように星には、神のお告げを知らせる導き手としての意味がありますが、小説において肝心なのは、ユダヤ人の烙印として貶められた黄色い星が、ふたたび宗教的な意味（希望の象徴）を獲得していることです。エレンの手書きのビザには花々や鳥たちと並んで星々が描かれていますが、ここにすでに表れているように、星は、小説において重要な導き手としての役割を果たしています。物語を注意深く追っていくと、夜や闇が重要な背景をなしていることに気づきますが、新約聖書において、夜は悪の領分であるとされます。だからこそ物語では、夜の闇に光を注ぐ星が求められているのです。それを象徴するように、小説は「戦闘のただなかにあった橋々の上に、明けの明星が昇っていた」ことを記して終わっています。（聖書における象徴については、ところどころ、マンフレート・ルルカー『聖書象徴事典』池田紘一訳、人文書院、一九八八年、を参照しました。）

以上の他に、聖書からの引用としてもう少し補足しておきますと、第四章に登場するノアは、旧約聖書で大洪水の際に生き延びる人物です。人間たちの堕落した様子に怒りをなした神は、大洪水を引き起こして地上に生のあるあらゆるものを滅ぼすことにしますが、ノアだけは例外とします。そしてノアには前もって箱舟を造らせ、そこにノアとともに生き延びるべき生あるものを入れさせる、という話なのですが、要するにノアは生死の選別に関わる人物です。第四章の外国放送をめぐるくだりでは、「外国放送を聞く者は、死に値する」という放送に続いて、老人が次のように言うのが印象的です。「誰が死に値するとでもいうのだろう？」「誰が生に値すると？」もともとラジオの声は、外国放送を聞けば死刑が科せられるかもしれないぞ、というナチス・ドイツにおける恐怖政治の現実を告げているのですが、ここでの表現で使われている「～に値する、～に相応しい」を意味する動詞verdienenには、罰や非難などに値するという意味と同時に、報酬や賞賛に値するという意味があります。つまりナチス・ドイツは、外国放送の傍受に対して罰としての死を与えると言っているのですが、老人はその言葉を逆手にとって、死を功績ととらえているのです。老人の台詞のすぐ前で、語り手は死のことを、「あらゆる見知らぬ使者（外国放送）の中で、もっとも見知らぬこの使者」と言っていますが、ラジオや放送局を意味するSenderという名詞は（作中ではさらに放送の意味も込められています）、任務や使命を表すSendungというもう一つの名詞と語根をともにしており、使者の意味もあわせ持ちます。ナチス・ドイツは自身の侵略戦争を「ドイツ人の使命感（das deutsche Sendungsbewusstsein）」から正当化していきましたが、そのもとで各地にやってきた使者とは、まさに人々に死をもたらす「死／死神」に他なりませんでした。

しかしここで、なぜ老人は「誰が見知らぬ使者（＝死神）という功績に値するとでもいうのだろう」と言うのでしょうか。なぜ死が功績としてとらえられるのでしょう。それは、死神という見知らぬ使者は生者に現れる限りにおいて、逆説的に、生を証明するからです。第三章では、墓に眠る死者たちが死んでおらず、だからこそ子どもたちを証明できる死者たちがいない、と言われているのですが、死者たちが死んでいないのは、まさに彼らが「侮辱され」、「嫌悪の対象」とされ、「迫害されて」いるからです。死者を狩り立てることはできませんので、アイヒンガーは逆転の発想で、だから狩り立てられている死者は死んでいない、としているのです。このことに子どもたちは一瞬、喜ぶものの、自分たちの生を証明してくれる死者がいないことに、すっかり肩を落としてしまうのでした。

こうして第四章の後半における、制服着用の子どもたちとユダヤ人の子どもたちの乱闘の場面では、両者が見知らぬ使者を探すという、奇妙な状況が生まれます。ドイツ人の子どもたちが死を意味する見知らぬ使者（＝ラジオ）を探す一方で、ユダヤ人の子どもたちは生を意味する見知らぬ使者（＝死神）を探すという、奇妙な状況です。その乱闘を、生死の選別に関わるノアその人が見つめている……と、そのような構図になっているのですが、ここでノアは、誰が生き延びるに値するか、という選別にではなく、生き延びるべき「生」とは何か、その生をめぐる価値の選別に関わっているのです。

第六章で子どもたちが演じているクリスマスの劇は、まさにイエスの誕生にまつわるものですが、これは新約聖書の冒頭で語られる話です。ヨゼフの許嫁であったマリアはあるとき赤子を身ごもりますが、それがのちの救世主イエスでした。なおヨゼフもマリアもダビデの子孫とされていますが、ダビデとは、かつてイスラエル王国の建設を完成させ、その全盛期を築いた偉大なる王として親しまれている人物です。さてベツレヘムにイエスが生まれると、星を見てそのことを知った東方の三賢王が祝福にやってきますが、当時その地を統治していたのは、疑い深く、自らの権力を脅かしかねない存在であれば妻だろうと息子だろうと殺してしまう残忍な王、ヘロデでした。イエスの誕生を知り、自らの地位を案じたヘロデは、イエスの居場所がわかったら自分に知らせるよう、三賢王に伝えます。ですが三賢王には夢の中で、ヘロデのもとに帰らないようにとのお告げがあったので、彼らはそれに従いました。するとヘロデは二歳児以下の男の子を皆、殺してしまいます。一方、ヨゼフとマリアは三賢王の訪問後、ヘロデの死の手から逃れるためにすでにエジプトに向かっていましたので、イエスは死なずにすみました。以上の話が第六章で子どもたちの演じる劇の下地をなしているのですが、子どもたちの物語をこの聖書の物語に重ね合わせることで、アイヒンガーは第二次世界大戦下のユダヤ人に関する一つの宗教的解釈を提示しています。劇では、天使が「三賢王に警告し忘れていて、神はヘロデの手中に落ちてしまっていた」とありますが、ヘロデに捕まってしまったのはイエスという「ユダヤ人たちの王」だけではありません。第六章の冒頭に、王であるということへの希望のために人は迫害されるのかもしれない、と言われているように、ユダヤ人たちの王とは子どもたち一人ひとり、すなわち絶滅の対象にされてしまったユダヤ人のことでもあるのです。こうしてアイヒンガーは、ユダヤ人の死をイエスの贖罪に重ねます。

この他、劇の中で唐突に出てくる（と、一見、思われる）「白銀（しろがね）の糸」とは、旧約聖書は「コヘレトの言葉」にある表現で、そこでは命の絶たれる様子が白銀の糸の断たれる様子になぞらえられています。また祖母の自死の場面では（第七章）、バビロン河の畔にいて涙を流す人のうち、四人が立ち上がって祖母を連れ去るであろうことが書かれていますが、この四人とは聖書の中で自ら命を絶つ、サウル、アヒトフェル、ジムリ、ユダのことでしょう。第八章の終わりにおける、詰所にエレンが警官二人と残される場面では、外で「司教の杖が湿った敷石をたたいて」おり、同時に歌が聞こえてきます。その歌には悪魔が出てきますが、「白いコートに、黒い角」を持った悪魔とは、クランプスに違いありません。クランプスとはドイツ南部やオーストリアに伝わる恐ろしい生き物で（ドイツ北部や西部では、クランプスの代わりにクネヒト・ループレヒトという人物がいます）、聖ニコラウスの日（十二月六日）の前夜に、聖ニコラウス（司教）とともに子どもたちのもとにやってくると信じられています。聖ニコラウスが良い子たちにちょっとしたご褒美をあげる一方で、クランプスは悪い子を懲らしめる役回りです。ともあれ子どもたちは、伝統的にはご褒美目当てに長靴を玄関前に置きますが、作中ではそれを窓辺に置いておくと、「リンゴ、クルミにアーモンド」といった定番のご褒美と並んで「聞き慣れない歌」も入っている、となっています。そしてその中で、悪魔が長靴と引き換えに「売るための翼」を持ってくる、と歌われているのです。同じ章でエレンは「どうしてあなたたちは翼を砕いて、長靴と交換してしまったの？」と警官たちに言っていますから、長靴を翼に交換し直すこと自体は良さそうですが、それが「売るための翼」であり、悪魔が持ってくる……となると、少々混乱してしまいます。ですが、白黒がはっきりしないところ、白が黒になったり黒が白になったりするところが、アイヒンガーの一つの魅力です。

聖人ではありませんが、第三章に登場する「愛しのアウグスティン」についても、ここで少し説明をしておきます。愛しのアウグスティンと言えば、同名の有名な民謡がありますが、そのもとになっているのは、ペストの大流行した十七世紀のウィーンを生きたマルクス・アウグスティンという実在の人物です。バグパイプ奏者で、大道芸人でした。大の酒飲みとしても知られるアウグスティンには、こんな伝説があります。ある日、いつものように酒を飲み、道路脇で寝ていたところを、ペストで死んだと間違えられてペスト穴（ペストで死んだ者たち用に掘られた墓穴）に入れられてしまいました。当時、墓穴はすぐに閉じられることはなかったのですが、翌日、目を覚ましたアウグスティンはバグパイプを吹きながら、穴から救出されるのを待っていた……というものです。どんな状況もユーモアでもって乗り越えていく、その大切さを示す存在として、今日までウィーンで親しまれています。

謎の多い『より大きな希望』の奥深い世界について、ここで触れることができるのはほんのわずかしかありませんが、それでもこの作品の持つ様々な側面に、あらためて驚かされます。歴史的、宗教的、それに伝説や民謡といった想像の世界を多分に含む、イメージ豊かなフィクションの次元が、複雑に交差しています。もちろん、これに作家の自伝的な要素も加わるでしょう。その意味でこの小説は、様々な領域を行き来する作品です。全体において「とどまりながら、海を渡っていく」子どもたちの物語は、その構造においても領域横断的です。例えば一つひとつの章は、夕方から夜にかけて、あるいは夜から朝にかけてという、境界をなす時間帯に置かれています。主要な登場人物が子どもたちであるのも、まさに子どもたちが成長する、大きくなっていく、つまり越境していく存在であるからでしょう。第七章にはエレンが祖母に「それはおばあちゃんがまだ大きかったからよ!」という場面がありますが、エレンは大人たちにも「成長する」ことを、つまり越境することを求めています。(なおここで、エレンが「まだ大きかった」と言っているのが気になりますが、エレンは大小の価値基準を反転させているのです。エレンは第一章ですでに「落ちながら、上下がなくなってしまったこと」に気づいていましたが、上下も宇宙的観点からすると逆さまになって「上に落ちること」もありえるように、大人たちも成長すれば、また「小さく」なれるということです。)

訳しながら気づいたのですが、アイヒンガーはところどころ、メルヘンを思わせる書き方をしています。メルヘンと言えばグリム童話が有名ですが、そして作中にはエレン版の「赤ずきん」が語られますが、そのグリム童話では、いくつかの数字に重要な意味があります。その一つに「三」がありますが、『より大きな希望』でも三という数字には特別な意味があります。第五章でエレンがデコレーションケーキを買いたいという意志を店員に告げるのは三度ですし、第六章で子どもたちが連れ去られるのも三度目のベルが鳴るときです。第八章で機関士が旅の行先を忘れるのも出発の三分前で、最終章における砲撃も、三度目はそれまでのどの砲撃よりも激しいものだった、とされています。そういえば、第一章で領事が足を上下に揺するのも三度でした。文章そのものに目を向けてみますと、「〜して、〜して、〜した」という具合に、三つの行為が並べられる箇所が多々あります。この小説の場合、三の要素はとりもなおさずキリスト教における三位一体のそれととるべきなのかもしれませんが、メルヘン的と言うこともできなくはありません。そこで、もしかするとこの小説はメルヘンでもあるのだろうか、ということを考えたくなりますが、仮にこの小説がメルヘンだとしたら、それはグリム童話のように読み継がれていくことを強く欲しているのではないでしょうか。ただしグリム童話も無関係ではない、ナチス・ドイツを生み出した伝統を断ち切る形で、です。

作品の中には、紙が重要なモチーフの一つとして登場します。地図、ビザ、手紙——これらは、みんな紙です。エレンが冒頭でつくる船も、紙（乗車券）でできています。この紙には、どんな意味があるのでしょうか。第八章における詰所での尋問の場面で、大佐が記録を取らせようとすると、書記は「紙とは石ころだらけの地面だ」と言います。しばし考え込んでしまう内容ですが、この言葉はメディアとしての本のことを言っているのではないでしょうか。紙という物質を必要とする、それ自体は生命や成長することとは無関係な存在としての、本。書記の台詞の直前では、エレンが「書いてはダメです。書かないでください、育つようにしてやらないといけないんです」と言っていますが、それは、書くという行為が現実の生を紙という物質の中に密閉してしまうことになるからに他なりません。ですがそれでは、『より大きな希望』がメディアとしての本を必要としている以上、矛盾にならないでしょうか。アイヒンガーがこの本に託した子どもたちの生は、どうなってしまうのでしょう。

そこで重要な位置を占めるのが、読者の存在です。「育つようにしてやらないといけない」というエレンの言葉は、紙の上に書かれた物語を現実の生へと戻してやれ、ということなのです。『より大きな希望』がメルヘンだとしたら、それはとりもなおさず、それまでのメルヘンの伝統を断ち切る形で読まれることを欲しています。第二次世界大戦後、ゲーテやシラーといった文豪を生んだ国がどうしてナチズムを生んでしまったのか、と人々は問いました。アイヒンガーの出した答えは、紙の上の物語を育つようにして読まなくてはならない、というものだったのです。
けれども紙が「石ころだらけの地面」である以上、そこに書かれた物語を育たせるように読むことは、容易ではありません。堂々巡りをしているようですが、私たちはここに至って、一つの希望が示されていることに気づきます。エレンとゲオルクたちが新しく造る橋の名前は、より大きな希望、と言います。そう、『より大きな希望』という作品と同じ名前なのです。この作品こそが、橋になるべきなのです。そうだとすれば、それは「家」に辿り着いたエレンたちと私たち読者をつなぐ橋に違いありません。その意味で、エレンたちは紙（本）から現実への越境も果たすことができるのです。ただし、それが上手くいくかどうかは、つまりエレンたちが私たちの現実の生へとやってきて、それに関わっていくことができるかどうかは——、私たち読者一人ひとりにゆだねられているのです。

「はじめて出逢う世界のおはなし」シリーズについて、コンセプトを編集担当の津田啓行さんからうかがったさい、とにかく「力のある」作品を、ということでしたので、迷わず『より大きな希望』を提案しました。「迷わず」というのは、力という点でこの作品に並ぶものは他にない、そう直感するものがあったからです。それでも訳しながら、やっぱりこの作品は難しすぎる……と頭を抱えた場面が何度もありました。ですが途中で他の作品に切り替えることをしなかったのは、素晴らしいものは素晴らしい、とある時点でそう自ら開き直ってしまった（！）からでした。どうしてこういう表現や言い方になるのか、と論理的にわからなくても、小説における語りはイメージ豊かな言葉でなされ、感覚に強く訴えかけるものです。その感覚的なところを頼りに何度か読み直してみると、読むたびに「わかる」ところが出てくる……。『より大きな希望』は、そんな作品ではないでしょうか。そして、はじめて出逢う物語だからこそ、いつも何度でも読み返す物語であってほしい、そう願うようになりました。

このように書くと、「よくわからないで訳したのか！」というお叱りの声が聞こえてきそうですが、訳にあたっては、とにかく言葉にとどまるように努めました。アイヒンガー自身、言葉を正確に選ぶことを、そして言葉で事柄を正確に定義することを非常に重視しています。訳文の中には日本語として不自然なところもあるでしょうが、それは一つには、ドイツ語の言葉にできる限り忠実な訳にしたかった、という思いからくるものです。また、ルビに別の読み方を書くというやり方も、一つの言葉に複数の意味が込められていることを示すための苦肉の策です。こうした読みにくいところにつきましては、ひとえに訳者の力不足で、読者の皆様のご寛恕を請うばかりです。

最後にお二方のお名前を挙げて、この長い「注釈」を終えたいと思います。まずは、神戸大学の増本浩子先生。まだまだ日々、修業中の私ですが、先生が津田さんとの橋渡しをしてくださったおかげで、いまここに『より大きな希望』を上梓することができました。心より感謝いたします。そして、本書の最初の読者になってくださった東宣出版の津田啓行さん。はてな(?)なところをたくさん指摘してくださり、アイヒンガー・ワールドの理解を助けてくださいました。何度も何度も原稿を読んでくださいまして、本当に、どうもありがとうございました。

翻訳にあたって使用したのは、改訂版がもとになっている全集版(Ilse Aichinger : *Die größere Hoffnung*, Frankfurt am Main : Fischer Taschenbuch Verlag, 1991)です。適宜、既訳(『より大きな希望』矢島昂訳、月刊ペン社、一九八一年)も参照させていただきました。まさに本書を脱稿しようというときに、九十五年の人生に幕を閉じたアイヒンガー。その比類ない文学が、少しでも多くの読者に届くことを願ってやみません。

二〇一六年十一月

小林和貴子

［著者について］

## イルゼ・アイヒンガー

一九二一年、ウィーン生まれ。第二次世界大戦後、大学で医学を学び始めるものの、本書の執筆に専念するために中退。一九四八年にアムステルダムで出版された本書で一躍有名になり、一九五二年にグルッペ四七賞に輝いた短篇「鏡物語」（『縛られた男』所収）で、その名を不動なものにした。一九八〇年代以降は執筆活動を休止していたが、今世紀に入ってから矢継ぎ早にエッセー集を発表し、人々を驚かせた。二〇一六年十一月十一日、ウィーンに没する。

［訳者について］

## 小林和貴子（こばやしわきこ）

一九七九年、東京生まれ。慶應義塾大学、ハンブルク大学で学ぶ。現在、学習院大学文学部ドイツ語圏文化学科准教授。二十世紀ドイツ語圏文学、オーディオドラマやオーディオブックを研究。

Ilse Aichinger

Die größere Hoffnung

1948

はじめて出逢う世界のおはなし

より大きな希望

2016年12月8日　第1刷発行

著者

イルゼ・アイヒンガー

訳者

小林和貴子

発行者

田邊紀美恵

発行所

東宣出版

東京都千代田区九段北1－7－8　郵便番号102－0073

電話（03）3263－0997

編集

有限会社鴨南カンパニ

印刷所

亜細亜印刷株式会社



ISBN978－4－88588－091－9　C0097